Stefan Barz

Schandpfahl

KBV

Originalausgabe

www.kbv-verlag.de
E-Mail: info@kbv-verlag.de
Telefon: 0 65 93 - 998 96-0
Fax: 0 65 93 - 998 96-20
Umschlagillustration: Ralf Kramp
Redaktion: Volker Maria Neumann, Köln
Druck: CPI books, Ebner & Spiegel GmbH, Ulm
Printed in Germany
ISBN 978-3-95441-188-7

Für Kirsten

»So will ich denn annehmen, […] irgendein böser Geist, der zugleich allmächtig und verschlagen ist, habe all seinen Fleiß daran gewandt, mich zu täuschen.«

René Descartes, *Meditationes de prima philosophia*

Vorwort der Jury

Verehrte Leserin, verehrter Leser,
liebe Krimifans,

nach den durchweg guten Erfahrungen beim ersten »Jacques-Berndorf-Preis« im Jahr 2012 wurde der Förderpreis für Eifelkrimis nun schon zum zweiten Mal ausgelobt. Wieder sahen wir uns bei einer Vielzahl interessanter Einsendungen mit teils sehr unterschiedlichen Ausrichtungen und einer enormen Bandbreite an Kreativität zu langen, manchmal auch hitzigen Diskussionen veranlasst. Kurz gesagt: Es ging hoch her! Und es war schwierig, eine Entscheidung zu treffen. Das lag sicher an der bunten Vielfalt der Einsendungen, vor allem aber daran, dass uns jeweils nur ein Exposé und eine zwanzigseitige Leseprobe zur Beurteilung des Textes vorlagen.

Diese ist eine Besonderheit des vorliegenden Buchs: Der Jacques-Berndorf-Preis, Förderpreis für Eifelkrimis geht an einen Text, der zum Zeitpunkt der Preisvergabe noch gar nicht geschrieben ist. Und nach der großen Freude über den Gewinn des Preises kommt für den Autor die noch größere Arbeit: Denn nun gilt es, in enger Abstimmung mit dem Lektorat einen ganzen Kriminalroman zu schreiben, von dem man bisher nicht viel mehr als eine Grundidee hatte. Und hierbei sitzt dem Autor nicht nur ständig der Lektor im Nacken, sondern vor allem auch die Zeit: Der Termin der Veröffentlichung steht fest, weit bevor der letzte Satz geschrieben ist.

Wir gratulieren Stefan Barz, dass er diese Klippen heil umschifft und seinen Text zu einem spannenden Ende gebracht hat. Und dem Leser wünschen wir neben interessanten Einblicken in die Besonderheiten eines Förderpreisgekürten Kriminalromans natürlich vor allem dies: ein spannendes Vergnügen beim Lesen!

Jacques-Berndorf-Preis-Jury, im August 2014

1. Kapitel

8./9. September 2013

Er erinnerte sich für einen Augenblick an den Tag, als sein Vater ihm die Angst vor Gespenstern hatte nehmen wollen. Er war fünf Jahre alt, und sie waren zusammen in den Keller gegangen, vor dem er sich so fürchtete, weil er die schaurigsten Gestalten dort vermutete. »Kannst du hier irgendein Gespenst sehen?«, hatte sein Vater ihn gefragt. Er hatte den Kopf geschüttelt, und sein Vater hatte gesagt: »Sie verstecken sich vor dir. Du bist viel stärker als alle bösen Gespenster auf dieser Welt. Wenn du ihnen zeigst, wie mutig du bist, werden sie dir nie zu nahe kommen, weil sie sich vor dir fürchten. Du brauchst keine Angst vor unheimlichen Wesen zu haben, mein Junge, denn du wirst nie welche zu Gesicht bekommen.« Und er hatte seitdem nie wieder Angst vor schrecklichen Gestalten gehabt.

Doch sein Vater hatte sich geirrt, heute war diese Angst zurückgekommen.

Er konnte nur seinen Kopf bewegen, aber das nützte ihm nicht viel. Die Steine flogen wie aus einer Tennis-Ballkanone auf ihn zu und trafen ihn im Gesicht, am Oberkörper, im Genitalbereich. Immer wieder drehte er das Gesicht zur Seite, sodass das ein oder andere Geschoss ihn verfehlte. Doch die meisten Würfe waren harte Treffer. Er hätte so gerne geschrien, laut geschrien wegen der Schmerzen, die ihm angetan wurden, aber man hatte ihm den Mund zugebunden. Eine dicke Flüssigkeit rann in seine Augen. Eigelb. Zuerst war er mit Eiern beworfen worden, mit alten, faulen

Eiern. Nun trafen ihn Steine. Härter, schmerzhafter. Immer wieder hatte er verzweifelt versucht, sich zu befreien, hatte seinen Körper gegen die Ketten gepresst, die ihn hielten, hatte seinen Rücken gegen die Steinsäule gerieben, an die er gefesselt war – aber langsam verließ ihn die Kraft. Allmählich ahnte er, dass er hier nicht lebend wegkommen würde.

Er versuchte, sich abzulenken und die Umgebung wahrzunehmen. Aber die Nacht ließ das kaum zu, er sah in der Dunkelheit nur Umrisse von Häusern, die er irgendwo schon einmal gesehen hatte, aber er wusste trotzdem nicht, wo er war. Die Häuser waren leblos wie in einer Geisterstadt, und er hatte keine Hoffnung, dass Anwohner das Martyrium bemerken könnten. Auch Autos kamen hier nicht vorbei, es waren überhaupt keine befahrenen Straßen zu hören.

Ein weiterer Stein traf ihn, und seine Gedanken waren wieder ganz bei seinen Schmerzen. Diesmal hatte der Werfer direkt auf seine Nase gezielt, die knackend brach.

Er wimmerte. Es konnte nicht wahr sein, was er hier erlebte. Und immer die gleichen Fragen in seinem Kopf: Wer war dieser Mensch? Und warum tat der ihm das an?

Die Gestalt, die ihn quälte, hatte ihr Gesicht unter einer schwarzen Kapuze versteckt, die ihr ganzes Gesicht verbarg. Sie glich einem mittelalterlichen Henker.

Er versuchte, sich daran zu erinnern, wie er hierhergekommen war. In Panik rasten seine Gedanken in tausend dunkle Richtungen. Doch es fiel ihm nicht mehr ein. Er war aus der Bewusstlosigkeit erwacht und hatte sich am Pfahl wiedergefunden. Das war doch ein gutes Zeichen, dachte er kurz: Es könnte bedeuten, dass er träumte. Seine letzte Hoffnung war, dass das ganze Leben nur ein Traum war. Es war ihm tatsächlich im ersten Moment so vorgekommen, als wäre er in einem wirren Traum erwacht, der erste Schrecken des Albtraums war wie eine große Spinne über ihn gekrabbelt – oder hatte er tatsächlich eine Spinne auf seinem Gesicht gespürt? Er hatte zuerst geglaubt, er wäre in einem riesigen Spinnennetz gefangen, als er seine Bewegungslosigkeit spürte.

Wieder traf ihn ein Stein, knapp neben dem Auge.

Er quiekte wie ein Schwein vor der Schlachtung. Er hatte sich immer gefragt, ob Schweine wissen, was ihnen bevorsteht, wenn sie sich gegen ihre Hinrichtung wehren. Warum musste er jetzt an Schweine denken? Aber er wusste auch nicht, woran er sonst denken sollte – im letzten Moment seines Lebens.

Ein Stein verfehlte ihn, traf knapp über seinem Kopf auf die Säule, an der er festgebunden war.

Nein, das war kein Traum. Das war die grausame Wirklichkeit.

Er wollte verdammt noch mal wissen, womit er das verdient hatte. Er war ein guter Christ und ging jeden Sonntag in die Kirche. An Weihnachten spendete er für Not leidende Kinder. Und er glaubte fest an Gott.

Aber was war das für ein Gott, der ihn 35 Jahre lang ein sorgloses Leben führen ließ, um ihn dann so plötzlich, so völlig ohne Grund von der Geborgenheit der Welt in diesen Abgrund zu stoßen?

Der Henker kam auf ihn zu. Langsam. Er schnitt ihm mit einer Klinge viele Male in die nackte Brust, nicht besonders tief, nur so, dass es schmerzte. Dann ging dieser Unmensch um den Pfahl herum, bis er hinter ihm stand.

Ein schneidender Schmerz in seinem linken Handgelenk. Der Schnitt war tief. Es brannte wie Feuer. Dann der gleiche Schnitt ins andere Handgelenk.

Und dann hörte er, wie sich Schritte von ihm wegbewegten. Er wartete darauf, dass der Henker weitermachte. Und das Warten war beinahe noch schlimmer als die Schmerzen. Was würde als Nächstes kommen?

Es kam nichts mehr. Die Gestalt war verschwunden. Aber er war nicht erlöst, und er würde auch nicht mehr erlöst werden.

Er spürte, wie das Blut aus seinem Körper floss. Der Henker hatte ihm die Pulsadern aufgetrennt. Das Leben verließ ihn nun. Dies hier war sein Ende.

In einem der dunklen Häuser, nicht weit von seinem Pfahl entfernt, öffnete sich plötzlich eine Tür. Eine junge Frau kam heraus, sie war fast noch ein Kind. Eine ganze Weile stand sie einfach da, dann hob sie die rechte Hand und zeigte mit dem Finger auf ihn. Sie öffnete den Mund, als wollte sie ihm irgendwas sagen, aber er konnte keinen Laut hören. Sie schrie stumm in die Nacht hinein, und da wusste er, dass er halluzinierte.

Dann fühlte es sich an, als löste sich sein Bewusstsein in Nebel auf.

2. Kapitel

9. September 2013

Der Schrei war durchdringend und auf jeden Fall mehrstimmig. Das konnten nur die Mädchen aus der 8b sein, dachte Frau Schöller und prüfte, wer aus der Klasse nicht mehr da war. Maike, natürlich, und Pia, außerdem Hanna und Chantal. Jetzt bemerkte Frau Schöller, dass auch die drei Plagegeister fehlten: Jerome, Leon und Joshua, die alle drei das Kevinismus-Syndrom hatten: schwer erziehbare Taugenichtse mit neumodischen Namen.

Frau Schöller rannte los in die Richtung, aus der der Schrei gekommen war. Der Tag hatte schon miserabel angefangen. Völlig lustlos waren die 64 Teenagerbeine der 8b durch das Freilichtmuseum Kommern geschlurft, und keiner ihrer Schüler hatte auch nur annähernd Interesse an den historischen Bauten gezeigt, an den Vorträgen von Frau Rosenberger, der Museumsführerin, und den Handwerkern, die ihr Können eindrucksvoll vorführten. Die Schüler hätten den Wandertag lieber im Kino verbracht statt im Freilichtmuseum. Den Gipfel der Frechheit hatte sich Jerome erlaubt, als Frau Rosenberger die Zehntscheune vorgestellt hatte. »Kennen Sie Wayne?«, hatte Jerome gefragt, und seine Clique hatte dreckig gelacht, während Frau Rosenberger diesen Hormonprotzer freundlich-fragend angeschaut hatte, als müsste sie diesen »Wayne« kennen.

Frau Schöller hatte sich so sehr für ihre Schüler geschämt, für die Bildung keinen Wert hatte. *Wayne das interessiert ...* Dabei erschloss sich die heutige Alltagskultur nur, wenn man ihre Geschichte kannte, fand sie. Das heutige Bildungswesen, die Wirtschaft, das Rechtssystem – alles verstand man besser, wenn man es aus der Perspektive des historischen Wandels betrachtete. Und das Freilichtmuseum bot alles andere als trockene Schulbuchtexte, nämlich anschauliche, lebendige Geschichte. Eigentlich viel zu schade für die heutige Jugend, hatte Frau Schöller gedacht und sich gefragt, warum sie keinen aufregenderen Beruf ergriffen hatte. Wenn sie sonntags den Münsteraner *Tatort* anschaute, wäre sie gerne die Assistentin von Professor Börne. Sie liebte die souveräne und witzige Art, wie der kluge Rechtsmediziner seine Leichen sezierte.

Wieder schrien mehrere Mädchen auf. Die Schreie gingen in entsetztes Heulen über.

Im Laufschritt warf Frau Schöller einen Blick auf den Lageplan. Die Geräusche waren aus Richtung Dorfkapelle gekommen, die in der Baugruppe Eifel stand. Neben der Kapelle stand eine alte Gerichtssäule, die von mehreren Schülern eingekreist wurde. Immer mehr Teenies kamen dazu und brachen in Tränen aus.

Einige Mädchen nahmen sich tröstend in den Arm. Andere packten ihre I-Phones aus der Tasche und aktivierten die Videofunktion. Allen voran Jerome, der sich durch die Menschentraube zur Gerichtssäule drängte und sein Handy mit ausgestrecktem Arm vor sich hielt.

Was war da los?

Frau Schöller legte noch einen Schritt zu, lief an den verheulten Gesichtern ihrer Kinder vorbei – und hielt sich die Hand vor den Mund. Das war das Grausamste, was sie je gesehen hatte. An die Gerichtssäule war ein toter Körper gekettet, ein blutverschmierter Mann, der sehr gelitten haben musste. Und dieser Mann … Das konnte doch nicht sein, das war doch …

Frau Schöller dachte den Gedanken nicht zu Ende, stattdessen versuchte sie mit hektischen Bewegungen, Jerome das

Handy aus der Hand zu reißen, der aber immer wieder geschickt auswich, weiter filmte und dabei stammelte: »Krass ey, echt krass ey.«

* * *

Wenn man Jan Grimberg ein Jahr zuvor gefragt hätte, wo er seine berufliche Zukunft sehe, hätte er keine Antwort darauf gewusst. Die hatte er schon nicht gewusst, als er das Philosophiestudium abgebrochen und Jura studiert hatte. Jura war für ihn ein typisches Verlegenheitsstudium gewesen, das er nur angefangen hatte, weil man viel damit machen konnte, zumindest mehr als mit der Philosophie. Andere studierten Jura, weil man angeblich viel Geld damit verdienen konnte. Aber Geld war nicht der Grund, weshalb Jan vorübergehend hatte Jurist werden wollen, er war schließlich als Anwaltssohn im Wohlstand aufgewachsen. Und weil Dr. Justus Grimberg, Jans Vater, seinem Sohn die Kanzlei noch zu Lebzeiten vermachen wollte, und weil die Vorstellung, mit seinem Vater die nächsten 15 Jahre täglich zusammenzuarbeiten und weiterhin wie ein kleiner Junge behandelt zu werden, einfach grauenhaft war, hatte Jan schließlich auch das Jurastudium geschmissen und sich auf gut Glück bei der Polizei beworben. Und auf gut Glück hatte man ihn eingestellt. Wenn man Jan Grimberg nun fragte, ob es das Richtige für ihn sei, bei der Polizei zu arbeiten, wusste er zwar auch darauf keine Antwort, aber vor seinem Vater hatte er jetzt wenigstens Ruhe.

Die alten Fachwerkhäuser des Freilichtmuseums hatten ihre besondere Würde, die Jan als Kind, wenn er einige Male mit seiner Schulklasse hatte herkommen müssen, kaum zu schätzen gewusst hatte. Nun erst erkannte er ihren besonderen

Wert und ihre Schönheit. So einfach und doch so kunstvoll waren die Häuser gebaut. Er hätte sie gerne aus der Nähe bestaunt. Nur leider war es heute ungünstig, denn er war beruflich hier. Nach mehreren Jahren bei der Schutzpolizei war Jan zur Kripo gewechselt – und in dieser Woche hatte seine Einarbeitungsphase in Euskirchen begonnen.

Den Wald hatte Jan hinter sich gelassen, nun war er in einem alten Dorf angekommen. Es war die Baugruppe Eifel, wie er dem Lageplan entnehmen konnte. Zwei Männer, die zum Servicepersonal des Museums gehörten, schickten drei ältere Frauen, die hinter Jan hergingen, wieder den Weg zurück, den sie gekommen waren. Jan ging an den Mitarbeitern vorbei und nickte ihnen zu. Das Museum war offenbar auf einen solchen Ausnahmezustand vorbereitet, da es sich mit dem eigenen Personal darum kümmerte, die Besucher vom Tatort abzuschirmen.

Jan hörte Stimmen, sah Menschen. Von Weitem nahm er nur Chaos wahr, und er erinnerte sich daran, vor Kurzem gelesen zu haben, dass Mordermittlungen immer mit der Chaosphase begannen.

Jan zeigte einem Polizisten seinen Dienstausweis und schwang sich in gebückter Haltung unter dem rot-weißen Absperrband hindurch, mit dem das Gelände der Baugruppe Eifel eingegrenzt worden war. Mehrere Beamte des Erkennungsdienstes sicherten eifrig Spuren. Die Schutzpolizei hatte offenbar gerade den Tatort an die Kripo übergeben und war im Begriff, das Gelände zu verlassen. Jetzt übernahm die Mordkommission die Arbeit. Das waren einige Kommissare des Bonner Kriminalkommissariats 11, das für Tötungsdelikte in der Eifel zuständig war. Zusätzlich, so hatte Bilinski, Jans Vorgesetzter bei der Polizei Euskirchen, erklärt, wurde die Mordkommission in diesem Fall von zwei Kommissaren der Euskirchener Kripo ergänzt, um die Ermittlungsarbeit in der Eifel durch ortskundige Beamte zu erleichtern. Einer davon war erkrankt, und Jan sollte ihn ersetzen, der andere sollte Jans Mentor werden. Jan fragte einen uniformierten Polizisten nach Ralf Steiner.

»Er steht direkt hinter Ihnen«, schmunzelte der Uniformierte und räumte das Feld.

»Was fällt dir eigentlich ein, in diesem Aufzug hier rumzulaufen und die Tatortarbeit zu behindern?«, brüllte eine raue Stimme hinter ihm. Jan drehte sich um und sah einen Mann mit Allerweltsgesicht, bestimmt 30 Jahre älter als Jan, der ihm einen Tyvek-Anzug hinhielt und wortlos verschwand.

Gehorsam wie ein Rekrut streifte Jan sich den weißen Ganzkörperanzug über, zog die Einweghandschuhe über die Hände und die Plastiküberzüge über seine Schuhe.

Dann ging er auf Steiner zu, der nun eine etwa gleichaltrige Frau vom Erkennungsdienst anschnauzte.

»Was wissen Sie denn überhaupt?«, blaffte er, und die Frau murmelte etwas, das wie »krankes Arschloch« klang.

Jan schlich sich an seinen neuen Mentor heran, der ihm sofort unsympathisch war. Der Mann hatte Augenringe, als hätte er nächtelang nicht geschlafen.

»Herr Steiner? Jan Grimberg mein Name. Ich bin …«

»… zu spät. Wolltest wohl erst mal ausschlafen?«

»Äh, nein, ich habe mich zweimal auf dem großen Gelände verlaufen. Und der Fußweg ist …«

Jetzt lachte Steiner gehässig. »Zu Fuß biste auch noch gekommen? Sag bloß, du hast auch noch Eintritt bezahlt?«

Jan antwortete, als müsste er sich rechtfertigen: »Nein, ich habe meinen Dienstausweis gezeigt.«

»Na, immerhin. Also fürs nächste Mal: Du bist die Kripo, und wenn du mit dem Auto durchs Freilichtmuseum zum

Tatort willst, hat man dich mit dem Auto durchfahren zu lassen. Kapiert? Aber du hast Glück: Hier in Kommern taucht nicht jeden Tag eine Leiche auf. Warum hat man dich ausgerechnet hierher geschickt?«

»Ja, wie gesagt, mein Name ist Jan Grimberg, und ich bin der Neue bei der Kripo Euskirchen. Und weil ich noch nicht so lange hier in der Eifel bin und auf die Schnelle nur in Kommern eine Wohnung gefunden habe, rief mich Herr Bilinski eben an und meinte, ich sollte in den nächsten Wochen bei Ihnen arbeiten, wo Sie jetzt einen Fall in Kommern haben. Und wo Ihr Partner doch erkrankt ist.«

»Erkrankt? Hat sich beim Kampfsporttraining mit mir ein Bein gebrochen, der Idiot. Dann bist *du* Anfänger also jetzt der Ersatzmann. Na, meinetwegen. Lässt sich wohl nicht vermeiden«, grummelte Steiner.

Für September war es ungewöhnlich warm, und Jan schwitzte wie ein Bulle unter dem Anzug.

Ralf Steiner zog Jan ein Stück über den Rasen und führte ihn einmal um die Säule herum. Erst jetzt sah Jan, dass auf der anderen Seite der Säule ein toter Körper festgebunden war.

»Schon mal eine Leiche gesehen, Grimbach?«

Jan schüttelte den Kopf. Im Streifendienst hatte er zwar schon viele Kriminelle, aber noch nie einen Toten zu Gesicht bekommen. Das war ungewöhnlich, hatte aber keine weitere Bedeutung für Jans Entschluss gehabt, zur Kripo zu gehen.

»Na, herzlichen Glückwunsch. Und dann gleich so ein besonderer Fall.«

Jan hatte sich wochenlang gefragt, wie es wohl sein würde, wenn er zum ersten Mal einen Toten sah. Er hatte immer geglaubt, dass er brechen müsste, vielleicht auch in Ohnmacht fallen oder zittern würde. Aber nichts dergleichen geschah. Er machte einfach seine Arbeit, und es war, als betrachtete er eine lebensgroße Puppe.

Unecht sah der Körper aus. Ein Mann, wenige Jahre älter als Jan, an die Säule gekettet. Sein Kopf hing schlaff herunter. Seine Füße standen in einer großen Blutlache, und sein Körper war übersät mit blauen Flecken und blutigen Schrammen. Es roch nach Eiern.

»Der Knabe heißt laut Ausweis Andreas Berger«, erklärte Steiner. »Die Lehrerin, die ihn mit ihrer Schulklasse gefunden hat, konnte seinen Namen bestätigen, sie wohnt im gleichen Ort wie er. 35 Jahre ist er alt geworden. Eigentlich ein Jammer. Und wir werden nun aufklären, was hier genau passiert ist.« Er zündete sich eine Marlboro an. »Zuerst, Grimbach, zuerst brauchen wir eine Hypothese.«

Steiner erinnerte Jan an Mender. Mender war Jans Erdkundelehrer gewesen, der immer mit dem Rohrstock herumgefuchtelt und dann auf einen Schüler gezeigt hatte – meistens auf Jan – und irgendetwas wissen wollte, während Jan gerade geträumt hatte.

Eine Hypothese also. »Der Mann ist ermordet worden …«, rutschte es ihm heraus, dann stockte er, weil er nicht wusste, wie er den Satz weiterführen sollte. Wie damals im Erdkundeunterricht.

Steiner verdrehte die Augen.

Was redete er da?, fragte Jan sich selbst. Wenn er unter Druck stand und nicht klar denken konnte, wusste er manchmal einfach nicht, was er sagen sollte, und sagte dann Dinge, die er eigentlich gar nicht sagen wollte.

»Er ist an aufgeschnittenen Pulsadern gestorben. Es könnte also auch Selbstmord gewesen sein«, witzelte Steiner.

Jan versuchte es erneut: »Ein Zeichen«, sagte er.

»Hä?«, sagte Steiner.

»Ich meine, ein Zeichen«, stammelte Jan. »Der Täter wollte ein Zeichen setzen.«

»Okay. Weiter!«, befahl Steiner.

»Warum hat man diesen Kerl hierhin gebracht? Hätte man ihn einfach umbringen wollen, wäre jeder andere Tatort auch möglich gewesen. Aber der Mörder wollte ihn hierhin bringen.«

»Was mit einem enormen Aufwand verbunden war. Denn dieser Berger war sicher nicht rein zufällig mitten in der Nacht hier im Freilichtmuseum. Der Täter muss also sein Opfer bis hierhin getragen haben«, ergänzte Steiner.

Jan schärfte seinen Blick und sah Steiner in die Augen: »Um Berger dann hier zu demütigen. Hier am Pranger! Übrigens der perfekte Tatort, nicht wahr? Hier, weit genug weg vom Wohngebiet, auf einem weiträumigen, abgeschlossenen Museumsgelände, konnte sich das Opfer stundenlang am Täter vergehen und seine perversen Triebe ausleben, ohne gestört zu werden.«

»Der Täter am Opfer, Grimberg.«

»Was?«

»Schon gut. Jedenfalls, keine voreiligen Schlüsse ziehen, Freundchen. Ob der Täter wirklich pervers ist, müssen wir erst noch herausfinden«, sagte Steiner und fügte hinzu: »Aber, Grimbach, vielleicht bist du doch bei uns zu gebrauchen. Nicht schlecht für den Anfang.«

»Eine wichtige Frage müsste zuerst mal geklärt werden.«

»Und die wäre, Grimbach?«

»Wie konnte der Täter hier nachts so einfach reingelangen?«

»Da musst du früher aufstehen, Schlaumeier, das ist längst geklärt: Der Drahtzaun, der das Museumsgelände umschließt, hat Löcher wie ein Schweizer Käse. Wenn der Täter nicht selbst eins reingeschnitten hat, brauchte er sich nur eine Lücke zu suchen, die groß genug ist. Noch Fragen, Grimbach?«

»Äh, ich heiße Grim*berg*, Herr Steiner«, sagte Jan, was er schon mutig fand, und übertraf sich sofort selbst: »Übrigens darf man am Tatort nicht rauchen.«

Steiners Blick veränderte sich. Seine Augen warnten Jan unmissverständlich, sich nicht mit ihm anzulegen.

»Jedenfalls habe ich das irgendwo gelesen, das mit dem Rauchen. Wegen der Spuren, Sie wissen schon«, räusperte sich Jan. »Vielleicht sollte Andreas Berger gar nicht hingerichtet, sondern nur gefoltert werden, und dass er starb, war ein Unfall.«

»Dagegen sprechen eindeutig die tiefen Schnitte in seine Pulsadern, du Pfeife«, sagte Steiner ohne jede besondere Betonung, als wären Beleidigungen ganz alltäglich und stünden ihm kraft seines höheren Dienstgrades zu. »Beginnen wir mit der Befragung des näheren Umfeldes!«

Jan sah noch mal auf den toten Körper. Das hatte kein normaler Mensch getan, dachte er.

Wenn man Jan Grimberg in diesem Moment gefragt hätte, ob der Polizeidienst die richtige Entscheidung war, hätte er schon wieder keine Antwort darauf gewusst.

* * *

Die Stimmung im Raum war so surreal, dass es Jan nicht gewundert hätte, wenn in den nächsten Sekunden die Uhr an der Wand, die gegen Mittag ging, geschmolzen wäre. Totale Stille. Seit einer gefühlten Ewigkeit hatte niemand mehr ein Wort gesprochen. Jan saß auf dem weißen Ledersofa mit Blick auf ein Sonnenbild, das mit einem Bibelvers über das

Licht der Welt betextet war. Anne Berger stand am Panoramafenster am Hügel des Schützenweges und starrte auf das herrliche Dorf. Immer wieder schüttelte sie den Kopf, stumm vor Schrecken. Steiner schlich am Kamin entlang und betrachtete die Familienfotos. Gleichzeitig schielte er immer wieder mit den Augen eines lauernden Raubtieres auf die Frau, die bisher noch nicht geweint hatte und offenbar schwer unter Schock stand. Wie fühlte es sich an, wenn man gerade den Menschen, den man für immer lieben wollte, für immer verloren hatte? Jan faltete die Hände in Gebetshaltung und wünschte sich an einen anderen Ort.

Steiner hatte Anne Berger ohne erkennbares Mitgefühl die Nachricht vom Tod ihres Mannes überbracht und sich dann selbst hereingebeten. Auch von den besonderen Umständen des Todes inklusive der Folterung an exponierter Stelle im Kommerner Freilichtmuseum hatte Steiner sachlich berichtet. Seitdem war kein Wort mehr gefallen. Nun observierte Steiner das Wohnzimmer, als hätten die Bergers etwas zu verbergen.

»Ihr Mann Andreas hatte noch einen Bruder?«, fragte Steiner schließlich und deutete auf ein Foto, das zwei Männer auf einem Berggipfel zeigte.

»Ja. Georg. Wohnt im Neubauviertel am Mechernicher Weg«, antwortete Anne Berger. Es schien, als täte ihr jede Silbe weh.

Jan wollte diesen Raum einfach so schnell wie möglich verlassen.

»Sieht Andreas zum Verwechseln ähnlich«, stellte Steiner fest.

»Georg ist sein Zwillingsbruder«, quälte sich Anne Berger durch die Worte.

»Hingen die beiden aneinander?«, wollte Steiner wissen.

»Sie sind zwar eineiige Zwillingsbrüder, aber sehr verschieden«, sagte Anne Berger.

»Gab es Konflikte zwischen den beiden?«, fragte Steiner weiter.

Stille. Anne Berger stand da, als hörte sie ihn nicht. Sie war gerade in einer ganz anderen Welt.

Steiner stellte sich neben die junge Witwe, dann holte er zum finalen Schlag aus: »Frau Berger, welches Unrecht könnte Ihr Mann begangen haben, dass ihn jemand so bestialisch hingerichtet hat?«

Anne Berger schüttelte wieder den Kopf. »Andreas hat nichts Unrechtes getan. Nie. Als wir uns kennenlernten, ist er Christ geworden. Er war ein guter Mensch. Er hat immer Gottes Willen getan.«

»Und woher wusste er, was Gottes Wille war?«, fragte Steiner.

»Lesen Sie die Bibel?«, fragte Anne Berger zurück.

»Ganz gewiss nicht. Und jetzt denken Sie noch mal über meine Frage nach. Manchmal hat ein geliebter Mensch mehr Geheimnisse als man glaubt. Der Mensch, der Ihren Mann umgebracht hat, muss doch einen Grund dazu gehabt haben!«

»Das war kein Mensch«, flüsterte Anne Berger.

»Wie bitte?«

»Das hat der Teufel getan«, wisperte sie.

Hatte Jan sich verhört? Wer glaubte im 21. Jahrhundert noch an den Teufel? Er hatte oft darüber nachgedacht, ob es Gott gab, und konnte diese Möglichkeit durchaus einräumen. Aber den Teufel? Er versuchte es sich vorzustellen: Existierten jenseits von Raum und Zeit zwei Götter, ein guter und ein böser? Oder hatte Gott seinen Gegenspieler erschaffen? Warum hätte Gott ein Wesen schaffen sollen, das so mächtig war wie er selbst, aber dazu durch und durch böse? Der Teufel hatte für Jan bestenfalls als Symbolfigur Sinn, um dem Bösen einen Namen zu geben.

Aber Frau Berger sah das offenbar anders. »Andreas hat seit seiner Erweckung für Jesus und gegen den Teufel gekämpft«, sagte sie.

Die Frau stand schwer unter Schock, das war offensichtlich. Die unheimliche Stille war wieder eingekehrt.

Steiner wollte seine Befragung gerade fortsetzen, da schlug Anne Berger plötzlich wie von Sinnen mit beiden Fäusten auf ihn ein. »Der Teufel, der Teufel war's«, schrie sie, und dann sank sie auf die Knie und konnte endlich anfangen zu weinen.

Steiner ließ sie achtlos am Boden liegen. »Wir rufen einen Krankenwagen, und dann verschwinden wir«, sagte er.

3. Kapitel

10. September 2013

Hinter einem Fenster brannte noch Licht, sonst war die ganze Straße dunkel. Jan öffnete den Karton, in dem sich sein altes Leben verbarg. Bücher, Fotos, CDs und noch mehr Bücher. Seit vielen Wochen standen 14 Umzugskisten ungeöffnet in der kleinen Ein-Zimmer-Wohnung. Sein neues Zuhause lag in einem Kommerner Wohngebiet, in das man sonst nur zog, wenn man es geschafft hatte, wenn man ein festes Einkommen und eine Frau hatte, eine Familie gegründet und ein Haus gekauft hatte und hierhin ziehen wollte, weil es so schön grün und friedlich war. Dann würde man bald die Nachbarn kennen lernen, die Kinder würden mit den Nachbarskindern spielen und die Eltern würden zusammen grillen. Kurzum: Hier zog man hin, wenn man in einer völlig anderen Lebenssituation war als Jan. Was sollte ein angehender Kriminalkommissar, der sich gerade von seiner Freundin getrennt hatte und nicht wusste, was er überhaupt wollte, und der hier kein Schwein kannte, was sollte so einer mitten in der Eifel? Aber weil volle Kartons und leere Regale auf Dauer auch keine Lösung waren und Jan ohnehin nicht einschlafen konnte, hatte er soeben beschlossen, sich endlich mal einzurichten – nur für den Fall, dass er seine Einarbeitung an der Seite von diesem Steiner durchziehen und noch eine Weile im Kreis Euskirchen bleiben würde.

Jan griff wieder in die Kiste und holte die Philosophen heraus: Kants *Kritik der reinen Vernunft*, Heideggers *Sein und Zeit*, ein Taschenbuch mit verschiedenen Platon-Werken, ganz viel Nietzsche – und natürlich Sartre. Diese Bücher waren nicht nur

Souvenirs aus seinen ersten beiden Semestern, als er Philosophie studiert hatte, sondern auch seine ständigen Begleiter, denn schon bald hatte er nach langen Diskussionen mit seinem Vater eingesehen, dass man Philosophie nicht unbedingt studieren musste, wenn man sich damit beschäftigen wollte. Anders als sein Vater sah Jan in der Philosophie allerdings keine »nutzlose Hirnakrobatik«, sondern Anstöße und Hilfestellungen für Ordnung im alltäglichen Denken.

Jan ordnete seine Denker in alphabetischer Reihenfolge in die oberen beiden Regalbretter ein. Dann trat er zwei Schritte zurück und betrachtete seine Bücher, stellte sich vor, sie würden nun in seiner Gelehrtenwohnung stehen, wären Teil einer Bücherwand in irgendeiner schönen, geräumigen Altbauwohnung, und er hätte damals seinen Magister in Philosophie gemacht, dann eine Doktorarbeit über Platon geschrieben und wäre heute Dozent an einer angesehenen Universität in einer Großstadt. Dann hätte er heute den ganzen Tag in der Bibliothek oder in einem kleinen Büro verbracht, an einem Forschungsprojekt gearbeitet und wäre mit einem Kopf voller Ideen nach Hause gekommen. Stattdessen hatte er in einem Provinzkaff eine übel zugerichtete Leiche gesehen und war seinem neuen Mentor begegnet, der ihm so sympathisch war wie ranziges Frittenfett. Außerdem hatte er die Frau des Ermordeten kennengelernt und mit angesehen, wie Steiner ohne jedes Feingefühl ermittelte, während für sie gerade eine Welt zusammengebrochen war. Steiner war sicher der letzte Mensch gewesen, den sie in diesem Moment in ihrer Nähe haben wollte, und Jan hatte es nicht verhindern können.

Ausgerechnet mit diesem Kerl musste er nun seine Tage verbringen. Und von dem sollte er etwas lernen?

Die Leiche, der Steiner, die Witwe Berger – alles schien am falschen Platz in dieser Welt zu sein, alles war ihm absurd vorgekommen. Er dachte an den Philosophen Camus, der das Leben mit dem tragischen Helden Sisyphos verglich. Sisyphos musste im Totenreich einen Felsen an die Spitze eines Berges rollen, um dann zuzusehen, wie der Fels wieder hinunterrollte. Aber, das war Camus' Pointe, man müsse sich Sisyphos als einen glücklichen Menschen vorstellen, wenn er dem Felsbrocken hinterherläuft. Jan versuchte, sich selbst als glücklichen Menschen zu sehen, während er von Steiner eingearbeitet wurde und jeden Abend in diese einsame Eifelwohnung einkehrte.

Immerhin war er nach langer Zeit noch mal im Freilichtmuseum gewesen. War dies schon der Sieg über das Absurde? Aber was war mit Andreas Berger, der in der vergangenen Nacht einen grausamen Tod hatte sterben müssen? War sein Tod auch absurd, sinnlos? Oder würde sein Tod doch einen Sinn ergeben, wenn Jan mehr über die Hintergründe des Mordes wusste?

Wie böse musste ein Mensch sein, dass er so etwas tat? War es einfach die Gleichgültigkeit gegenüber der Welt? Oder war es genau umgekehrt: Dass jemandem die Welt nicht gleichgültig war und es einen wichtigen Grund gab, diesen Berger zu töten? Beides war möglich.

Dann legte er sich ins Bett. Draußen brüllte eine Kuh. Auch das noch, stöhnte Jan und wälzte sich herum.

* * *

Es war schon nach vier, und er hatte die ganze Nacht noch nicht geschlafen. Es war etwas geschehen. Etwas durch und durch Sinnloses. Etwas durch und durch Schreckliches.

Georg Berger war vom Felsen des Absurden überrollt worden. Der Tod seines Bruders führte ihm die sinnlosen Grausamkeiten des Lebens vor Augen. Es gab nichts Gutes in der Schöpfung, das hatte er gestern gelernt. Keinen Gott. Nur Tod und Überleben.

Seit Stunden lag er neben seiner Frau und dachte nach, suchte nach Antworten. Aber seine Gedanken fanden keinen Halt.

Warum musste Andreas sterben?

Keine Antwort.

Wie sollte er sich ein Leben ohne ihn vorstellen?

Keine Antwort.

Was hatte Andreas getan, dass man ihn ermorden musste?

Keine Antwort.

Hatte Andreas irgendein dunkles Geheimnis?

Keine Antwort.

Als die Polizisten ihm die Todesnachricht übermittelt hatten, hatte er zwar die Fassung verloren, aber er hatte nicht geweint. Zuerst hatte er kopfschüttelnd dagestanden, dann war er durch das Wohnzimmer gelaufen und hatte immer wieder »Nein, das ist nicht wahr« gerufen, als könnte er damit die Wirklichkeit beschwören und bestimmen, was wahr ist und was nicht.

Er versuchte jetzt zu weinen, aber es ging nicht.

Er schaute auf Martina. Die Frau, in die er sich mal verliebt hatte. Die Frau, mit der er sich ein warmes Nest gebaut hatte. Die Frau, die ihn tagtäglich erduldete, aber schon lange nicht mehr begehrte. Sie schlief tief und fest wie ein Dornröschen.

Die Nacht war plötzlich ganz still. Es war etwas geschehen, etwas Furchtbares.

Ihm war, als hörte er in der Ferne ein wildes Rauschen. Dieses Geräusch kam nicht von draußen, es war in seinem Kopf.

Er begann jetzt zu verstehen. Wenn man nur lange genug hinschaute, dann ergab es einen Sinn.

Etwas war geschehen, etwas Schreckliches, aber es ergab einen Sinn. Das Leben holte ihn ein. Denn wie konnte man glauben, dass man ungestraft mit seinen Sünden weiterleben konnte?

* * *

Jan starrte auf seinen Bürotisch in der Euskirchener Kreispolizeibehörde und dachte an seine Ex-Freundin. Sie fehlte ihm in diesem Moment ganz besonders, vieles hier würde ihm leichter fallen, wenn Isa noch an seiner Seite wäre. Obwohl er es war, der die Beziehung beendet hatte, nachdem sie ihn mit einem einflussreichen Arbeitskollegen betrogen hatte. Kurz darauf war sie befördert worden, und Jan fragte sich bis heute, ob es einen Zusammenhang zwischen ihrer Affäre und ihrer Karriere gab.

»Hey Jan, wie war dein erster Tag mit Steiner gestern?«, riss ihn eine Frauenstimme aus den Gedanken. Frauke Herberg, die Sekretärin, die in betonter Gemütlichkeit durch das Büro schwebte.

»Na ja. Die Bekanntschaft mit meiner ersten Leiche gestern war dagegen das reinste Vergnügen«, antwortete Jan.

Frauke lachte. »Ich weiß, ich weiß. Steiner kann ganz schön grummelig sein.«

»Ich habe mich in seiner Gegenwart wie ein kleiner Junge gefühlt, der ständig irgendwas falsch macht.«

»Du wirst schon noch lernen, mit ihm klarzukommen«, versuchte Frauke ihn aufzumuntern und setzte sich auf Jans Bürotisch. »Doch, Jan. Mit Steiner wirst du fertig werden. Außerdem: Es hat einen Grund, warum Steiner so ist.«

»Und der wäre?«, fragte Jan neugierig.

Frauke seufzte. »Das weiß keiner so genau. Steiner spricht nicht darüber. Aber es muss wohl irgendein traumatisierendes Ereignis in seiner Vergangenheit gegeben haben, und danach soll er sich sehr verändert haben. Eine Art Selbstschutz, du weißt schon. Nach diesem Schicksalsschlag hat er sich in die Eifel versetzen lassen – weil er glaubte, dass er es hier nur mit Einbrechern und Kleinkriminellen zu tun haben würde, jedenfalls nicht mit Mördern. Für einen Kripo-Beamten hat er sich hier ein wenig aufregendes Leben erhofft. Und das hat er für eine ganze Weile auch gehabt. Bis gestern …«

»Das mag ja einiges erklären. Trotzdem stellt sich die Frage, ob man sich nicht besser an den Schreibtisch versetzen lässt, wenn man keine Leichen sehen will«, sagte Jan nachdenklich.

Die Tür wurde aufgerissen, und Steiner, mit dem Jan schon vor einer halben Stunde verabredet gewesen war, platzte herein. »Was gibt das denn hier, Grimbach? Finger weg von den Kolleginnen, die sind dir alle ein paar Nummern zu groß.«

Frauke verdrehte gespielt die Augen. »Ich setze mal Kaffee für alle auf«, sagte sie und sprang auf.

* * *

Frauke kochte hervorragenden Kaffee, und Jan brauchte ihn nach der kurzen Nacht mehr denn je, auch wenn er ihm heute etwas auf den Magen schlug. Vielleicht war sein Magen aber auch nur nervös, weil Steiner nun im Raum war.

»Also, Grimberg, was haben wir bisher?« Das klang wie: »Jan, hast du deine Hausaufgaben gemacht oder willst du heute wieder nachsitzen?«

Jan holte einen Zettel hervor, auf dem er einige Begriffe und Pfeile notiert hatte. »Ich habe mir mal eine Mindmap gemacht.« Er schob Steiner sein Schaubild hin. »In der Mitte steht das Opfer: Andreas Berger. Drum herum habe ich mal alles hingeschrieben, was wir bisher über ihn wissen: Beruf, Familie. Und den Tatort. Nun müssen wir nur noch alles zusammenfügen.«

Steiner stellte seinen tropfenden Kaffeebecher auf Jans Zettel. »Zwei Dinge sollten uns als Nächstes beschäftigen, Grimberg: Die Tatsache, dass Berger eineiiger Zwilling war, und dass er am Pranger getötet wurde. Um Letzteres kümmerst du dich heute Nachmittag und sprichst mit dem Museumsleiter. Versuch' alles über den Pranger herauszufinden, was für uns interessant sein könnte. Vorher kümmern wir uns um den Zwilling. Zwillingsbrüder haben oft eine sehr enge Beziehung zueinander. Und enge Beziehungen können zu Taten führen, die wir nicht für möglich halten. Die meisten Opfer werden von nahestehenden Menschen umgebracht, und die meisten Morde sind Beziehungstaten. Also untersuchen wir zunächst das nähere Umfeld von Andreas Berger. Nichts ist ausgeschlossen, Grimberg. Stell' dir vor, du hättest einen Bruder, der genauso aussieht wie du. Und der, im Gegensatz zu dir, sehr erfolgreich ist und alles richtig macht. Könntest du das ein Leben lang ertragen? Und was kann so jemand anstellen? Vielleicht hat Andreas Berger mal was mit der Frau seines Bruders gehabt. Und schon hätten wir ein Tatmotiv. Als Erstes besuchen wir den Zwillingsbruder – er arbeitet als Lehrer in Zülpich. Georg Berger ist heute Morgen auch zur Arbeit gefahren, obwohl er gestern vom Tod seines Bruders erfahren hat – schon merkwürdig, nicht? Gehen wir.«

Endlich hatte Steiner gelernt, seinen Namen richtig auszusprechen, registrierte Jan, deutete das als Fortschritt und folgte gehorsam.

* * *

Draußen regierte das Chaos. Lärm, Stimmengewirr, Schreie, wild umherlaufende Menschenmassen. Er schloss das Fenster, weil er diese Unruhe heute nicht ertragen konnte.

Stille.

Das Pausengeschehen tobte weiter, aber im Klassenraum der 10d hörte er nur das Ticken der Uhr. So als hätte sich eine Wand zwischen die Welt und ihn geschoben – und so fühlte sich Georg Berger gerade auch. Er war seit gestern nicht mehr Teil der Welt. Weil er einen wichtigen Teil seiner Welt verloren hatte: seinen Bruder Andreas, und der würde nicht wiederkommen.

Martina hatte ihn heute Morgen dazu gedrängt, sich krankzumelden. Aber wozu? Das würde Andreas auch nicht wieder lebendig machen. Dann war es besser, er würde seiner Arbeit nachgehen, als wenn er zu Hause blieb, wo ihn unheimliche Fragen verfolgten.

Er setzte sich in die hinterste Reihe und starrte an die Tafel. *Warum muss Emilia sterben?*, stand dort, dann einige Spiegelstriche mit Erklärungsversuchen.

Warum musste Andreas sterben?

Darauf gab es nur verschwommene Ideen von Sünden, die aber immer noch viele Fragen offen ließen. Berger ging zur Tafel und wischte sie sauber, als es an der Tür klopfte.

»Raus in die Pause!«, rief Berger.

Die Tür öffnete sich. Es waren gar keine Schüler, die angeklopft hatten. Zwei Männer traten ein, einer ein wenig älter, der andere ein wenig jünger als er selbst. Der Ältere trug einen grauen Dreitagebart, der ihn leicht ungepflegt aussehen ließ, dazu eine Jeans, die nicht ganz passte, ein ungebügeltes Hemd unter einer abgenutzten Lederjacke. Berger überlegte, ob er ihn schon einmal irgendwo gesehen hatte, aber das lag wohl eher an dem Allerweltsgesicht des Mannes. Der Jüngere von beiden sah gepflegter aus, makellos rasiert, Intellektuellenbrille mit dickem Rand, schwarzer Rollkragenpullover, modisches Jackett, hätte auch als Referendar durchgehen können, dessen Kleidungsstil seine Suche nach der Lehrerrolle verrät.

Der Ältere übernahm die Führung: »Guten Morgen, Steiner mein Name, von der Kripo Euskirchen, das ist mein Kollege Grimbach – äh, Grimberg. Herr Berger?«

Berger nickte. »Ich habe gestern vom Tod meines Bruders erfahren. Kann mir denn endlich jemand sagen, was genau passiert ist?«

Der junge Kommissar blickte unsicher zu Boden. Könnte tatsächlich ein Referendar sein, der zum ersten Mal mit seinem Mentor in die Klasse kommt, dachte Berger. Es waren nicht die gleichen Beamten, die ihm am Vortag die Todesnachricht übermittelt hatten.

»Wenn wir schon alle Antworten hätten, würden wir Sie nicht belästigen«, sagte der ältere Kommissar barsch.

Berger fand ihn unsympathisch. Das lag nicht nur an seinem Tonfall, sondern auch an seinem Blick. Dieser Kommissar sah ihn an, als läge er auf der Lauer.

Er musste auf der Hut sein, dachte Berger. Jedes Wort überlegen.

»Aber wir haben noch einige Fragen an Sie«, sagte der Jüngere.

»Hier stürmen in drei Minuten 34 Teenager herein. Gehen wir in die Lehrerbibliothek. Ich gehe nur eben in die Verwaltung und lasse mich für diese Stunde vertreten. Sie können schon mal vorgehen, Sie müssen durchs Lehrerzimmer, am Ende finden Sie dann den Eingang zur Bibliothek«, sagte Berger und führte die beiden Ermittler aus dem Klassenzimmer raus.

* * *

Jan betrachtete die Buchrücken in den Regalen. In der Philosophieabteilung fehlten – seiner Meinung nach – einige wichtige Werke, Augustins *Bekenntnisse* zum Beispiel und Nietzsches *Jenseits von Gut und Böse*. Aber im Wesentlichen war die Lehrerbibliothek des Zülpicher Gymnasiums gut ausgestattet, sofern er das auf den ersten Blick beurteilen konnte.

Ruhig und gemütlich war es hier auch, und Jan fragte sich, warum er sich damals eigentlich nicht entschieden hatte, Philosophielehrer zu werden. Es hätte ihm gefallen, stundenlang in so einer Bibliothek zu arbeiten, die Stille zu genießen. Stattdessen suchte er jetzt nach Straftätern.

Früher hatte Jan sich einen Mörder mit zusammengewachsenen Augenbrauen und diabolischem Grinsen vorgestellt, klare äußere Merkmale, die einen Mörder entlarven. Nun wusste er, dass es so einfach nicht war. Jeder Mensch war zum Bösen fähig.

Was war überhaupt das Böse? Ein Trieb? Die Natur des Menschen? Kant hatte gezeigt, dass der Mensch kraft seiner Vernunft zum Guten fähig und das Böse eine Option der Freiheit sei. Aber sein Zeitgenosse Marquis de Sade hatte ebenso eindrucksvoll vorgeführt, wie der Mensch dem Bösen verfallen konnte, indem er Prostituierte auspeitschte und mit Messern attackierte und, als würde das nicht reichen, auch noch ihre Wunden mit Wachs übergoss. Warum? Aus purer Lust. Die Natur rechtfertige Verbrechen, befand de Sade. Hätte man diesen Typen auf der Straße als Menschenquäler erkannt? Nein, de Sade war ein Adliger aus bestem Hause, geschult in den guten Sitten seiner Zeit.

Jan warf einen Blick durch die Glastür ins Lehrerzimmer. Alte Oberstudienräte und junge Berufsanfänger blätterten in ihren Unterlagen, durchschnittliche Männer und Frauen mit vielleicht überdurchschnittlicher sozialer Ader, und jeder von ihnen konnte ein Mörder sein. War Georg Berger der Mörder seines Bruders? Wollte Steiner ihn deswegen sprechen? Jan wusste es nicht, und noch weniger wusste er, wo er ansetzen konnte, um den Mörder zu entlarven. Die Kollegen von der Mordkommission hatten Jan und Steiner berichtet, dass Georg Berger die Nachricht vom Tod seines Bruders auffällig kühl aufgenommen hatte. Wohl deswegen sollten sie ihn heute noch mal besuchen.

»Darf ich mal zum Richter?«

»Was?«, fragte Jan und drehte sich um.

Vor ihm stand die hübscheste Frau, der er je begegnet war: langes, blondes Haar, Schauspielerlächeln, zierliche Figur und strahlend blaue Augen.

»Ich brauche den Materialordner zum Dürrenmatt-Roman. Er steht hinter Ihnen«, sagte sie und lachte.

Jan drehte sich um, und tatsächlich; da stand der Ordner. Jan reichte ihr ihn an und erntete ein Lächeln.

»Neuer Referendar?«, fragte sie.

Jan lachte, doch bevor er antworten konnte, kam Berger, und die schöne Blonde verschwand zügig.

»Ich kann nicht begreifen, was passiert ist. Seit gestern ist meine Welt aus den Fugen geraten«, sagte Berger.

»Was hatten Sie für ein Verhältnis zu Ihrem Bruder?«, wollte Steiner wissen.

»Ein gutes«, antwortete Berger zögerlich.

»Geht das ein bisschen genauer?«, forderte Steiner.

»Wir waren schließlich eineiige Zwillinge, hatten ähnliche Interessen und viel miteinander erlebt.«

»Und dann haben Sie keine Ahnung, wer Ihren Bruder zu Tode gequält hat?«

Jan sah, wie sich Bergers Augen mit Tränen füllten. Er konnte aber verhindern, dass sie ihm ins Gesicht liefen.

»Ich habe keine Idee, er war ein durch und durch liebenswerter Mensch, manchmal vielleicht zu gut für diese Welt.«

»Was heißt das?«

»Er war bescheiden, hilfsbereit und in keinster Weise hinterlistig oder so. Schon als Kind hat er nicht jeden Scheiß mitgemacht.«

»So kommen wir nicht weiter«, stellte Steiner fest.

Berger hatte die ganze Zeit ins Leere geblickt wie ein Suizid-Kandidat, der gleich von der Brücke springt.

»Wie lange unterrichten Sie schon hier?«, fragte Jan plötzlich.

»Was hat das mit dem Tod meines Bruders zu tun?«, fragte Berger zurück.

»Ich weiß nicht – es interessiert mich nur in diesem Moment«, murmelte Jan.

»Seit sechs Jahren. Ich wurde nach dem Referendariat hier übernommen. Und jetzt bin ich AKO.«

»Was sind Sie?«, fragte Steiner.

»Ausbildungskoordinator. Ich berate und beurteile die Referendare hier. Eine sehr schöne Tätigkeit, junge Lehrer bei der Ausbildung zu unterstützen – meistens jedenfalls. Aber manchmal muss man auch ehrlich sein zu denen, die für den Beruf nicht geeignet sind.«

Jan bezweifelte, dass sich das in einer kurzen Ausbildungszeit überhaupt feststellen ließ.

»Sie treffen Menschen damit an empfindlichen Stellen, nicht?«, fragte Steiner.

»Ja.«

»Und zerstören manchmal Karrieren und Berufsträume.«

»Wenn Sie so wollen – ja, vielleicht manchmal.«

»Haben Sie auch schon mal mit einer Referendarin gefickt?«, sagte Steiner und grinste.

Jan konnte kaum glauben, dass Steiner das wirklich gerade gefragt hatte. Er sah, wie Berger um Fassung rang.

»Ich weiß nicht, was das jetzt soll. Ich dachte, Sie ermitteln im Mord an meinem Bruder. Warum geben Sie mir nicht mal ein paar Antworten?«

Steiner zuckte nur mit den Schultern, Jan versank vor Scham im Boden.

»Bitte gehen Sie jetzt«, forderte Berger und verließ die Bibliothek ohne eine Verabschiedung.

Sekunden später ging auch Steiner. Jan löste sich aus seiner Erstarrung, schüttelte den Kopf und folgte seinem Mentor.

* * *

Er hatte sich eine heile Welt gebaut. Genauer gesagt, seine Vorgänger waren es gewesen, die eine heile Welt erschaffen hatten. Und er, Dr. Herbert Goldmann, hatte als Museumsleiter dieses Werk fortgesetzt. Strohdächer, Holzzäune, Fachwerkbalken, lebende Hühner und nostalgische Handwerker schufen die Illusion vergangener Tage, wie sie schöner nicht sein konnten: Romantik anno dazumal. Sicher, die Museumstafeln informierten die Besucher auch über das Elend der Arbeiter und Bauern vor über 100 Jahren. Natürlich war das Leben damals kein Zuckerschlecken gewesen. Aber dennoch hatte gerade die Einfachheit des Lebens auch eine Leichtigkeit und Natürlichkeit gehabt, die heute verloren gegangen war. Deswegen kamen die Menschen in sein Museum: Um das Leben in einer Zivilisation zu erleben, die jenseits von Terminstress, Verkehrslärm, Technik und ständiger Erreichbarkeit lag. Die meisten Besucher fanden es einfach schön und idyllisch hier.

Doch mit dieser Idylle war es jetzt vorbei.

Eine Leiche im Kommerner Freilichtmuseum! In *seinem* Museum. Was für ein Skandal! Und was für eine schreckliche Tat.

Am Morgen hatte er schon mit der Presseabteilung des Landschaftsverbandes gesprochen. Die PR-Leute hatten alle Hände voll zu tun und mussten nun dringend gegensteuern, damit das Freilichtmuseum, das weit über die Grenzen der

Eifel hinaus bekannt war, nicht wegen des Mordes in Verruf geriet. Vor allem musste der Betrieb hier schnellstmöglich wieder aufgenommen werden.

»Wann, glauben Sie denn, darf der Besucherbetrieb hier weitergehen?«, fragte er den jungen Ermittler.

»Das kann ich Ihnen wirklich noch nicht sagen, Herr Dr. Goldmann. Aber ich denke, so schnell wie möglich.«

»Wissen Sie, was mich jeder Tag der Schließung kostet?«, fragte Dr. Goldmann weiter.

»Nein, aber wir wollen Ihrem Museum auch nicht schaden«, antwortete Grimberg.

»Wir müssen zusehen, dass der Museumsbetrieb weiterläuft, sobald Ihre Arbeiten hier abgeschlossen sind. Sonst ist unser Ruf langfristig geschädigt. Warum musste sich der Mörder ausgerechnet das Freilichtmuseum aussuchen?«

»Genauer gesagt, hat er sich nicht das Freilichtmuseum, sondern den Pranger ausgesucht. Das vermuten wir zumindest. Was können Sie mir über die Säule sagen?«

»Die Gerichtssäule? Die hat lange Zeit tatsächlich in Kommern gestanden, vor der alten Burg.«

»Und dort wurden dann früher Menschen hingerichtet und gefoltert?«

»Gefoltert eher in Ausnahmefällen. In erster Linie war die Säule ein wichtiges Herrschaftszeichen. Damit wurde symbolisiert, dass in Kommern das Dorfgericht zuständig war. Kommern gehörte bis ins 18. Jahrhundert den Herren von Arenberg, und die verfügten über die oberen Grund- und Landesrechte. Sie delegierten die Rechtsprechung an die Gemeinde, um hier die Ordnung sicherzustellen. Die Kommerner durften also innerhalb ihrer Gemeindegrenzen Recht sprechen und Strafen vollziehen. Natürlich kennt man den Pranger auch als Mittel des öffentlichen Strafvollzugs. Aber an unserem Pranger hier fehlen Spuren von Ketten, sodass wir annehmen, dass an dieser Säule wenn überhaupt, dann nur selten jemand bestraft wurde.«

»Vielleicht auch erst seit gestern«, sagte Grimberg.

»Richtig«, seufzte Dr. Goldmann.

»Erzählen Sie mir noch genauer, bitte, wie man am Pranger bestraft wurde.«

»Es gab allerlei Strafen. Es ging dabei immer um die öffentliche Bloßstellung des Übeltäters. Manchmal wurde der Gefesselte gefoltert und geprügelt. Üblich war es auch, ihn mit Gegenständen zu bewerfen. Mit Steinen oder Eiern.«

»Das passt genau auf den Fall, den wir haben. An der Leiche wurden Hämatome und Reste von faulen Eiern gefunden.«

»Ja, das war, wie gesagt, üblich. Eher die Ausnahme war, dass man die Opfer auch mit Blumen bewarf«, führte Dr. Goldmann weiter aus und lachte kurz freudlos auf.

»Mit Blumen?«

»Die bekam Daniel Defoe, der Schriftsteller. Sie kennen doch *Robinson Crusoe*? Defoe hat auch böse Satiren geschrieben, für die er an den Pranger gestellt wurde. Dem Publikum gefielen diese jedoch so gut, dass es ihn mit Blumen bewarf.«

»Kam es denn auch vor, dass den Menschen am Pranger die Pulsadern aufgeschnitten wurden?«

Jetzt wurde Dr. Goldmann die ganze Grausamkeit, mit der die Tat ausgeführt worden war, klar. Wie schrecklich der arme Mann am Pranger malträtiert worden war. Es war ihm unangenehm, dass er in diesem Zusammenhang auch an das Image des Freilichtmuseums denken musste.

»Nein, das wäre mir neu«, sagte er. »Nein, wirklich nicht. Es war überhaupt eher unüblich, dass man am Pranger starb. Im Grunde war es sogar Sinn des Prangers, dass der Bestrafte weiterleben sollte – können Sie sich vorstellen, welchen psychischen Druck er erleiden musste, nach der Prangerstrafe in seinem Ort weiterleben zu müssen? Unerträglich muss das gewesen sein. Der Mörder hat die Prangerstrafe demnach nicht übernommen. Sein Opfer kann ja nicht mehr öffentlich geschmäht werden, dafür ist es schon zu tot.«

»Aber immerhin wurde das Opfer ja entdeckt an diesem öffentlichen Ort, und darauf kam es dem Täter vielleicht an«, sagte Grimberg. »Auf jeden Fall war es ihm wichtig, ein Zeichen zu setzen. Warum sollte er sein Opfer sonst hierher gebracht haben?«

Dr. Goldmann zuckte mit den Schultern.

Grimberg schob sich mit dem Zeigefinger seine Brille an die Stirn. Der junge Kommissar sah aus, als suchte er nach weiteren Fragen. Er wirkte ein wenig unsicher, aber ansonsten ganz sympathisch. Aber wäre er Dr. Goldmann irgendwo auf der Straße begegnet, wäre er nicht darauf gekommen, dass der junge Mann bei der Kriminalpolizei war. Er sah eher aus wie ein Historiker oder ein Archivar.

Dann fragte Grimberg: »Wie konnte der Mörder überhaupt in der Nacht hier so leicht reinkommen? Lassen Sie die Löcher im Zaun nicht reparieren?«

»Doch, aber immer wieder kommen neue Löcher im Zaun dazu, an den verschiedensten Stellen. Ich verstehe das auch nicht. Die Kommerner haben sowieso freien Eintritt ins Museum.«

»Gibt es keine Videoüberwachung?«

»Oh doch, unser Museum ist sogar sehr gut mit Kameras an allen wichtigen Stellen ausgestattet. Kommen Sie mit, ich zeige Ihnen die Überwachungsanlage«, bot Dr. Goldmann an und führte ihn aus seinem Büro.

Sie gingen durch das Verwaltungsgebäude und waren kurz darauf in dem Raum, in dem rund um die Uhr das

Sicherheitspersonal auf mehreren Monitoren einen Blick auf das gesamte Museumsgelände hatte.

»Dummerweise hatten wir vor zwei Tagen einen Blitzschlag«, erklärte Dr. Goldmann. »Das passiert hier relativ oft, wir liegen ziemlich hoch hier. Der Blitz hat Teile unserer Überwachungsanlage zerstört, darunter auch die Kameras in der Eifel-Baugruppe. Diese Störung ist auch bei der Polizei gemeldet worden. Es wird einige Tage dauern, vielleicht sogar mehrere Wochen, bis wir alles repariert haben. Zudem haben wir einen nächtlichen Wachdienst, der regelmäßig seine Runden dreht. Aber der kann nicht die ganze Zeit überall sein, und außerdem ist der Schandpfahl von der Wachdienst-Route schlecht einsehbar, weil die Säule von zwei Linden verdeckt wird.«

Grimberg kritzelte eifrig sein Notizbuch voll.

»Herr Grimberg, ich möchte nicht drängeln, aber ich habe gleich noch einen Termin.«

»Kein Problem. Danke für Ihre Hilfe.«

»Gerne. Und entschuldigen Sie mein Meckern. Natürlich bedaure ich zutiefst diesen Vorfall. Aber trotzdem müssen wir auch an unsere Besucher denken. Und an unsere Existenz als Museum.«

»Das verstehe ich«, versicherte der junge Ermittler. »Wir kümmern uns darum, dass der Museumsbetrieb schnellstmöglich normal weiterlaufen kann – in einigen Wochen wird es wieder so sein, als wäre hier nie ein Mord geschehen«, versprach er, aber Dr. Goldmann sah ihm an, dass er sich nicht sicher war, ob er zu diesem Versprechen überhaupt befugt war.

* * *

Die Abenddämmerung warf ein romantisches Licht auf Kommern. Wie friedlich die Fachwerkhäuser in der Kölner

Straße im Abendlicht aussahen. Und doch fühlte sich Jan hier unbehaglich, und es lag nicht nur an Steiner, Berger und dem Mord. Er fühlte sich wie ein Fremder hier, wenig willkommen. Er saß auf einer Bank und fing mit seinen Blicken die Passanten ein. Zwei junge Männer mit Bierflasche in der Hand kamen vorbei, die Einfältigkeit ins Gesicht geschrieben. Dann beobachtete er ein altes Ehepaar, das unsicheren Schrittes die Straße überquerte, den jungen Männern nachblickte und in einem Dialekt sprach, den Jan beim besten Willen nicht verstehen konnte.

»Oo, wat sed Ihr esu dämlich, do hönge!«, keifte der alte Mann.

»Nu hüer ävver op, Jupp!«, fuhr die Frau ihrerseits ihren Gatten an. »Wat wellste dann maache?«

Die nächsten Akteure des Straßentheaters waren vier Jugendliche, Jungs im Alter von etwa 14 Jahren, die sich gegenseitig in den Hintern traten, unverständliches Zeug grölten, gackernd lachten und ganz offensichtlich keine sinnvolle Beschäftigung hatten. Jan fasste seine momentane Situation zusammen: Er ging abends durch leere Straßen. Es regnete. Seiner Einschätzung nach war das Wetter hier noch schlechter als in Bonn. Und an das verstümmelte Deutsch der Einheimischen wollte er sich auch nicht gewöhnen. Sie sprachen komisch, sie benahmen sich komisch, sie waren widerspenstig wie eine Herde Rinder, und als jemand, der von außen kam, fühlte man sich hier alles andere als willkommen.

»Ey, biste schwul oder wat?«, sagte einer der Teenies zu dem anderen.

Passend dazu überkam ihn wieder das Schamgefühl vom Vormittag, als Steiner den trauernden Bruder in Verlegenheit gebracht hatte. »Haben Sie schon mal mit einer Referendarin gefickt?« Was hatte er damit bezwecken wollen? Hatte er diese peinliche Frage überhaupt mit einer bestimmten Absicht gestellt, oder war das einfach seine Art, mit Menschen umzugehen? Steiner könnte eine Taktik verfolgt haben, wollte Berger vielleicht aus der Fassung bringen. Oder er wollte Berger einfach vermitteln, dass er ihn nicht mochte.

Schnelle, gleichmäßige Schritte holten Jan aus den Gedanken. Jan blickte auf in Richtung Dorfkirche und sah, wie sich ein Jogger näherte. Trotz der sommerlichen Temperaturen am Tag war es am Abend nun schon herbstlich kühl, und wohl deswegen hatte der Läufer seinen Kopf in einer schwarzen Kapuze versteckt. Erst als der Jogger direkt auf ihn zulief, sah Jan, dass es sich um eine Frau handelte, und an den strahlend blauen Augen erkannte er sie: die Referendarin, der er am Morgen in der Schule begegnet war. Sie nahm ihn nicht zur Kenntnis und lief weiter.

Jans Gedanken wurden hektisch: Wie könnte er sie jetzt ansprechen? Eine junge, hübsche Frau hier in Kommern, das war nun seine Rettung, er musste etwas unternehmen. Aber wie immer, wenn er unter Druck stand, fiel ihm nichts ein. Erst als sie fast außer Sichtweite war, nahm er seinen Mut zusammen und rief: »Nein, ich bin kein Referendar!«

Die Joggerin drehte sich um.

»Reden Sie mit mir?«

»Äh, ja. Sie haben mich doch heute Morgen gefragt, ob ich neuer Referendar am Gymnasium Zülpich sei, und ich war Ihnen noch eine Antwort schuldig.«

Jetzt fiel bei ihr offensichtlich der Groschen, und sie lachte herzlich. »Na, gut dass wir das geklärt hätten. Ich habe mich den ganzen Tag lang schon gefragt, ob wir uns jetzt wohl öfter im Lehrerzimmer sehen.«

Jans Knie wurden weich. Wie hatte sie das wohl gemeint? Auf jeden Fall war es ein gutes Omen, dass sie schon an ihn gedacht hatte, beschloss er.

»Und, was machst du hier so in Kommern?«

Wie frech sie nun einfach zum Du überging. Jan gefiel das. Vielleicht würde sich alles Weitere auch ganz unkompliziert ergeben. Und dazu dieses bezaubernde Lächeln. »Mir ist zu Hause die Decke auf den Kopf gefallen, und da wollte ich mich noch mal ins Getümmel stürzen.«

Sie lachte. »Ja, ganz schön öde hier, was? Ich habe mich auch noch nicht an das Dorfleben gewöhnt. Ich bin Jenny, und eigentlich komme ich aus Münster.«

»Jan, eigentlich aus Bonn.«

Verlegen sahen sie sich einen Moment an.

Kennst du hier denn einen guten Laden, in dem wir etwas trinken können?«, fragte Jan schließlich.

»Ein gutes Lokal unter den vielen?«, lachte sie. »Du meinst wohl, ob es hier überhaupt eine Kneipe gibt? Ja, ich kenne eine, gleich da drüben«, sagte sie und zeigte in die Richtung, aus der sie gekommen war.

Und schon wieder das Lachen von ihr. Jan spürte sehr genau, dass er diesem Lachen wenig entgegenzusetzen hatte.

4. Kapitel

11. September 2013

Der Moment nach dem Aufwachen fühlte sich unecht an. Träumte er noch? Verschiedene Bilder und Geräusche, die nicht zusammenpassen wollten, inszenierten das Erwachen. Das dröhnende Fiepen eines fremden Weckers. Das war nicht Jans Wecker.

Das fremde Schlafzimmer.

Der schöne Frauenrücken neben ihm.

Und die Frau, die sich zu ihm umdrehte und mit einem Blick ansah, den Jan nicht einordnen konnte: War sie verwirrt? Erfreut, ihn wiederzusehen? Oder sprachen ihre halb offenen Augen gerade Verachtung oder Vorwürfe aus? Oder hatte dieser Blick gar nichts zu bedeuten und war einfach nur Ausdruck von Müdigkeit?

Jan streichelte Jennys Oberkörper.

Jenny sprang sofort auf. »Jetzt nicht«, sagte sie und lief schnell ins Bad.

War es also nur ein One-Night-Stand? Jan war beinahe gelähmt vor Enttäuschung. Er sah auf den Wecker. Es war zwanzig vor sieben, er musste erst in zwei Stunden im Büro sein, wahrscheinlich kam Steiner sowieso wieder zu spät.

Jan zog sich zügig an und quetschte sich in die enge Küchenzeile. Jenny lebte wie er in einem Ein-Zimmer-Appartement. Von der Küche aus konnte er den Schreibtisch sehen, auf dem sich schwarze Hefte türmten, den Rest des Tisches pflasterten verschiedene Bücher. Jenny kam aus dem Bad.

»Ich habe Frühstück gemacht«, sagte Jan.

»Das ist süß, aber ich muss sofort los. Du doch sicher auch?«

»Nein, eigentlich … Ja, eigentlich schon«, seufzte Jan, während er mit den Händen ein Brötchen quälte und es schließlich in zwei Teile riss.

Sie verabschiedeten sich ohne einen Kuss.

* * *

Jenny stürzte die Treppen zum Lehrerzimmer hinauf. Fünf vor halb acht. Noch zehn Minuten bis zum Unterrichtsbeginn. Dann war Showtime.

Ina blockierte den Kopierer, dahinter standen zwei ältere Kollegen, die auch warteten. Ein Witz, dachte Jenny, dass sie nur einen Kopierer für 64 Lehrer hatten.

Ina sortierte jedes Blatt, das sie 30 Mal kopierte, andächtig in die Folie zurück, bevor sie das nächste Blatt herausnahm und die Welt um sich herum vergaß.

Wenn sie heute wieder zu spät in den Ausbildungsunterricht kam, würde das bestimmt im Abschlussgutachten erwähnt, dachte Jenny.

Eine Stimme in ihrem Rücken schreckte sie auf. »Hey Jenny, alles klar?«

Sebastian. Sebastian Fischer. Vorzeigereferendar und Inhaber des Patents für gute Laune. Der hatte Jenny jetzt gerade noch gefehlt.

Sie blickte kurz auf ihre Uhr und erklärte: »In sechs Minuten beginnt mein Unterricht, und ich muss noch den Text kopieren, sonst weiß ich nicht, wie ich die Stunde in der 9b füllen soll.«

»Auch noch die 9b, na viel Spaß«, schmunzelte Sebastian.

Der hatte gut reden, der war ja auch der Überflieger unter den Refs und wusste, wie man es jedem recht macht.

»Und wie geht's dir sonst?«, wollte Sebastian wissen.

Wie es ihr ging? Ihre Gefühle machten gerade Bungee-Sprünge. Sie hatte sich verliebt, wusste aber nicht, ob das gut war. Eigentlich hatte sie gerade ein schweres Trauma zu verarbeiten, aber das würde sie bestimmt nicht Sebastian Fischer erzählen. Ganz bestimmt nicht! Stattdessen sagte sie: »Ich drehe durch. Nächste Woche ist die nächste Lehrprobe.«

»Ich weiß. Wie ist deine letzte noch mal beurteilt worden?«

»Gerade noch ausreichend. Ich hatte angeblich zu viel an die Tafel geschrieben.«

»Und dafür gleich eine Vier. Die spinnen doch. Aber mach' dir nicht so viel draus. Eine Vier heißt nicht durchgefallen.«

Klugscheißer. »Du bist gut. Wenn die Noten nicht besser werden, habe ich auch keine Aussicht auf eine Stelle. Dann war alles umsonst.«

»Ich kann dir gerne helfen, wenn du magst«, schleimte Sebastian und schaute kurz grinsend an ihr vorbei.

Jenny warf einen Blick über ihre Schulter. Jetzt verstand sie: Nur zwei Meter von Sebastian entfernt stand Hempelmann, der Schulleiter, zwar in ein Gespräch vertieft, aber vermutlich hoffte Sebastian, dass er mitbekam, wie kollegial er war. Das konnte Punkte für das Abschlussgutachten geben.

Sebastian Fischer ließ nicht locker: »Na, was ist? Außerdem kann ich dir ein gutes Buch zur Unterrichtsvorbereitung empfehlen: *Kompetent und klug unterrichten* von Hubert Müller, außerdem *99 Methoden für Textarbeit* von ...«

In diesem Moment kam Julia um die Ecke, streichelte kurz Jennys Arm und murmelte: »Wie läuft's?«

»Den Umständen entsprechend, Süße.«

»Wir müssen uns heute Abend dringend treffen. Es gibt etwas zu bereden.«

Jenny nickte ernst. »Ja. Um acht bei dir, Jule?«

Sebastian zog beleidigt ab. Julia nickte zurück und verschwand ebenfalls.

Noch zwei Minuten bis Unterrichtsbeginn. Der Kopierer war endlich frei.

* * *

Sie konnte sich keine Fehler mehr leisten. Fünf Minuten kam sie zu spät in den Klassenraum, weil sie noch einen Papierstau hatte beseitigen müssen. Wenigstens tobten die Schüler nach dem Gong nicht mehr auf dem Flur herum, sonst wäre es auch noch auf sie zurückgefallen, wenn die rücksichtslosen Chaoten auch noch den Unterricht der anderen störten.

Überhaupt war es ungewöhnlich ruhig im Raum.

Jenny ging über die Schwelle, schloss die Tür und wunderte sich darüber, dass alle Schüler auf ihren Plätzen saßen, kein Wort sagten und sie erwartungsvoll anstarrten. 29 brave Teenager. Nein, es waren sogar 30 Plätze besetzt. Jenny wurde blass, als hätte sie einen Geist gesehen, der von den Toten wieder auferstanden ist. In der letzten Reihe saß Georg. Georg Berger. Erschienen zu einem unangekündigten Unterrichtsbesuch. Er nickte ihr zu, als gäbe es ein geheimes Einverständnis zwischen ihnen, das nur sie beide kannten – und in gewisser Weise war es ja auch so. Ein Geheimnis. Sie wünschte sich, sie könnte die letzten Wochen irgendwie rückgängig machen.

Jenny knipste den Overhead-Projektor an und begann unverzüglich mit dem Unterricht.

Georg beobachtete sie dabei mit einem Blick, von dem sie nicht sagen konnte, ob er kritisch oder lüstern war. Obwohl: Bei Georg gehörten Lust und Kritik ja meist zusammen.

* * *

Warum eigentlich nicht, dachte Steiner und wandte sich an seinen Schutzbefohlenen: »Wir machen heute mal eine kleine Übung«, sagte er zu Grimberg, der ihn irritiert ansah. Steiner warf die Autotür zu und ging ein Stück voraus. Nach einigen Metern hatte Grimberg ihn eingeholt.

»Also, Grimberg: Gestern bei Berger warst du mir noch zu zurückhaltend, deswegen wirst du gleich mal den Gemeindeleiter befragen, und ich bewege mich unauffällig wie ein Schatten neben dir her. Erwarte nicht unbedingt, dass ich eingreife, wenn du nicht mehr weiterweißt.« Grimberg nickte, aber Steiner merkte genau, dass der kleine Anfänger die Hosen voll hatte.

Steiner war gespannt, wie sich der junge Kerl bei der Ermittlung machen würde. Er hatte von Bilinski bisher wenig Positives über ihn gehört. Bilinskis Aussagen nach sollte sich Grimberg im Einstellungsverfahren noch so angestrengt haben, als ginge es um sein Leben. Aber schon nach seinen ersten Tagen habe er unmotiviert gewirkt und sich oft einfach zu passiv verhalten. Diese Jesus-Jünger, mit denen Andreas Berger sich abgegeben hatte und die sie nun unter die Lupe nehmen würden, waren genau das Richtige für einen Anfänger.

Sie näherten sich dem Gemeindesaal, einem modernen Gebäude am Mechernicher Stadtrand, das interessanterweise gleich in der Nähe eines berüchtigten Nachtclubs stand. Steiner fragte sich, wie viele hiesige Puffbesucher sonntags brav ins Gemeindehaus pilgerten. Die ganze Welt war verseucht mit verlogenen Heuchlern, und er war überzeugt, dass eine auch noch so moderne Kirche da keine Ausnahme bildete. Er öffnete die Eingangstür und ließ Grimberg den Vortritt. Sie passierten das Foyer und steuerten den Gottesdienstraum an.

Die Sonne warf ein helles Licht in den Gemeindesaal der »Neuen Christen«. Steiner sah sich im Saal um. Statt eines Altars stand gegenüber der Eingangstür eine große Bühne, statt einer Kirchenorgel ein Schlagzeug an der Wand. Der Eingangsbereich lud offenherzig zum Besuch ein, und an vielen Regalen lagen Broschüren und Bücher über Jesus, den Heiligen Geist und die Abkehr von der Sünde. An einer Wand hing ein großes Kreuz. Darüber mahnte die Johannesoffenbarung: *Weh aber euch, Land und Meer! Denn der Teufel ist zu euch hinabgekommen; seine Wut ist groß, weil er weiß, dass ihm nur noch eine kurze Frist bleibt.* Unter dem Kreuz stand in großen Lettern ein weiteres Zitat aus der Offenbarung: *Halleluja! Das Heil und die Herrlichkeit und die Macht ist bei unserem Gott. Seine Urteile sind wahr und gerecht. Er hat die große Hure gerichtet, die mit ihrer Unzucht die Erde verdorben hat.*

»Guten Tag, schön, dass Sie zu uns gefunden haben«, sagte ein freundlicher Mann mit Vollbart. »Ich bin Matthias, der Gemeindeleiter.«

»Grimberg von der Kripo. Und das ist mein Kollege Steiner, der Sie eben angerufen hat. Schön, dass wir so kurzfristig vorbeikommen durften. Ich habe ein paar Fragen an Sie.«

»Die haben viele, die hierherkommen«, antwortete Matthias und lächelte.

Steiner sah zu Grimberg, der ebenfalls freundlich lächelte, als wäre er gerade zum Bibelkreis eingeladen worden. Jetzt konnte Steiner sich doch nicht zurückhalten: »Stellen wir gleich klar: Wir sind nur wegen einer Mordermittlung hier. Euer frommes Geschwätz interessiert uns nicht. Erzählen Sie uns von Andreas Berger.« Dann nickte er streng zu Grimberg und signalisierte, dass er jetzt wieder das Gespräch übernehmen sollte.

Matthias behielt sein freundliches Lächeln. »Andreas? Den kenne ich sehr gut. Seit acht oder neun Jahren ist er Gemeindemitglied ...«, er räusperte sich, »... gewesen. Furchtbar, was mit ihm passiert ist. Jedenfalls hat sich Andreas von Anfang an im Gemeindeleben engagiert – mehr als wir es erwarten würden.«

»Was erwarten Sie denn von Ihren Schäfchen?«, fragte Grimberg in einem sarkastischen Ton, den Steiner ihm gar nicht zugetraut hätte.

»Schäfchen ist sogar ein passender Ausdruck. Sie kennen vielleicht das Gleichnis vom verlorenen Schaf, das Jesus erzählt hat? Der Hirte freut sich am Ende umso mehr, wenn er ein verlorenes Schaf wiedergefunden hat. So wie sich Gott freut, wenn seine Schafe zu ihm zurückfinden. Wir erwarten, dass man den Glauben ernsthaft lebt. Dass man täglich in der Bibel liest und die Bibel ernst nimmt. Wissen Sie, mein Sohn hat neulich im Religionsunterricht gelernt, dass das Wunder von der Blindenheilung nur im übertragenen Sinne zu verstehen sei. So etwas bringen die Religionslehrer den Kindern heute bei, nennen es kritische Exegese, und dann darf man sich nicht wundern, wenn die Menschen heute keinen Zugang mehr zu Jesus haben. Wir glauben, dass jedes Wort in der Bibel wahr ist.«

»Auch der Beginn der Menschheitsgeschichte mit Adam und Eva?«, fragte Grimberg.

Chapeau, dachte Steiner. Jetzt kam Grimberg in Fahrt.

»Selbstverständlich.«

»Und die Evolution? Hat der Herrgott etwa die Saurierknochen hingelegt, um uns zu verwirren?«, bohrte Grimberg weiter, und Steiner konnte sich ein Grinsen nicht verkneifen. Der Knabe hatte also auch noch einen guten Humor, auch wenn Steiner Grimbergs Gesprächsführung gerade nicht ganz verstand. Aber in einer Talkshow über Religionsfragen hätte dieser Schöngeist Grimberg die Sympathien des Publikums jetzt auf seiner Seite.

»Saurier, Evolution – Ist doch alles gar nicht bewiesen. Aber zurück zu Ihrer Frage, was wir erwarten: Außerdem sollen unsere Mitglieder ihr Leben ändern, und das bedeutet, gegen die Sünde zu kämpfen. Gegen die Sünde kämpfen heißt, den Teufel zu bekämpfen. Als Andreas zu uns kam, hat er den Teufel bekämpft. Aber manchmal verliert man hier auf Erden diesen Kampf, gewinnt aber im neuen Leben einen Platz im Reich Gottes.«

»Wie viele Mitglieder hat Ihre Gemeinde?«, fragte Grimberg.

Steiner ließ ihn gewähren und versuchte, die Stühle im Gemeindesaal zu zählen.

»Über 200. Und es werden jedes Jahr mehr.«

»Verlieren Sie gelegentlich auch Mitglieder?«

Das war eine gute Frage, fand Steiner. Vielleicht hatte er diesen Grünschnabel doch ein wenig unterschätzt.

Der Gemeindeleiter lächelte immer noch. »Natürlich.«

»Und was machen Sie mit denen?«

»Was glauben Sie denn? Wir verlieren sie aus den Augen. Jeder entscheidet doch selbst, ob er den Weg des Heils gehen will. Oder halten Sie uns für eine gemeingefährliche Sekte, die Aussteigern mit Psychoterror das Leben zur Hölle macht?«

Steiner sah noch mal auf die Bibelverse an der Wand und schaltete sich wieder ins Gespräch ein: »Apropos Hölle: Glauben Sie, dass Bergers Mörder in die Hölle kommt?«

»Jeder, der vom Weg Jesu abfällt, kommt in die Hölle.«

»So einfach ist das?«, fragte Steiner süffisant.

»Ja, so einfach ist das. Darf ich Ihnen einfach mal eine Bibel für zu Hause mitgeben?«

»Keinen Bedarf«, wehrte Steiner ab. »Hatte Andreas Berger Feinde in der Gemeinde?«

»Wie können Sie das glauben? Gemeinde heißt bei uns Gemeinschaft. Jeder ist für den anderen da, und wir teilen unsere Wünsche und Sorgen.«

»Gibt es keine Konflikte?«, setzte Grimberg seine Befragung fort.

»Natürlich gibt es die. Aber der Gemeindevorstand bietet Gespräche mit den betroffenen Parteien an, und so lassen sich Konflikte leicht lösen.«

»Welcher Art sind die Konflikte?«

»Das ist vertraulich, und darüber möchte ich Ihnen keine Auskunft geben, Herr Grimberg.«

»Hören Sie, es geht um eine Mordermittlung«, setzte Grimberg nach.

Der Bärtige sah in die Luft, als fragte er den lieben Gott um Rat, dann antwortete er: »Also gut. Andreas hat gelegentlich Konfliktgespräche geführt. Vor drei Wochen ging es um eine Frau aus der Gemeinde, die von ihrem Mann geschlagen wurde. Sie wollte ihn verlassen, aber nach dem vermittelnden Gespräch durch Andreas haben sich beide für einen Neuanfang entschieden. Andreas war ein wirklich charismatischer Charakter, dem die Menschen zugehört haben.«

»Ist es denn dann nicht denkbar, dass sich jemand von so einem charismatischen Charakter manipuliert fühlte und sich an Berger rächen wollte?«, fragte Grimberg.

Dieser Matthias hatte die ganze Zeit sein freundliches Gesicht nicht abgelegt. Auch jetzt nicht, als er sagte: »Herr Grimberg, Herr Steiner, Sie werden beide in die Hölle kommen, wenn Sie so weitermachen. Ich wünsche Ihnen jetzt noch einen schönen Tag, und wenn Sie umkehren wollen, stehen unsere Türen offen.«

Grimberg wollte schon gehen, aber Steiner hielt ihn zurück und flüsterte: »Lass' dich jetzt nicht einfach vertreiben. Oder siehst du die Ermittlungen in diesem Umfeld schon als für beendet an?«

Grimberg sah ihn für einen Moment fragend an. Dann wandte er sich an Matthias: »Könnten Sie uns vielleicht noch eine Liste mit den Gemeindemitgliedern geben? Sie würden uns die Arbeit wirklich sehr erleichtern.«

Statt zu antworten fragte Matthias: »Wann wird Andreas' Leichnam eigentlich zur Beerdigung freigegeben?«

»Wenn die Obduktion abgeschlossen ist«, sagte Steiner. »Das wird heute oder morgen sein. Die Rechtsmediziner haben viel zu tun.«

»Na dann. Kommen Sie mit ins Gemeindebüro, dann drucke ich Ihnen eine Liste aus.«

Fünf Minuten später verließen sie die »Neuen Christen« und stiegen ins Auto. Steiner bemerkte, wie Grimberg ihn fragend ansah, um eine Rückmeldung zur angekündigten Übung zu erhalten, aber Steiner sagte die ganze Fahrt über kein Wort.

* * *

»Woran denkst du?«, wollte sie wissen.

Eigentlich nervten ihn diese Fragen, die Frauen nach dem Sex stellten. Aber heute empfand er die Frage nicht, als würde er in eine Enge gedrängt werden, sondern als wollte jemand an seinem Leben teilnehmen. Und es war ein großartiges Leben. Jan hatte die höchste Stufe der Seligkeit erreicht. Das Glück war zum Greifen nahe, es hatte sanfte Haut, lange, blonde Haare, hieß Jenny und hatte gerade verdammt guten Sex mit ihm gehabt. Nach ihren Abweisungen am Vortag hatte sie sich heute Morgen gemeldet – und nun war sie wieder sehr anhänglich. Jan hatte das Gefühl, dass Jenny gerade genauso jemanden zum Anlehnen brauchte wie er, und er genoss diesen Augenblick. Die Polizeiarbeit spielte gerade in diesem Moment keine Rolle. Keine Gedanken an den Fall, keine Gedanken an seine berufliche Zukunft. Berufliches und Privates waren in diesem Moment streng getrennt. Nur er und Jenny.

»Ich denke daran, wie glücklich du mich machst«, antwortete Jan wahrheitsgemäß.

Jenny drehte sich auf den Bauch und sah ihn an. Nachdenklich. Vielleicht auch fröhlich oder traurig.

»Glücklich? Was bedeutet das für dich – Glück?«

Jan dachte kurz nach. Dann sagte er: »Glück heißt wohl so viel wie, einen Sinn in allem zu finden. Vor einigen Tagen erschien mir alles hier noch völlig sinnlos. Der Job, die Eifel – alles kam mir so absurd vor. Und dann begegne ich dir, und plötzlich ergibt alles wieder einen Sinn. Den Sinn kann man nicht einfach irgendwo ablesen, sondern muss ihn selbst hineinlegen.«

»Wow, was für weise Worte.«

»Die sind nicht von mir, sondern von einem Philosophen. Wilhelm Schmid. Sinngemäß jedenfalls …«

Jenny lachte. »Mein kleiner Philosoph.«

»Ja, mein Studium reicht wirklich nur zum kleinen Philosophen.«

»Du hast Philosophie studiert?«

»Eine Zeit lang, ja. Eigentlich wollte ich mit dem Studieren von Geisteswissenschaften nur meinen Vater ärgern«, sagte Jan. »Ich dachte mir, dass ich mit dem Philosophiestudium am ehesten seiner Kanzlei entkommen kann. Aber nach ein paar Semestern hatte ich keine Ahnung, wo das Studium hinführen soll. Lehrer wollte ich eigentlich nicht werden, und mich als armer Uni-Dozent von Zeitvertrag zu Zeitvertrag hangeln wollte ich auch nicht. Und da habe ich Jura ausprobiert. Wahrscheinlich wollte ich meinem Vater nur beweisen, dass ich durchaus zu einem Jurastudium in der Lage bin. Und um dann erneut einem Job in seiner Kanzlei zu entfliehen, habe ich mich bei der Polizei beworben. Ich hatte zufällig einen Bewerbungsaufruf gelesen, und ich hatte eine ganze Weile auch das Gefühl, dass ich damit etwas Sinnvolles mache. Dann wollte ich mal wieder einen Tapetenwechsel und habe mich bei der Kripo beworben. Und ich hätte nie gedacht, dass die mich tatsächlich nehmen.«

»Aber angekommen bist du in deinem Beruf noch nicht, was? Ich kann dich verstehen. Weißt du, ich wollte seit der Oberstufe Lehrerin werden. Deutsch und Geschichte. Ich war erfolgreich im Studium, die Schulpraktika liefen gut. Aber seit ich in diesem verdammten Referendariat hänge, frage ich mich fast jeden Tag, ob ich noch auf dem richtigen Weg bin.«

»Aber warum? Du bist doch bestimmt eine tolle Lehrerin, die gut mit ihren Schülern klarkommt.«

»Ja, mit den meisten Schülern komme ich auch klar, auch wenn es in jeder Klasse Dennisse und Chantals gibt, die einem das Unterrichten schwer machen. Aber der ständige Prüfungs- und Bewertungsdruck, unter dem man als Referendar steht, ist kaum zu ertragen. Vor allem Berger macht mir das Leben zur Hölle. An jeder Stunde, die er von mir beobachtet, findet er etwas, was ihm nicht gefällt.«

»Vielleicht will er dich mit harter Kritik nur fördern?«

Jennys Blick wurde ernst. »*Der* mich fördern? Der will doch höchstens … Wie auch immer. Berger jedenfalls ist ein Schwein. Ein richtig mieses Schwein. Und jetzt lass' uns etwas anderes machen, bevor ich mich nachher noch mit Jule treffe«, sagte sie und küsste ihn.

Jans Gedanken waren sofort wieder bei dem Fall. Georg Berger ein mieses Schwein? Abwegig war dieser Gedanke nicht, und Jenny vertraute er in dieser Einschätzung. Wenn Jenny Berger so verurteilte, dann musste da etwas dran sein. Außerdem war Berger ja ohnehin bei der Vernehmung merkwürdig aufgefallen – zu wenig Gefühlsregung bezüglich seines toten Bruders, und seine Antworten bei Jans und Steiners Besuch in der Schule waren irgendwie zu glatt und überlegt gewesen. Wenn Georg Berger ein Schwein war – war er dann zu einem Brudermord fähig?

* * *

»Merk' dir gleich, Kleiner: Feierabend hast du bei der Kripo nie«, wurde Jan von Steiner im *Stollen* empfangen. Die Kneipe, zu der außerdem ein Restaurant und ein Hotel gehörten, befand sich mitten im historischen Ortskern von Kommern. Die vielen Fachwerkbalken und das dunkle Licht gaben dem Lokal eine rustikale, aber gemütliche Atmosphäre. An einer Wand flimmerte der Sky-Kanal. Jan und Steiner saßen am Tresen, und Steiner blickte immer wieder mit einem Auge zum Sportfernsehen. »Abends noch zu arbeiten macht mir nichts aus«, sagte Jan, der eigentlich nun lieber bei Jenny wäre.

»Trinkst du auch einen Kaffee?«

»So spät noch?«, fragte Jan, denn es war schon nach acht.

»Lieber ein Bier?«

Jan wusste nicht, ob das eine Fangfrage war, und sagte: »Zum Arbeiten lieber Kaffee.«

Steiner orderte zwei Tassen Kaffee und fuhr fort. »Ich spendier' dir was. Denn heute ist dein Glückstag, Grimbach oder Grimberg oder wie auch immer«, sagte Steiner.

»Ach ja?«, fragte Jan misstrauisch.

»Du bleibst ein bisschen länger an meiner Seite. Der Kollege Bernstein hat sich für weitere Wochen krankgemeldet.«

»Gibt es keine Vertretung?«, wollte Jan wissen.

»Du bist die Vertretung. Gemeinsam mit Bilinski habe ich beschlossen, dass dir ein bisschen mehr Praxiserfahrung und Verantwortung nicht schaden können. Außerdem: Wenn wir eine Vertretung beantragen, glauben die da oben nur, wir kommen nicht klar.«

Jan glaubte kein Wort von dem, was Steiner ihm da erzählte. Steiner tat so, als wollte er ihn fördern, aber Jan war sich sicher, dass er seinem Mentor scheißegal war.

»Also, Grimberg: Wir haben im Fall Berger immer noch keine heiße Spur. Jeder, den wir gefragt haben, bestätigt uns, dass Andreas Berger kein Mann war, der sich Feinde gemacht hat. Das ist auch das Fazit der Kollegen vom Bonner KK 11, die sich in Bergers Firma umgehört und über seine Bauprojekte informiert haben: Keine Konkurrenten auf der Arbeit, niemand, der sich über seine Immobilien beschweren könnte. Und seine Ehefrau schien auch keinen Grund zu haben, ihn loswerden zu wollen.«

»Hat der Erkennungsdienst etwas Brauchbares gefunden?«

»Niente. Der Täter war sehr darauf bedacht, wenig Spuren zu hinterlassen – abgesehen von den Schändungen am Opfer natürlich. Keine Fingerabdrücke, keine auffälligen Materialien. Berger wurde mit einer Rundstahlkette gefesselt, die man in jedem Baumarkt bekommt. Und die DNA-Analyse können wir ebenfalls vergessen.«

Jan dachte kurz nach, dann sagte er: »Und was halten Sie von dem Anfall mit dem Teufel, den seine Frau hatte? Könnte es irgendwas mit seinem religiösen Umfeld zu tun haben, das wir uns angesehen haben?«

»Meinst du, auf die Idee bin ich nicht gekommen? Aber mein Eindruck von dieser Gemeinde war: Die leben zwar ein bisschen hinter dem Mond und glauben, dass sich die Sonne um die Erde dreht, aber sonst sind die ganz harmlos, singen fromme Lieder und lesen in der Bibel. Aber eine Spur gibt es dort nicht. Von denen verübt keiner einen Mord, die haben viel zu viel Angst vor der Hölle.«

»Vielleicht war der Pranger dann doch kein Symbol, um auf eine von Berger bereitete Schande hinzuweisen. Er könnte doch auch von irgendeinem Irren hingerichtet worden sein.«

»Diese Möglichkeit können wir zumindest nicht ausschließen. – Tor!«, schrie Steiner plötzlich den Bildschirm an, und einige Barbesucher taten es ihm gleich.

Jan interessierte sich nicht die Bohne für Fußball und hatte keine Ahnung, wer gerade gegen wen spielte. Er lenkte wieder auf den Fall: »Waren hier vielleicht irgendwelche Satanisten am Werk? Gibt es so was hier in der Eifel? Wenn man sieht, wie grausam er misshandelt wurde – ich meine, das ist doch keinem normalen Menschen zuzutrauen.«

»Täusch' dich da mal nicht, Grimbach. Das Böse im Menschen ist weniger offensichtlich, als man denkt. Ein Kollege hatte mal einen Fall, da ist eine junge Frau von einem eifersüchtigen Freund mit 58 Messerstichen getötet worden. Als er einmal anfing, konnte er nicht mehr aufhören. Und vorher war der Kerl nie auffällig gewesen. Ach verdammt: Wir haben überhaupt keine Spur. Aber nehmen wir mal an, dass das Motiv nicht Rache war, sondern dass es sich hier um die Tat eines Mörders handelt, der sein Opfer mehr oder weniger willkürlich ausgesucht hat, einfach um zu töten.«

»Dann hieße das, dass hier irgendwo ein irrer Mörder rumläuft, der so eine Tat jederzeit wiederholen könnte.«

»Richtig, Grimbach. Aber an Satanisten glaube ich nicht, auch wenn die Witwe Berger glaubt, dass Luzifer persönlich ihren Mann umgebracht hat. Die Auswerter vom KK 11 hätten dann jedenfalls eindeutigere Hinweise auf einen okkulten Ritualmord finden müssen.«

»Ich heiße übrigens Grimberg«, sagte Jan.

»Von mir aus – und jetzt genieß' noch ein paar Stunden Freizeit. Ich hab' noch zu tun«, sagte Steiner, legte das Geld für die beiden Kaffee auf die Theke und ging.

* * *

Er quetschte sich wie ein Schlangenmensch durch das Loch im Zaun. Nichts konnte ihn aufhalten. Ein innerer Zwang hatte ihn hierhergeführt. Er musste sich den Ort, den er als alter Kommerner bestens kannte, in Ruhe ansehen. Er musste einfach diese Befriedigung erleben, die er an seinem Körper wie ein warmes Bad spürte, wenn er sich den Pfahl ansah.

Kahli schlich durch die nächtliche Museumslandschaft und war nach wenigen Minuten im alten Eifel-Dorf angekommen, wo sich der Pfahl wie ein Opferaltar vor der alten Kapelle erhob. Er hatte ein rotes Absperrband um den Tatort herum erwartet, aber die Polizei hatte ihre Arbeit offenbar schon beendet.

Er lachte und setzte sich auf den Boden, dann betrachtete er die Säule, die sich vor ihm erhob und aus der Froschperspektive noch viel mächtiger aussah. Dieser Ort war ihm nun heilig. Hier war Andreas Berger gestorben, hier hatte er Schmerzen erleiden und um sein Leben wimmern müssen, und am Ende war endlich Gerechtigkeit eingekehrt. In seinem Ohr sangen plötzlich die Toten Hosen: »Es wird ein großer Sieg für die Gerechtigkeit, für Anstand und Moral.« Er wiederholte die Melodie in seinem Kopf unzählige Male, bis ihn ein drohendes Knurren aus seinen Gedanken holte. Dazu hörte er Schritte, und der Schein einer Taschenlampe zielte auf ihn. Kahli warf sich zu Boden und kroch zur großen Linde. Langsam stand er auf und drückte seinen Rücken gegen den Baumstamm, um nicht entdeckt zu werden. Er hoffte, dass der Baum ihm genügend Schutz geben würde. Wieder knurrte der Hund, dann bellte er drei Mal in die Dunkelheit hinein.

»Ruhig, Attila, ruhig«, hörte er den Wachmann sagen. Die Schritte kamen näher. Nur wenige Meter von Kahli, auf der anderen Seite des Baumstammes, stand der Mann vom Sicherheitsdienst und leuchtete auf den Pranger. Sein Rottweiler hechelte hektisch und zog nervös an der Leine.

»Attila, aus! Lass die verdammten Eichhörnchen in Ruhe, hörst du? Aus! Komm jetzt.« Der Wachmann zog den Hund weg vom Pfahl und ging zurück zum Weg. Als die Schritte nicht mehr zu hören waren, kam Kahli aus seinem Versteck hervor, starrte noch minutenlang auf den Pranger und fasste ihn dann an, um sich wie von einem Freund zu verabschieden. Er würde bald wiederkommen.

* * *

Die Kirchturmuhr schlug Mitternacht.

Georg Berger lief ziellos durch die leeren Gassen Kommerns. Er mochte dieses Dorf mit den vielen alten Fachwerkhäusern, die ihm ein Gefühl von Heimat und Geborgenheit gaben. Im Licht der Straßenlaternen schien Kommern ein verzauberter Ort zu sein, der Geheimnisse verbarg. Über den Dächern krähte ein Rabe.

Georg Berger wollte alleine sein, nicht mit Martina reden, nicht mit Anne reden, nicht an Andreas denken. Er musste wieder zu sich kommen. Das Leben musste für ihn weitergehen. Vor allem aber musste er sein Leben ändern.

Er wollte anderen nicht mehr wehtun.

Wenn der Tod von Andreas eines bewirkt hatte, dann die Erkenntnis, dass das Leben kurz und kostbar war. Und dass jeder Mensch ein Leben in Würde verdient hatte. Diese einfache Einsicht war für Georg Berger nicht selbstverständlich.

Er selbst war immer ein großer Egoist gewesen, der viele Fäden in der Hand gehabt hatte. Seine Beziehung zu anderen Menschen definierte sich hauptsächlich über den Nutzen, den sie für ihn hatten. Ansonsten waren ihm andere Menschen schnuppe. Schon als Kind war er oft gemein zu anderen gewesen, bloß um seinen Spaß zu haben. Er war AKO an der Schule geworden, weil er dafür eine Beförderung und Entlastungsstunden bekam, und weil er es genoss, wenn andere von ihm abhängig waren. Und irgendwann war diese Abhängigkeit aus dem Ruder gelaufen.

Jenny war eine hübsche Referendarin. Welcher Mann wollte nicht mit so einer ins Bett? Aber nachdem seine Flirtversuche erfolglos geblieben waren, hatte er eine andere Möglichkeit gefunden, von ihr das zu kriegen, was er wollte. Zuerst hatte er Jenny in den Glauben versetzt, keinen guten Unterricht zu machen. Und dann, als ihre Verzweiflung so groß war, dass sie glaubte, was er ihr einredete – nämlich, dass sie miserabel unterrichte, keine Beziehung zu ihren Schülern habe und mit Bravour durch das Zweite Staatsexamen fallen werde, da war sie im leeren Klassenzimmer, in dem sie mit Georg alleine war, weinend wie eine Sünderin vor der Himmelspforte auf die Knie gefallen, und Georg hatte sich ihr langsam genähert, ihr seine Gnade gezeigt und ihr erst tröstend, dann erotisch den Kopf gestreichelt, und Jenny hatte seine Körpersprache verstanden und seine Hose geöffnet.

Von da an wusste sie, wie sie ihre Leistungen als Lehramtsanwärterin verbessern konnte. Und nicht nur sie. Auch andere Referendarinnen hatte er so gefügig gemacht. Damit musste Schluss sein. Er wollte das nicht mehr, er wollte in ein neues Leben aufbrechen.

Als Georg an der alten Apotheke um die Ecke bog, stand plötzlich eine Gestalt vor ihm.

* * *

Die Gestalt hatte Georg Berger an diesem Abend schon länger beobachtet. Überhaupt hatte sie ihn schon lange im Visier, viel länger, als Berger ahnte. Sie wusste, wo er wohnte, kannte seine Tagesabläufe – und heute Abend war die Gelegenheit sehr günstig. Viele Tage schon hatte sie abends einfach nur sein Haus beobachtet, bis irgendwann das Licht ausging. Sie musste nur lange genug warten, bis sie eine Gelegenheit fand, ihn zu töten. Und jetzt war die Gelegenheit da, als Berger völlig unerwartet aus dem Haus gegangen und von seinem üblichen Tagesablauf abgewichen war.

Die Gestalt wusste viel über Georg Berger. Sie wusste, wie er sich sein kleines Glück aufgebaut hatte, das sie nun zerstören würde, weil er es nicht verdient hatte, ein glückliches Leben zu führen: ein schönes, frei stehendes Fertighaus mit Gauben und Garten und Bonsaibäumchen, dazu eine hübsche Frau, die keine falschen Fragen stellte und ihn so liebte, wie er war, oder wie er vorgab, zu sein. Die Gestalt kannte Georg Berger offenbar besser als seine Frau, denn wenn sie ihn wirklich kennen würde, hätte sie dieses Scheusal nicht lieben können. Berger hätte es eigentlich verdient, alleine zu bleiben. Er hatte eine schlimme Sünde begangen, von der kaum jemand etwas ahnte, weil er nie dafür bestraft worden war. Aber jetzt – jetzt würde er dafür bestraft werden.

Die Gestalt beschleunigte ihren Schritt.

* * *

Die Gestalt mit der Kapuze hatte für einen Moment direkt vor ihm gestanden, dann war sie an ihm vorbeigelaufen. Georg hörte die Schritte des Nachtschwärmers hinter sich, dann hörte es sich an, als würden sie sich nicht von ihm wegbewegen, sondern wieder näher kommen. Nächtliche Spaziergänger waren um diese Uhrzeit in diesem Dorf ungewöhnlich, aber nicht ungewöhnlich genug, um sich nach ihnen umzudrehen. Ein Fehler, wie er bald merken sollte. Die Schritte wurden schneller und setzten an, ihn zu überholen.

Dann presste eine Hand ein Tuch auf seinen Mund.

Georg Berger wurde augenblicklich schläfrig und sackte in sich zusammen.

5. Kapitel

12. September 2013

Die zweite Leiche seines Lebens war für Jan ein grausiger Anblick. Dabei glich das jetzige Erscheinungsbild exakt der Mordinszenierung im Fall Andreas Berger. Wieder hatte jemand den Toten an den Kommerner Pranger gebunden. Wieder war der Mann vor seinem Tod gefoltert worden – mit faulen Eiern, Steinen und Messerstichen, die nicht sofort tödlich gewesen waren. Und wieder waren ihm die Adern aufgeschlitzt worden. Vermutlich stundenlang hatte dieser arme Mensch am Pranger aushalten müssen, ehe der Tod vorbeigekommen war und ihn gnädig mitgenommen hatte. Was für eine Erlösung musste es für das Opfer gewesen sein, als das Leben endlich aus seinem Körper gewichen war. Die gleiche Tortur hatte auch Andreas Berger durchgemacht, die Verletzungen waren ähnlich grausam gewesen, und dennoch hatte Jan sich beim Anblick des toten Andreas weder geekelt noch gegruselt.

Diesmal war es anders. Als Jan den Toten sah, zog sich sein Magen zusammen, und er kämpfte mit der Übelkeit. Es waren weniger die schauerlichen Verletzungen oder die offenen, Entsetzen ausdrückenden Augen des Toten, die Jans Unwohlsein hervorriefen. Es war eher so etwas wie Mitleid, das er für den Mann am Schandpfahl empfand. Der erste Tote seines Lebens war ein anonymer Körper gewesen, weswegen Jan ihn als eine Art Requisit der Polizeiarbeit betrachten konnte. Diesen Toten hier kannte Jan – zumindest flüchtig, denn in den letzten Tagen hatte er zwei Mal mit diesem Menschen geredet, und noch gestern hatte Jan mit Jenny über ihn gesprochen.

Es war Georg Berger, der Zwillingsbruder von Andreas Berger, den der Mörder diesmal erwischt hatte. Und die Tatsache, dass Jan Georg Berger kurz zuvor noch begegnet war, machte es ihm unmöglich, sachliche Distanz zur Leiche aufzubauen. Kurzum: Den Toten, den Jan vor sich hatte, konnte er nicht einfach als anonymen Leichnam sehen. Und Berger war bestialisch ermordet worden. Jans Gesicht verzog sich ungewollt zu einer Grimasse. Nur mit großer Mühe gelang es ihm, gegen das Weinen anzukämpfen. Der Reißverschluss des Ganzkörperanzuges, den Jan diesmal selbstverständlich übergestreift hatte, bevor er sich zum Tatort begab, schnürte ihm die Kehle zu. In seiner Betroffenheit nahm er das Treiben des Erkennungsdienstes um ihn herum gar nicht wahr. Außerdem fühlte sich Jan an diesem Morgen leicht verkatert, weil er am Abend zuvor eine Flasche Weißwein fast alleine geleert hatte. Jenny hatte ja keine Zeit für ihn gehabt, und so hatte Jan sich sinnlos durch das Fernsehprogramm geschaltet und ein Glas nach dem anderen getrunken, ehe er müde ins Bett gefallen war. Er war schon wach gewesen, als Steiner ihn am frühen Morgen angerufen und ins Museum bestellt hatte. Diesmal war es ein Nachtwächter gewesen, der den Toten am Pranger gefunden hatte.

»Sie stehen im Weg – träumen können Sie auch woanders«, pflaumte ihn eine Kriminaltechnikerin an. Jan ging folgsam zur Seite.

»Da haben wir den Salat«, grummelte Steiner.

Jan sagte nichts, weil er nichts zu sagen wusste.

»Jetzt kommt die Sache richtig in Fahrt«, fuhr Steiner fort. »Wir haben es also mit einem Serienkiller oder mit einem Mörder zu tun, der sich auf einem Rachefeldzug befindet. Zwei Tote an einem ungewöhnlichen Tatort. Und dann auch noch Brüder.«

»Zwillingsbrüder«, ergänzte Jan.

»Brillant, Grimberg«, spottete Steiner.

Die Kriminaltechniker befreiten den Leichnam von der Säule. Es war ein erbärmlicher Anblick, wie der seelenlose Körper schlaff in sich zusammenfiel.

»Hätten wir es verhindern können?«, fragte Jan.

Steiner war Jans Betroffenheit nicht entgangen, und zum ersten Mal war eine Mischung aus Kollegialität und väterlicher Fürsorge in seiner Stimme zu hören: »Grimberg, wir sind keine Schutzengel. Der Täter hatte es vielleicht schon seit Längerem auf Georg Berger abgesehen, und niemand kann von uns erwarten, dass wir ihm nach drei Tagen unserer Ermittlungen schon auf die Spur gekommen sind, so traurig das auch ist. Zu bedenken ist jedoch, dass wir dem Täter vielleicht schon begegnet sind.«

Der letzte Satz löste tiefes Unbehagen in Jan aus. Er ging die Gesichter durch, denen er in der letzten Woche begegnet war: Martina Berger, Anne Berger, Bergers Schulleiter, der Museumsleiter, Jenny – ihm wurde klar, dass Jenny nun auch zum Kreis der Tatverdächtigen gehörte, vor allem nach dem, was sie ihm über Bergers Umgang mit Referendaren erzählt hatte. Er hatte mit einer Verdächtigen geschlafen!

»Wir sehen uns den Tatort noch mal genauer an«, riss Steiner ihn aus seinen Gedanken.

»Wonach soll ich suchen?«, wollte Jan wissen.

»Nichts Bestimmtes, Grimberg. Das Bestimmte überlassen wir der Spurensicherung. Wir erkunden mal das Museumsgelände. Manchmal hilft Intuition. Vielleicht kommen uns Ideen, wenn wir durch das Museum laufen. Was, verdammt noch mal, haben die Morde mit diesem Ort hier zu tun? Also, Grimberg: Du gehst Richtung Baugruppe Westerwald und drehst die Runde, bis du hier wieder ankommst. Ich nehme die umgekehrte Route Richtung Niederrhein. Wir treffen uns in einer Stunde wieder hier. Scheiße noch mal, so einen Fall habe ich nie gewollt. Genau so was habe ich nicht gewollt!«

Jan sah, wie die Mitarbeiter der Spurensicherung den Toten auszogen. Er ekelte sich vor dem Anblick. Schnell drehte er sich um und folgte der Route, die Steiner ihm zugeteilt hatte.

* * *

Das Freilichtmuseum hatte eine Fläche von über 90 Hektar. Jede Baugruppe bestand aus sechs, zehn oder über 15 Häusern und war jeweils durch ein Waldstück von der nächsten Gruppe getrennt. Besucher konnten hier einen Ort erleben, an dem die Zeit vor Jahrhunderten stehen geblieben war. Es war einfach zu schön hier, um nach Spuren und Hinweisen einer grauenvollen Tat zu suchen. Aber was blieb Jan anderes übrig? Es ging ihm nicht aus dem Kopf, dass es eine Verbindung zwischen Jenny und dem zweiten Mordopfer gab und dass sie deswegen auch die Täterin sein konnte.

Jan musste sich nun zunächst auf wichtige Fragen konzentrieren. Was ging in dem Täter vor, wenn er seine Opfer folterte und tötete? Warum hatte er sich die Zwillinge ausgesucht? Von Zufallsopfern konnte ja kaum mehr die Rede sein, wenn zwei Brüder, die fast gleich aussahen, auf gleiche Weise umgebracht wurden. Und wie musste man sich den Täter vorstellen, wenn er mit dem Opfer das Museumsgelände betrat? Freiwillig schienen die Opfer ja nicht hergekommen zu sein, bei Andreas Berger jedenfalls hatte die Rechtsmedizin Betäubungsmittel im Blut festgestellt. Durch die vielen Löcher im Zaun hatte sich der Täter problemlos Zugang zum Museum verschaffen können, ohne ein großes Hindernis zu überwinden und ohne dabei gesehen zu werden.

Aber ging es auch so einfach, wenn der Täter sein Opfer vorher schon gefesselt und betäubt hatte und den schweren Körper eines Mannes tragen musste? Würde das nicht sogar für mehrere Täter sprechen? Hatte es am Tatort Hinweise von der Spurensicherung in dieser Richtung gegeben? Jan musste Steiner dringend darauf ansprechen. Oder würde es nicht zumindest für einen männlichen Täter sprechen, der kräftiger war als eine Frau und eher in der Lage, Andreas und Georg Berger durch den Wald zu tragen?

Dieser Gedanke kam Jan sehr gelegen, er nahm ihm die Last ab, Jenny weiter zu verdächtigen. Es durfte einfach nicht sein, dass sie die Mörderin war. Und er hätte doch etwas merken müssen! Als er sie geküsst hatte. Als er mit ihr im Bett war. Ein Mensch, der ihm so viel Liebe und Zärtlichkeit geben konnte, konnte doch kein grausamer Mörder sein.

Jan wanderte an einer Scheune vorbei, aus der zwei Frauen kamen und eine Holztonne trugen. Obwohl das Museum für Besucher heute geschlossen worden war, war es den Museumsmitarbeitern gestattet worden, außerhalb der Baugruppe Eifel ihrer täglichen Arbeit nachzugehen.

Natürlich, dachte Jan, nachdem er den beiden Frauen nachgeschaut hatte. Frauen konnten auch einen betäubten Mann tragen. Wenn sie zu zweit anpackten, war das problemlos möglich. Also zwei Täterinnen?

Damit war Jenny wieder als Verdächtige im Spiel. Sie könnte einen Mittäter oder eine Mittäterin haben. Oder selbst nur Mittäterin sein, was ihre Schuld mildern könnte.

Und wenn man sich das Motiv überlegte – wenn sie Georg Berger schon als Schwein bezeichnete, hatte sie ein starkes Motiv. Was immer dahintersteckte, sie schien ihn zu hassen. Georg Berger war mehr als ein Kollege von Jenny. Er war ihr Ausbilder, und sie war damit von ihm abhängig. Menschen können ihre Macht missbrauchen, um andere zu demütigen oder irgendeinen Nutzen aus ihrer Machtposition zu ziehen. War Berger deswegen ein Schwein? Er dachte an Steiners unverschämte Frage: »Haben Sie mit den Referendarinnen gefickt?« Jan spielte diese Möglichkeit durch: Wenn er das tatsächlich getan hatte – dann waren vielleicht erzwungener Sex oder verschmähte Liebe das Tatmotiv.

Ob Berger dann auch mit Jenny …?

Jan wollte den Gedanken nicht zu Ende denken. Er beschleunigte seinen Schritt unwillkürlich, ganz so, als würde er vor dem Gedanken davonrennen. Dabei scheuchte er einige freilaufende Hühner auf, die seinen Weg kreuzten.

Und was war überhaupt mit Andreas Berger? Wenn Jenny wirklich Grund hatte, Georg Berger umzubringen – welchen Grund könnte sie dann haben, seinen Zwillingsbruder zu töten? *Vorher* zu töten?

Jan konnte nichts dagegen tun. Wie automatisch spielten seine Gedanken die Möglichkeit von Jenny als Täterin durch. Wenn Jenny die Mörderin von Georg Berger war, mit dem Motiv Rache, weil er sie sexuell missbraucht hatte, dann war der Pranger das Symbol seiner Verfehlung. Und ein Symbol der Schande. Das ergab so weit einen Sinn. Aber wie hatte sie Berger hierher gebracht? Jan grübelte intensiv und massierte sich dabei die Schläfen. Erste Möglichkeit: Er war freiwillig hergekommen, und sie hatte ihn erst hier betäubt und gefesselt. Dafür hätte sie einen guten Vorwand gebraucht, ihn herzulocken. Sex? Das klang plausibel. Jan wurde übel bei dem Gedanken, und er versuchte ihn sofort wegzuschieben. Zweite Möglichkeit: Jenny hatte eine Gehilfin oder einen Gehilfen. Vielleicht hatte Berger nicht nur sie missbraucht, sondern noch andere Referendarinnen. Auch das ergab so weit einen Sinn. Aber die entscheidende Frage blieb damit unbeantwortet: Warum hätte Jenny vorher Andreas Berger auf die gleiche Weise töten sollen? Jan dachte einen Moment ohne Ergebnis nach.

Dann erst kamen seine Gedanken in Fahrt. Natürlich! Dafür gab es eine ganz einfache Erklärung: Die beiden waren immerhin Zwillingsbrüder und sahen sich zum Verwechseln ähnlich. Sollte es etwa möglich sein, dass Andreas Berger nur aus Versehen …

Auch dieser Gedanke kam Jan so ungeheuerlich vor, dass er ihn kaum zu Ende denken mochte. Aber er blieb hartnäckig, der Gedanke: eine Verwechslung! Jenny könnte Andreas einfach mit Georg verwechselt haben! Sie hatte nur Georg töten wollen, und als sie merkte, dass sie den Falschen erwischt hatte, hat sie die gleiche Tötungsprozedur noch einmal durchgeführt. Sie allein, oder sie und ihre Mittäterin.

Das Hämmern eines Handwerkers, der auf dem Dach eines alten Bauernhauses saß, holte Jan aus seinen Gedanken.

Jan zitterte vor Erregung am ganzen Körper, als er kurz darauf wieder die Baugruppe Eifel erreichte, den Tatort, wo er auf Steiner traf, der in ein Gespräch mit einem Mitarbeiter des Erkennungsdienstes vertieft war.

* * *

Jan hatte eine Weile teilnahmslos neben den beiden Gesprächspartnern gestanden und ungeduldig darauf gewartet, Steiner seine Theorie von der Verwechslung darzulegen. Als der Mitarbeiter des Erkennungsdienstes gegangen war, nahm Steiner einen tiefen Lungenzug und vernebelte Jans Gesicht. Jan war plötzlich wieder unsicher, ob er Steiner seine Idee vom Verwechslungsmord erzählen sollte, oder ob dieser Gedanke völlig lächerlich war.

Steiner lehnte sich an einen Holzzaun, der einen historischen Bauernhof eingrenzte und dem sich einige Hühner neugierig näherten. »Wir haben es mit einem verdammt ungewöhnlichen Fall zu tun. Dein erster Fall, und gleich so etwas Außergewöhnliches«, sagte er.

»Ist das gut oder schlecht?«, fragte Jan.

Steiner grinste ihn an. »Beides, Grimberg, beides. Der ungewöhnliche Tatort und die Hinrichtungen geben Raum zur Interpretation, und diese wiederum kann uns helfen, den Täter zu finden. Das ist gut. Aber gleichzeitig gibt die Folter am Pranger auch solche Rätsel auf, dass ich keine Ahnung habe, wie ich alles zusammenbringen soll.«

Jan atmete erleichtert auf. Steiner schien genauso ratlos zu sein wie er selbst. Er stand also gewissermaßen auf gleicher Stufe mit seinem Mentor, und es war keine Schande, nicht – noch nicht – auf die richtige Spur zu kommen. »Wenn ich mich so herantaste, fällt mir einerseits der besondere Ort auf«, sagte Jan. »Warum bindet der Täter sein Opfer an den Pranger hier im Freilichtmuseum? Ich meine: Ist der Pranger das Zeichen oder das Freilichtmuseum?«

Steiner runzelte die Stirn. »Drück' dich klarer aus, Junge.«

»Ich meine … Der Pranger könnte als Symbol der Gerechtigkeit gemeint sein. Der Täter hat dann eine eigene Auffassung von Gerechtigkeit. Die Bergers haben etwas verbrochen, was nicht gesühnt wurde. Und es soll öffentlich gezeigt werden, dass sie sich etwas haben zuschulden kommen lassen. Oder ist das Freilichtmuseum der Schlüssel zum Tatmotiv? Ist dort irgendetwas vorgefallen, wofür der Täter an genau diesem Ort ein Zeichen setzen möchte? Anders gesagt: Hat er die Bergers an den Pranger gekettet, weil im Freilichtmuseum zufällig ein Pranger steht, oder hat er sie ins Freilichtmuseum geschafft, weil er sie gezielt hier anprangern wollte?«

»Ich verstehe, was du meinst, Grimberg. Aber ich halte die Frage nach den Opfern im Augenblick für wichtiger: Warum beide Bergers? Warum tötet er die Brüder, die auch noch Zwillinge waren? Jedenfalls scheint der Mörder seine Opfer nicht zufällig auszusuchen. Wo haben – hatten – die Zwillinge Dreck am Stecken?« Steiner warf den Zigarettenstummel nach den Hühnern, die panisch die Flucht ergriffen.

»Oder«, traute sich Jan endlich, »oder hat er nur einen töten wollen?«

»Und den zweiten?«, fragte Steiner.

»Eine Verwechslung. Er wollte Georg Berger umbringen, und als er merkte, dass er den Falschen ermordet hat, hat er den gleichen Mord noch einmal durchgeführt – diesmal mit dem Richtigen: Georg Berger.« Jan wartete darauf, dass Steiner laut loslachte.

»Hm«, sagte Steiner stattdessen wie jemand, der durch den Nebel irrt und keine Ahnung hat, wo er gerade steht. »Das wäre schon ganz schön ungewöhnlich, nicht wahr? Ein Täter, der wegen einer Verwechslung den gleichen Mord noch mal begeht, oder genauer: inszeniert, denn beide Morde waren ja offensichtlich mit einem enormen Aufwand verbunden. Und riskant war es für den Täter auch noch, am gleichen Ort noch mal jemanden umzubringen. Er könnte mit zwei Morden auch mehr Spuren hinterlassen als mit einem. Aber trotzdem gefällt mir deine Überlegung, Grimberg. Deine Verwechslungshypothese ist zumindest eine Möglichkeit, den Mord an den Zwillingen zu erklären. Eine von mehreren. Gehen wir.«

Die beiden stiegen in Steiners Dienstwagen und fuhren los. Für heute stand noch viel auf dem Programm. Die Witwe von Georg Berger musste benachrichtigt werden. Der Schulleiter des Zülpicher Gymnasiums musste informiert und befragt werden. Und im Büro wartete eine ausführliche Fallbesprechung der Mordkommission, bei der das weitere Vorgehen in der Ermittlung besprochen werden musste.

* * *

»Was verdient man eigentlich genau als Kommissar?«, wollte Justus Grimberg von seinem Sohn wissen.

»Nicht so viel«, antwortete Jan und versuchte sich auf die Knödel zu konzentrieren. Eigentlich hatte er keine Lust auf ein Treffen mit seinem Vater gehabt, aber nach mehreren Wochen Pommesbude, Tiefkühlpizza und Konservenkost kam es ihm gelegen, sich in ein gutbürgerliches Restaurant am Bonner Friedensplatz einladen zu lassen.

»Und später, in einer Leitungsfunktion?«, fragte Justus Grimberg so, als wüsste er die Antwort bereits.

»Keine Ahnung«, sagte Jan und fand den Hirschbraten lecker.

»Jan, du weißt, dass es noch nicht zu spät ist, eine Laufbahn als Anwalt einzuschlagen. Einen Platz in meiner Kanzlei hast du dann sicher.«

»Ja, ich weiß.«

»Es ist ja nicht so, dass ich es nicht zu schätzen weiß, dass du dich erst einmal ein wenig orientieren willst – im Studium hast du das ja schließlich auch gemacht.«

Jan seufzte tief in sich hinein. Der letzte Satz sollte eigentlich heißen: *Du bist jetzt kein Student mehr. Du solltest irgendwann mal wissen, was du willst, und ich helfe dir dabei. Sei doch vernünftig, Jan.*

»Jan, wenn wir mal ehrlich sind, siehst du dich doch genauso wenig als *Verbrechensbekämpfer* wie ich, nicht wahr?«

Jan konnte diese Frage beim besten Willen nicht beantworten. Verbrechensbekämpfer klang so, als würde Jan mit Muskelshirt, dicker Wumme und Minimalhirn durch die Straßen laufen und Terminator spielen. »Gerade läuft es ziemlich gut«, sagte Jan stattdessen. »Ich habe einen eigenen Fall. Einen sehr interessanten Fall. Die Morde im Kommerner Freilichtmuseum, wenn du davon gelesen hast. Und ich bin auf einer sehr heißen Spur, Papa. Mein Mentor ist sehr zufrieden mit mir.«

»Na dann, Schimanski«, sagte Justus Grimberg und wechselte abrupt das Thema: »Es ist zwar noch ein bisschen hin, aber kommst du Weihnachten eigentlich zu uns?«

Jan krallte seine linke Hand fester um die Gabel und sah aus dem Fenster. Hier war deutlich mehr Leben als in Kommern. Vielleicht hätte er doch nicht aufs Dorf ziehen sollen. Seine Beine schoben sich unruhig unter dem Tisch hin und her.

»Entschuldige mich«, sagte Jan schließlich und ließ seinen Vater sitzen. Er ging vor die Tür und nahm sein Handy aus der Tasche. Jans Finger tippten eilig Jennys Nummer ein, und er lauschte einer gefühlten Ewigkeit dem Freizeichen, bis Jenny sich meldete.

»Was machst du gerade?«, fragte Jan sehnsüchtig.

»Ich sitze an den Korrekturen einer Deutscharbeit und habe Rückenschmerzen.«

»Soll ich gleich vorbeikommen und dir den Rücken massieren? Wenn ich sofort losfahre, bin ich in einer guten halben Stunde bei dir.«

»Das geht leider nicht. Ich werde noch die halbe Nacht mit Rotstift am Schreibtisch sitzen. Ich muss jetzt auch mal weitermachen. Es ist süß von dir, dass du angerufen hast.«

»Ja, ich hatte gerade das dringende Bedürfnis, deine Stimme zu hören. Gute Nacht«, sagte Jan und legte erst auf, als er das Klacken von Jennys Telefon hörte. Er hatte höchstens zwei Minuten mit ihr telefoniert, aber der Abend war damit gerettet.

Beflügelt ging Jan zurück ins Restaurant. Auf dem Tisch lag die bezahlte Rechnung. Der Platz seines Vaters war leer.

* * *

Jan hatte beschlossen, nicht weiter an seinen Vater zu denken. Wozu? Er fuhr mit seinem Wagen aus der Friedensplatz-Tiefgarage und steuerte die Autobahn 555 an. Eine Dreiviertelstunde lange Rückfahrt lag vor ihm. Er ließ den Tag noch einmal Revue passieren. Martina Berger hatte geschockt, aber relativ gefasst auf den Tod ihres Mannes Georg reagiert. Sie war sichtlich überrascht von der Todesnachricht gewesen, aber als sie die Fragen von ihm und Steiner beantwortet hatte, hatte Jan nicht den Eindruck gehabt, als bräche gerade ihre Welt zusammen. Ihr Mann sei am späten Abend noch mal rausgegangen, aber das habe er öfters getan, und es sei üblich gewesen, dass sie zu unterschiedlichen Zeiten ins Bett gingen. Sie hatte nach eigenen Angaben das Fehlen ihres Mannes erst heute Morgen bemerkt, weil sie wegen Schlafstörungen Tabletten genommen hatte. Sie hatte ihre Beziehung als normal bezeichnet mit dem Zusatz »so normal, wie eine Ehe nach sieben Jahren eben sein kann«. Bergers Schulleiter schien da fast noch betroffener gewesen zu sein. Er hatte einige Tränen verdrückt und von einem sehr beliebten und zuverlässigen Kollegen gesprochen, der von allen sehr geschätzt worden war. Berger habe stets eine optimistische Ausstrahlung gehabt und sei für Schüler, Eltern und Kollegen immer eine Art Vertrauensperson gewesen. Die Antworten des Schulleiters hatten wie Auszüge aus einer Trauerrede geklungen.

Jan war inzwischen auf die A1 gewechselt und befand sich auf dem direkten Weg in die Eifel. Er drückte aufs Gaspedal.

Den Nachmittag hatte er mit Steiner in der Leichenhalle verbracht. Die Rechtsmediziner waren diesmal schneller am Werk gewesen als bei der Leiche von Andreas Berger, wobei man ihnen die Verzögerung bei der enormen Arbeitsbelastung nicht übel nehmen konnte. Bei beiden Brüdern waren im Grunde genommen die gleichen Gewaltspuren festgestellt worden: Unzählige Hämatome am ganzen Körper und Gesichtsverletzungen von den Steinwürfen, wobei Georg Berger mit einem Stein ein Schneidezahn ausgeschlagen worden war. Schnittwunden am ganzen Körper, von denen schließlich die Schnitte in die Pulsadern tödlich gewesen waren. Der Täter, so die Einschätzung der Mediziner, musste genau gewusst haben, wie man die Klinge ansetzt, damit das Blut aus den Adern läuft. Schließlich gebe es genügend misslungene Suizidversuche, bei denen die Adern falsch angeschnitten würden, so die Rechtsmediziner. Zudem seien die Wunden so sauber gewesen, dass sie vermutlich nicht mit einem Messer, sondern mit einem Skalpell durchgeführt worden waren. Die präzisen Einschnitte des Täters konnten ein Hinweis auf medizinische Fachkenntnisse sein, mussten es aber nicht. Ein Skalpell könne sich quasi jedermann im Internet bestellen, hatte Professor Mühlenbach, einer der Rechtsmediziner, erklärt. Beide Opfer waren vermutlich schon zwischen sechs und zehn Stunden tot, als sie gefunden worden waren. Soweit die ersten Obduktionsbefunde. Die Befunde hatten eigentlich nur das bestätigt, was man ohnehin schon über die Opfer wusste, aber das sei fast üblich, hatte Steiner gesagt. Jan war nach dem Termin im Bonner Institut für Rechtsmedizin gleich in der Bundesstadt zu einem Abendessen geblieben, das er sich auch hätte schenken können.

Er nahm die Abfahrt Wißkirchen und fuhr die Bundesstraße 266 entlang, vorbei an Firmenich, Obergartzem und Schaven. Dann bog er links in Richtung Kommern ab. Es war halb neun. Ob er doch noch schnell bei Jenny vorbei sollte? Er fuhr den Umweg durch das Dorfzentrum, um sich die Entscheidung offen zu halten, aber auf halber Strecke hatte er sich schon dagegen entschieden. Wie würde sie wohl reagieren, wenn er sie von der Arbeit abhielt? Er wollte es sich jetzt nicht mit ihr verscherzen. Jan seufzte und beschloss, nach Hause zu fahren. Auf dem Gehweg sah er ein eng umschlungenes Pärchen. Jan sah ihnen mit sentimentalen Blicken nach. Dann schärfte er plötzlich seinen Blick und sah genauer hin. Die Frau sah doch aus wie … Nein, das konnte doch nicht sein – doch, das war Martina Berger, die heute Morgen vom Tod ihres Ehemannes erfahren hatte! Arm in Arm mit einem anderen Mann.

6. Kapitel

13. September 2013

Der Weg ins Büro kostete Jan Überwindung. Jeden Morgen. Er ging auf Steiners Schreibtisch zu, als stünde ihm eine Wurzelbehandlung bei einem sadistischen Zahnarzt bevor. Jan hatte in den letzten Tagen zwar auch Seiten von Steiner kennengelernt, die man fast als nett bezeichnen könnte. Aber dieser Mann war unberechenbar, und meistens war er einfach nur ein Ekel. Steiner nahm ihn nicht ernst, und darin ähnelte er in gewisser Weise Jans Vater.

»Grimberg, wir stecken hier echt in der Scheiße. Zwei Morde in einer Woche, genauer gesagt: zwei äußerst ungewöhnliche Fälle. Die Menschen im Dorf werden sicher bald unruhig. Und wir haben immer noch keine Spur.«

Jan schluckte. »Wenn Sie einen anderen Ersatzmann für Ihren Kollegen haben wollen, habe ich natürlich volles Verständnis dafür.«

Steiner schüttelte den Kopf. »Kommt nicht infrage. Wenn ich Hilfe anfordere, fällt es schließlich auch auf mich zurück. Oder willst du etwa schon aufgeben, Grimberg?«

Jan schüttelte den Kopf.

»Siehste. Stell dir vor: Mit diesen mysteriösen Fällen kannst du in die Kriminalgeschichte eingehen, noch bevor du deine Einarbeitungsphase beendet hast. Das kann für dich eine Chance sein, Karriere zu machen. Andere jedenfalls würden sich darum reißen, in dieser Sache ermitteln zu dürfen. Apropos: Gibt es einen neuen Stand bei deinen Recherchen?«

Jan nickte. »Ja. Oder: Nein. Ich weiß es nicht.«

Steiner verdrehte wieder die Augen.

Jan fuhr fort: »Ich habe Frau Berger gestern Abend hier in Kommern gesehen. Also, die Frau von Georg Berger. Mit einem anderen Mann. Sie haben sich geküsst.«

Steiner schlug auf den Tisch: »Und warum gehst du der Sache nicht nach? Damit hat sie ein Motiv, Junge. Hat sie ein Alibi?«

»Nein. Ich glaub' nicht«, flüsterte Jan.

»Nein, ich glaub' nicht«, äffte ihn Steiner nach. »Herrgott, Junge, du bist wirklich der unfähigste Neuling, der mir je begegnet ist. Manchmal denke ich, du würdest einen Mord nicht mal aufklären, wenn er direkt vor deinen Augen passiert.« Verächtlich schüttelte Steiner den Kopf.

»Sie hat aber sicher auch kein Motiv für den ersten Mord«, sagte Jan.

Steiner sah ihn mit den Augen eines Mannes an, der schwer zu durchschauen ist.

»Ich hatte den Eindruck, dass sie und ihr Mann sich ziemlich gleichgültig waren. Und wenn dem so ist, frage ich mich, warum sie ihren Mann dann umbringen wollte.«

Steiners Stimme wurde sanfter. »Das heißt aber auch: Bis auf deine These vom Verwechslungsmord haben wir nichts in der Hand. Anne Berger hat ein Alibi. In Andreas' Umfeld haben wir keinen Hinweis darauf, dass ihn jemand töten wollte. Beruflich hatte er eine saubere Weste, und das, obwohl er in der Baubranche tätig war. Dann bleiben uns nur drei Annahmen: Entweder waren die Morde doch keine persönlichen Vergeltungen, was gegen den ungewöhnlichen Tatort spricht. Aber nehmen wir diese Möglichkeit ruhig mal an: Ein Killer, der aus irgendwelchen Gründen seine Opfer mehr oder weniger zufällig auswählt. Dann wissen wir überhaupt nicht, wo wir anfangen sollen zu suchen.«

Jan nickte resignierend. Polizeiarbeit war schwer. Verdammt schwer.

»Oder, zweite Annahme: Es gibt eine Verbindung zwischen Georg und Andreas, die wir nicht kennen. Abgesehen davon, dass sie Zwillinge waren, meine ich. Vielleicht haben sie beide Leichen im Keller, wovon ihre beiden Ehefrauen nichts wissen und auch sonst niemand was ahnt.«

»Und die dritte Annahme?«

»Na, deine Theorie mit der Verwechslung. Nehmen wir der Einfachheit halber also an, dass der Mörder es eigentlich auf Georg Berger abgesehen hat und er ihn zuerst mit Andreas verwechselt hat, weshalb Andreas sterben musste. Es war dem Mörder aber so wichtig, dass Georg Berger am Pranger bestraft wird, dass er kurz darauf Georg auf gleiche Weise sterben ließ wie zuvor dessen Bruder. Dann müssen wir zunächst mal nur nach Tatmotiven suchen, diesen Georg Berger umbringen zu wollen. Und damit wissen wir jetzt wenigstens, was zu tun ist: Wir ermitteln im Umfeld von Georg Berger weiter und nehmen die Schule auseinander. Los geht's. Aber vorher klingeln wir noch mal bei dieser Martina Berger. Ich warte im Wagen, und du nimmst sie dir vor.«

Jan trottete Steiner in Richtung Parkplatz hinterher. Er hätte den Vormittag lieber im Büro verbracht. Sich im Zülpicher Gymnasium umzuhören war wieder so eine Sisyphosarbeit. Jan hatte keine Lust, Unmengen von Schülern und Lehrern zu befragen, er hatte so ein Gefühl, dass die Befragung unendlich viel Zeit kosten und zu keinem Ergebnis führen würde.

* * *

»Worum geht es denn? Herr Grimberg, ich habe wirklich keine Zeit heute. Ich muss mich um die Beerdigung kümmern, und außerdem habe ich in der Firma nächste Woche eine Präsentation. Also – ich gebe Ihnen fünf Minuten.«

Wie konnte die Berger jetzt an eine Präsentation denken, wenn sie bald ihren Mann beerdigen musste? Jan fand diese Frau immer merkwürdiger. »Frau Berger, es tut mir leid, aber ich muss Sie etwas fragen. Es ist nämlich so …« Jan blickte auf die Küchenuhr, während er sprach. Es fiel ihm schwer, die Witwe des Opfers zu verdächtigen. Er räusperte sich und sah sie an. »Kann es sein, dass es noch einen anderen Mann in … in Ihrem Leben gibt?«

Martina Berger lachte verlegen und vermied es, Jan in die Augen zu sehen. »Was geht Sie das an?«

»Nun ja, wir ermitteln im Mord an Ihrem Mann, da geht mich alles etwas an.«

Martina Berger seufzte. »Haben Sie eine Frau, Herr Grimberg?«

Jan nickte und lächelte. »Ja, ich habe eine Freundin.«

»Dann darf ich Sie auch mal etwas fragen: Genügt Ihnen Ihre Freundin immer?«

Jan war verwirrt. »Wie meinen Sie das?«

»Na, haben Sie mit einer Frau genug? Seien wir doch ehrlich: Niemand hat immer den perfekten Partner an seiner Seite. Irgendetwas fehlt doch immer, oder? Also: Genügt Ihnen *eine* Frau?«

Jan konnte sich im Moment kaum vorstellen, eine andere Frau als Jenny zu begehren. Und er hoffte, dass Jenny genauso treu war. »Ja doch. Wir sind aber auch frisch zusammen.« Im selben Moment erschrak er über sich selbst: Warum erzählte er ihr das?

Martina Berger kreuzte die Arme vor ihrer Brust: »Dann warten Sie mal ab, bis Sie ein, zwei oder fünf Jahre zusammen sind. Dann werden Sie verstehen, was ich meine. Mit jeder Woche, die Sie neben der gleichen Frau aufwachen, wird das Verlangen nach etwas anderem steigen. Sie werden immer mehr Frauen treffen, die das verkörpern, was Ihnen in Ihrer Beziehung fehlt. Und irgendwann werden Sie es ausprobieren und feststellen, dass es gar nicht so schlimm ist, zwei Menschen zu lieben.«

Jan war entrüstet. Wie konnte man so denken? Das war doch Verrat an beiden Männern, die Martina Berger liebte. »Wo waren Sie noch mal in der Tatnacht?«, fragte er.

»Das hatte ich Ihnen doch schon gesagt. Ich war alleine zu Hause. Georg war alleine unterwegs. Ich hatte gedacht, dass er bei einer Geliebten ist. Ich ahnte seine Affären, und er meine.«

»Und wie glauben Sie, hätte er reagiert, wenn er sich sicher gewesen wäre, dass Sie noch einen anderen Mann haben?«

»Herr Grimberg, ich muss nun wirklich los. Ich habe einen Termin beim Bestatter.« Sie ging zielstrebig in den Flur und zog sich eine Jacke an.

Jan dackelte hinterher, hielt ihr dann die Haustür auf und ließ ihr den Vortritt. Sie verabschiedete sich nicht, sondern ging einfach zu ihrem Ford und stieg ein. Jan sah zum Dienstwagen und bemerkte Steiners kritische Blicke. Dann nahm er auf dem Beifahrersitz Platz, und Steiner fuhr in Richtung Zülpich.

* * *

Zwei Stunden später lief Jan durch den leeren Flur im Obergeschoss des Oberstufentrakts im Zülpicher Gymnasium. Er sollte fünf Klassen- und Kurssprecher aus den Kursen, die Berger unterrichtet hatte, nach dem Verhältnis der Schüler zu dem ermordeten Lehrer befragen. Und zwar noch vor Schulschluss. Er war gut im Zeitplan, aber nennenswerte Ergebnisse hatte er noch nicht erzielt. Außer dass Berger ein überdurchschnittlich beliebter Lehrer bei seinen Schülern gewesen war, den die meisten wegen seiner Jugendlichkeit und seines Humors mochten. Berger hatte sich für seine Schüler auf Klassenfahrten, Kurstreffen und Wandertagen engagiert, und die Klassensprecher hatten ihn unisono als angenehm, locker und »cool« bei solchen Veranstaltungen erlebt. Die Schüler mochten außerdem seinen Unterricht, weil er mit modernen Methoden unterrichtet und eine Theatergruppe geleitet hatte, und die Benotungen hatten alle Schüler als fair oder »ganz okay« eingestuft. Natürlich konnte es sein, dass die Schüler aus Anstand und Respekt vor einem Verstorbenen zurückhaltend über Berger geurteilt hatten. Aber Jan hatte den Eindruck, dass alle Schüleraussagen authentisch gewesen waren.

Steiner übernahm währenddessen die Befragung der Lehrer. Jan hatte die Schüler übernehmen wollen, um Jenny nicht in seiner Funktion als Kommissar befragen zu müssen. Er wollte von jetzt an Beruf und Privatleben strikt trennen. Trotzdem wünschte er sich insgeheim, dass er ihr gleich in der Pause noch zufällig über den Weg laufen würde, um sie kurz zu sehen. Seine Sehnsucht nach ihr war beinahe unerträglich.

Was die Schüler über Berger erzählten, passte jedoch nicht in das Bild, das Jenny ihm von Berger vermittelt hatte. Aus Sicht der Schüler jedenfalls war Berger kein »Schwein« gewesen. Vielleicht hatten Referendare ihn einfach anders wahrgenommen als Schüler, aber irgendetwas stimmte nach Jans Meinung nicht an dem Bild von Berger, das die Schüler gezeichnet hatten. Berger war ihm darin irgendwie zu glatt vorgekommen, zu perfekt. Jan glaubte zwar nicht, dass die Klassensprecher gelogen hatten. Aber er hatte den Verdacht, dass die Fassade, um die Berger selbst bemüht gewesen war, einige Schattenseiten verbarg. Immerhin hatte jemand einen Grund gehabt, Berger umzubringen.

Die Äußerungen der Schüler halfen nicht weiter. Also musste Jan nach anderen Anhaltspunkten suchen, die etwas über Berger als Lehrer aussagten. Fast schon hätte er für heute aufgegeben und die weiteren Bemühungen Steiner überlassen, da kam ihm eine Idee. Er ging zur Schulverwaltung und bat um die Klassen- und Kursbücher der letzten drei Jahre, in denen Berger Themen, Noten und Bemerkungen aufgeschrieben hatte. Jan durfte sich im Sekretariat an einen Tisch setzen und die Bücher durchsehen. Schon eine Stunde später hatte er etwas gefunden, dem er nachgehen konnte.

Eine Schülerin hatte im letzten Jahr einen beachtlichen Notensprung von einer Fünf in Bergers Grundkurs der Stufe 11 auf eine Zwei Plus in Bergers Leistungskurs gemacht, und die Note hatte sie über zwei Halbjahre halten können. Das warf einige Fragen auf: Wer wählte ein Fach, in dem man mangelhaft stand, als Leistungskurs? Und wie konnte man sich dann so verbessern, zumal das Niveau im Leistungskurs ja deutlich höher sein musste? Jan fragte die Sekretärin, wo diese Mia Peters zu finden sei.

»Die ist gar nicht mehr hier«, sagte die Sekretärin.

»Was?«

»Mia Peters hat vor den Sommerferien die Schule gewechselt. Sie geht jetzt auf das Angela-Gymnasium in Bad Münstereifel.«

»Wissen Sie warum?«

»Nein. Ich bin nur für die Verwaltung der An- und Abmeldungen zuständig, nicht für die Gründe.«

Auch das kam Jan merkwürdig vor. Warum wechselte eine Schülerin wenige Monate vor dem Abitur die Schule? Zumal sie in einem ihrer Leistungskurse ja ganz passable Noten hatte.

Steiner hörte sich immer noch im Kollegium um, da wollte Jan nicht stören und beschloss kurzerhand, die Initiative zu ergreifen. Er überließ seinem Mentor den Dienstwagen und nahm ein Taxi in das gut 20 Kilometer entfernte Bad Münstereifel. Der Tag verlief nun doch anders, als Jan erwartet hatte. Er war geradezu von einem Ermittlungsfieber gepackt.

* * *

Peters stand auf dem Klingelschild. Die Familie Peters wohnte Im Steinrausch, einer langen Straße in Mechernich, in der in den Achtzigerjahren viele Familien ihren individuellen Traum vom Eigenheim verwirklicht hatten. Eine junge Erwachsene öffnete Jan die Tür und bestätigte, dass sie Mia Peters hieß. Jan zeigte seinen Ausweis und bat sie um ein Gespräch. Sie war allein zu Haus. Jan hatte damit gerechnet, Mia hier anzutreffen, während ihre Eltern, wie um diese Uhrzeit üblich, vermutlich arbeiteten. Er hatte vorher einige ihrer neuen Lehrer im Angela-Gymnasium besucht und erfahren, dass Mia häufig im Unterricht fehlte – und das so kurz vor dem Abitur. Und wenn sie zur Schule kam, hielt sie nach Auskunft ihrer Lehrer kaum einen Tag durch und meldete sich meist früher wegen Migräne, Arztterminen oder Menstruationsbeschwerden ab. So wie heute.

Jan trat ein. Das Peters-Haus hatte einen großzügigen Flur, der fast so groß war wie ein Wohnzimmer. Mia führte Jan in ihr Zimmer. Ein großer Raum mit zwei Fenstern, Balkon und vielen Büchern, überwiegend Krimis und psychologische Ratgeber, wie Jan auf den ersten Blick erkennen konnte. An der Wand hing ein Gemälde von einer Frau mit zerbrochenem, nacktem Körper, in den sich unzählige kleine Nägel bohrten.

»Mia, weißt du, warum ich hier bin?«, fragte Jan.

Mia schüttelte den Kopf, aber Jan sah ihren Augen an, dass ihre Gedanken arbeiteten.

»Dein ehemaliger Deutschlehrer, Georg Berger, ist ermordet worden.«

»Was?«, fragte Mia, und Jan konnte nicht genau einordnen, was sich hinter dieser Frage verbarg, es klang wie eine Mischung aus Verwunderung, Entsetzen, vielleicht aber auch Erleichterung.

»Hast du denn davon gar nichts gehört?«, wollte Jan wissen.

»Nein.«

»Es stand in der Zeitung, und sicher hast du doch noch Kontakte zu deinen ehemaligen Mitschülern.«

Mia schüttelte den Kopf, den sie fast die ganze Zeit zum Boden senkte wie ein geprügelter Hund. »Ich lese keine Zeitung und habe keinen Kontakt mehr zu den anderen Zülpichern.«

»Darf ich fragen, warum nicht?«

»Wir waren einfach sehr verschieden«, war die knappe Antwort, die Mia gab.

Jan spürte, dass es nicht leicht würde, etwas aus Mia herauszubekommen, aber dass Mia mehr wusste, als sie sagte. »Mia, mir ist etwas aufgefallen, das mir merkwürdig erscheint. Ich habe die Noten, die Georg Berger in den letzten Jahren gegeben hat, durchgesehen, und da habe ich bemerkt, dass du in Deutsch einen riesigen Sprung nach oben gemacht hast.«

»Ja und?«

»Es ist einfach nur ungewöhnlich.«

»Ja, aber doch nicht unmöglich, oder? Ich war vorher halt ein bisschen faul und habe mich dann angestrengt. Und jetzt lassen Sie mich in Ruhe, ich fühle mich krank.«

»Das freut mich ja, dass du dich so angestrengt und verbessert hast. Wie läuft es denn an der neuen Schule?«

»Ich komme klar.«

»Bist du dir sicher? Entschuldige, wenn ich das anspreche, aber deine neue Deutschlehrerin sagt, dass du wieder zwischen vier und fünf stehst.«

»Die mag mich halt nicht.«

»Kann es nicht einfach sein, dass es einen bestimmten Grund gibt, warum deine Noten im Deutschkurs von Berger plötzlich viel besser geworden sind? Mia, du kannst ruhig offen mit mir darüber sprechen. Du hast nichts Falsches gemacht. Aber du würdest uns bei der Aufklärung darüber, was Berger für ein Mensch war, wirklich sehr helfen.«

Mia atmete schneller. »Was wollen Sie von mir? Ja, ich weiß schon, was Sie wollen! Vergessen Sie's, ich mach' das nicht mehr. Ich lasse das nicht mehr mit mir machen. Von niemandem.« Mias Mundwinkel zitterte. Sie öffnete eine Schublade und griff hinein.

»Mia, ich …«

Mia drehte sich zu ihm um und hielt das Reizgasspray direkt vor Jans Gesicht. »Jetzt gehen Sie, oder ich erzähle Ihren Vorgesetzten, dass Sie mich in meinem Zimmer angefasst haben!«

Das hatte gesessen. Jan wusste sich nicht zu helfen. Er hob die Hände langsam an, wie um sich zu ergeben. Es erschien ihm ratsam, das Mädchen zumindest vorerst in Ruhe zu lassen, und er verließ das Haus.

Was ihn aber ärgerte, denn die Recherchen hatten am Angela-Gymnasium so gut angefangen. Aber er konnte es keinesfalls riskieren, wegen sexueller Nötigung, auch wenn der Vorwurf falsch war, aus seiner neuen Laufbahn bei der Kripo zu fliegen. Am Ende müsste er doch sein Jurastudium zu Ende bringen und bei seinem Vater arbeiten, weil er nirgendwo anders mehr einen Job finden würde.

* * *

Andächtig schaufelte Jan das schwarze Pulver in den Filter. Frauke war heute krank, und Steiner hatte ihn zum Kaffeekochen degradiert. Das war Steiners Art, Jan dafür zu bestrafen, dass er weiter ermittelt hatte, ohne es mit ihm abzusprechen. Jan wurde aus Steiner nicht schlau. Manchmal hatte er das Gefühl, Steiner war froh, wenn er sich selbstständig beschäftigte und ihm nicht die ganze Zeit im Weg stand, dann wieder dachte er, dass Steiner von ihm erwartete, dass er nur das tat, was Steiner ihm erlaubte. Jan ließ sich besonders viel Zeit und kochte einen besonders starken Kaffee.

Dann setzte er sich an seinen Schreibtisch und wartete, während Steiner durch die Gegend lief und so tat, als wäre er sehr beschäftigt.

Fast eine Stunde ging das so, als eine Frau ins Büro kam und zu Herrn Grimberg wollte, obwohl Jan sie nicht kannte.

»Mein Name ist Inga Peters«, sagte sie. »Ich bin Mias Mutter.«

Jan sprang sofort auf. Der Tag könnte heute noch überraschende Wendungen bringen. Nur welche? Jans Magen rumorte nervös. Hoffentlich war Mias Mutter nicht gekommen, um Jan wegen sexueller Belästigung anzuzeigen. Er bot ihr einen Platz an und holte Steiner hinzu, um nicht schon wieder hinter seinem Rücken zu ermitteln. Steiner hielt sich von Anfang an erstaunlich zurück.

»Mia hat mir erzählt, dass Sie heute Morgen bei uns waren. Sie war ja mal wieder nicht in der Schule. Seit den Ereignissen vor zwei Jahren bekommt Mia ihr Leben gar nicht mehr geregelt, aber sie will unbedingt Abitur machen, weil sie Journalismus studieren will. Ich muss mich für sie entschuldigen, ihre Drohung war nicht so gemeint, das müssen Sie mir glauben.«

»Möchten Sie einen Kaffee? Er ist leider etwas stark geworden«, sagte Jan. Frau Peters nickte, und er goss ihr eine Tasse ein. Dann fragte er: »Welche Ereignisse meinen Sie?«

»Mia war so verzweifelt. Journalistin zu werden, ist ihr Traum, aber sie weiß, dass sie kaum eine Chance haben wird, wenn sie in Deutsch mangelhaft steht. Dabei ist es nicht ihre Rechtschreibung oder ihr Schreibstil. Sie hat bloß keinen Zugang zu literarischen Texten. Sie weiß einfach nicht, wie sie ein Drama von Lessing interpretieren soll.« Sie trank einen Schluck, dann fuhr sie fort. »Ich hatte deswegen zu Beginn der Oberstufe, als Mias Noten so schlecht waren, mit ihrem Lehrer gesprochen. Der wollte ihr helfen, sich zu verbessern. Nur hat er darunter etwas anderes verstanden. Es war Herr Berger, dieser … dieser Unmensch. Verstehen Sie mich jetzt nicht falsch, bitte, aber er hat Mias Leben verpfuscht, und er hat es wirklich verdient, tot zu sein. Er hat Mia ein unmoralisches Angebot gemacht, sie sollte mit ihm schlafen, immer wieder, und so hat er ihre Klausuren besser bewertet oder ihr vorher Lösungen zukommen lassen. Und er hat ihr empfohlen, in seinen Leistungskurs zu gehen, damit er eine bessere Kontrolle über ihre Noten hat und ihr weiterhin eine Zwei in Deutsch garantieren kann. Irgendwann konnte Mia nicht mehr, eines Abends ist sie in unserem Wohnzimmer zusammengebrochen, hat nur noch geweint und mir und meinem Mann alles erzählt. Herr Berger war ein Schwein.«

Jan dachte an Jennys Worte. »Haben Sie denn nichts gegen Berger unternommen? Rechtlich, meine ich? Er hat sich immerhin strafbar gemacht.«

Frau Peters seufzte. »Natürlich haben wir darüber nachgedacht. Und mein Mann wollte das auch unbedingt. Aber wohin hätte das geführt? Mias Noten wären ihr aberkannt worden, und außerdem hätte Aussage gegen Aussage gestanden. Ich befürchtete, dass wir es mit einer Klage nur noch schlimmer für Mia machen würden. Also haben wir einfach beschlossen, dass sie die Schule wechselt. So konnte sie auch die Zweien, die Berger ihr gegeben hat, behalten, die zählen ja schon fürs Abitur. Wenn sie jetzt eine Vier in Deutsch schafft, hat sie am Ende die Durchschnittsnote Drei. Aber psychisch hat Mia das alles noch nicht verarbeitet, kein Wunder bei dem Trauma, das ihr Berger zugefügt hat. Sie isoliert sich sehr und hält kaum einen Schultag bis zum Ende durch. Und eine Therapie will sie nicht machen.«

»Wer weiß, ob ihr ein Therapeut überhaupt helfen kann«, sagte Steiner nachdenklich.

Frau Peters warf ihm einen irritierten Blick zu. Dann entschuldigte sie sich noch mal bei Jan für die Drohung ihrer Tochter, beteuerte nochmals, mit dem Mord nichts zu tun zu haben, und dass Berger aber dennoch seine gerechte Strafe erhalten habe, ließ den halben Kaffee stehen und verabschiedete sich.

»Warten Sie«, rief Jan ihr zu, als sie sich schon umgedreht hatte.

»Was ist denn noch?«

»Es tut mir leid, aber ich muss Sie fragen, wo Sie in der Nacht zum 12. September waren.«

Inga Peters sah ihn überrascht an. »Wieso?«

»Weil ich Sie das fragen muss.«

Inga Peters überlegte. »Ich war zu Hause, im Bett. Den ganzen Abend war ich zu Hause gewesen. Mit Mia. Und die war auch die ganze Nacht im Bett. Das kann ich deswegen bezeugen, weil ich drei Mal in jeder Nacht bei ihr bin. Sie wacht seit den Vorfällen immer wieder auf und weint bitterlich. Ich nehme sie dann in den Arm und tröste sie, bis sie wieder schläft.«

Jan nickte betroffen. »Frau Peters, ich weiß, dass Ihnen diese Fragen unangenehm sind. Aber ich muss mich auch noch vergewissern, ob Ihr Mann auch zu Hause war.«

Inga Peters schüttelte den Kopf. »Nein, war er nicht. Er war auf einem Konzert. So eine Eifeler Rockband. *Exit* heißt die. Das Konzert war in Nöthen, und er war sicher die halbe Nacht dort. Mit einem Freund, Marc Wilhelms, bei dem er auch übernachtet hat. Mein Mann kann Ihnen sicher auch noch die Konzertkarte zeigen.«

»Wir werden das überprüfen«, versicherte Steiner. »Danke, dass Sie gekommen sind.«

* * *

Zwanzig Minuten später saßen Steiner und Jan alleine im Raum.

Steiner beugte sich nach vorne und klopfte Jan auf die Schulter. »Das war gar nicht so schlecht, Grimberg. Du hast heute tatsächlich eine Spur gefunden, die uns weiterhelfen könnte. Respekt. Jetzt wissen wir, dass Georg Berger Dreck am Stecken hatte.«

»Sie wussten es ja schon vorher«, sagte Jan plötzlich und war selbst überrascht über seine deutlichen Worte.

»Wie bitte?«, fragte auch Steiner überrascht.

»Als wir Georg Berger in der Schule aufgesucht haben, haben Sie ihn gefragt – ich zitiere – ob er mit den Referendarinnen gefickt habe. Woher wussten Sie, dass er sich in der Schule sexuell austobt?«

Steiner zuckte mit den Schultern. »Das war nur so ein Instinkt, Grimberg. Berger sah mir von Anfang an aus wie der typische Schmierfink, wie jemand, der andere von sich abhängig macht. Jahrelange Erfahrung im Polizeidienst schärft den Instinkt für so etwas. Und du bist auf dem Weg, auch den richtigen Riecher zu bekommen. Jetzt haben wir gleich drei neue Verdächtige in der engeren Auswahl: Mia Peters, Inga Peters und vor allem Mias Vater. Sie alle könnten Georg Berger umgebracht haben, weil er ungestraft davongekommen ist. Die Familie Peters müssen wir im Auge behalten. Das Alibi von Mutter und Tochter ist für die Katz'. Selbst wenn es stimmt, ist es nicht zu gebrauchen. Den Vater nehme ich mir noch mal vor. Gerade Väter neigen zur Selbstjustiz, wenn ihren Kindern etwas angetan wird. Du hast dir für heute einen frühen Feierabend verdient. Und noch etwas: Du hast zwar am Wochenende eigentlich Dienstbereitschaft wegen der laufenden Ermittlung, aber stell' dich mal auf zwei freie Tage ein. Ich werde dich nur rufen, wenn du dringend gebraucht wirst.«

Jan lächelte Steiner an. Das waren zwar nur ein paar kleine Lobesworte gewesen, aber für Jan fühlte es sich an, als hätte Steiner ihm eine ganze Hymne gespielt. Steiner hatte ihm soeben mehr Anerkennung gegeben als sein Vater in den gesamten letzten zehn Jahren.

* * *

Ihr Mann hatte Blumen mitgebracht. Das war an sich nichts Besonderes, denn sie wusste, dass er sie liebte und zu den Männern gehörte, die ihrer Frau regelmäßig Blumen schenken. Aber Mike hatte ihr in dieser Woche schon zum zweiten Mal einen Strauß auf den Tisch gestellt, vorgestern Rosen, heute Sonnenblumen, und das war schon außergewöhnlich. Dazu hatte er sie zärtlich geküsst, und Helene hatte überhaupt keinen Grund zur Annahme, dass er das aus schlechtem Gewissen tat, weil er vielleicht eine Geliebte hatte oder sonst irgendetwas angestellt hatte. Sie spürte, dass Mike sie liebte, in dieser Woche vielleicht noch mehr als sonst. Und dennoch: Sie merkte auch, dass irgendetwas mit ihm nicht stimmte.

Sie beobachtete ihn, während er mit Luisa auf dem Parkettboden saß und *Nino Delfino* spielte. Die beiden hatten sichtlich Spaß, aber sein Blick war anders als sonst, er wirkte abwesend. Die Nachmittagssonne schien durch die Wohnzimmerscheibe und warf den langen Schatten der Sonnenblumen auf das Parkett.

»Gleich kriegt dich der Delfin, Papa, gleich kriegt er dich«, quiekte Luisa vergnügt, und nachdem er Luisa offensichtlich hatte gewinnen lassen, sprang Mike auf, ging in die Küche und übernahm für heute das Kochen, um Helene noch ein wenig Ruhe zu gönnen. Von der Küchentheke lächelte er immer wieder seiner Familie zu, aber mit den Augen war er ganz woanders.

Nach dem Abendessen brachte er Luisa ins Bett, dann setzte er sich noch eine Stunde zu Helene und verzog sich für den Rest des Abends ins Arbeitszimmer, um die Steuererklärung zu bearbeiten. Als sie nach einer Weile durch den Türspalt linste, bemerkte sie, dass er nur durch das Fenster sah, aber nicht arbeitete.

Sie wusste genau, sie würde keine Antwort bekommen, wenn sie ihn fragte. Sie würde nur erfahren, was los war, wenn sie ihn in Ruhe ließ und er von sich aus sagen konnte, was ihn bedrückte.

* * *

»Woran denkst du?«, fragte Jenny.

Jan zögerte mit einem Blick, der verriet, dass er genau diese Fragen gerade nicht gestellt bekommen wollte. »An nichts«, log er. Aus Verlegenheit trank Jan seinen Wein aus, obwohl er wusste, dass er offiziell noch im Bereitschaftsdienst war und er keinen Alkohol trinken sollte. Irgendetwas stimmte nicht. Aus einem Grund, der ihm unklar war, war die Stimmung zwischen ihnen nicht gut heute. Er fragte sich, ob ihre Beziehung schon jetzt, nach wenigen Tagen, ins Stocken geriet.

»Jenny?«, sagte er nach einer Weile.

»Ja?«

Jan wartete noch einen Moment, unsicher, ob er es wirklich wissen wollte. Dann: »Glaubst du, dass jeder Mensch zu einem Mord fähig ist?«

»Wie kommst du denn jetzt darauf?«

»Nur so. Es beschäftigt mich halt gerade. Es gehört zu meinem Beruf.«

»Bist du so ein Mann, der seine Arbeit mit ins Bett nimmt? Eines sag' ich dir gleich: Auf Handschellen steh' ich nicht.«

Keiner von beiden lachte darüber.

»Also: Was denkst du?«, beharrte Jan.

Jenny drehte sich zur Nachttischschublade, nahm etwas heraus, und noch ehe Jan wusste, was es war, klickte ein Feuerzeug.

»Du rauchst?«, fragte Jan verwundert, fast entsetzt.

»Ist das verboten?«, fuhr Jenny ihn an.

Jan sah Jenny an und verzog den Mundwinkel. Mit Zigarette sah sie fremd aus. Das war nicht die liebe Landschullehrerin, mit der er eine Familie gründen wollte. Sie sah biestig aus, wenn sie den Rauch ausblies.

»Ich denke, dass es jeder kann, ja«, sagte Jenny. »Kennst du den Fall Bachmeier? Die Frau, die im Gerichtssaal den Mörder ihrer Tochter erschoss? Ich glaube, dass jede Frau, die Kinder hat oder Kinder will, sich in die Bachmeier hineinversetzen kann. Sie hat selbst gerichtet, weil sie darin vermutlich eine größere Gerechtigkeit sah, als wenn über den Täter Recht gesprochen worden wäre. Jedem kann mal eine Sicherung durchbrennen, und dann tut man es einfach.«

»Du meinst also, dass jeder im Affekt töten könnte?«, fragte Jan und hustete. Er hasste Zigarettenqualm.

»Nicht nur. Man kann sicher auch einen Mord lange im Voraus planen, wenn man eine Scheißwut auf jemanden hat. Wenn jemand dein Leben zerstört hat oder dabei ist, es zu tun – würdest du dann nicht auch handeln?«

Jan zuckte nur mit den Schultern.

Jenny verdrehte leicht genervt die Augen. »Hast du denn keine eigene Meinung?«

»Was soll das denn jetzt?«, fauchte Jan sie plötzlich an.

»Na, du stellst mir sonst was für Fragen und kannst sie dann selbst nicht beantworten. Und auch sonst habe ich das Gefühl, dass du zu vielen Lebensfragen einfach keine Antwort hast, du weltfremder Philosoph.«

Jan seufzte und starrte zur Decke. Was passierte da gerade zwischen ihnen? Er war sich doch bis vorhin so sicher gewesen, dass sie zusammenpassten wie die Kugelmenschen in Platons Mythos von der Liebe, wonach es für jeden eine passende Hälfte gibt.

»Hat Georg Berger *dein* Leben zerstört?«, fragte Jan vorsichtig.

Jenny verstand sofort, worauf er hinaus wollte. »Du glaubst also, dass ich es war?« Mit einem Blick zwischen Fassungslosigkeit und Verachtung durchbohrte sie ihn. »Na, und wenn es so ist? Vielleicht war ich es ja wirklich. Gründe hatte ich schließlich genug. Denn weißt du was: Ich hab' dir nicht alles erzählt, Jan Grimberg. Berger hat mich nicht nur durch schlechte Beurteilungen unter Druck gesetzt. Das war zwar schlimm, ja: Wenn dich jemand so willkürlich bewertet und du nicht nachvollziehen kannst, was du falsch gemacht hast, das ist schon pervers, aber das ist noch nicht das Schlimmste. Nein – er hat mich auch gefickt, weißt du? Damit er mir bessere Gutachten schreibt, musste ich mit ihm ins Bett gehen. Und nicht nur einmal. Was hätte ich machen sollen? Ich will Lehrerin werden. Und es hat mich so angewidert mit diesem Kerl. Das kommt doch einer Vergewaltigung gleich, oder? Wenn du mich fragst: Ich bin froh, dass er tot ist. Wirklich froh. Ist es das, was du hören wolltest? Hast du jetzt deine Verdächtige, Sherlock Holmes? Hilft dir das für deine Karriere weiter? Und überhaupt: Zählt denn ein Geständnis im Bett?« Jenny begann zu schluchzen.

Jan war vollkommen vor den Kopf gestoßen. Was hatte er getan, dass die Situation zwischen ihnen so schnell kippte? Ihre Worte waren so unglaublich, dass kaum sicher war, ob er sie richtig verstanden hatte. Das konnte doch wohl nicht wahr sein!

Dann legte er seinen Arm um die weinende Frau neben sich, doch sie stieß ihn weg und schrie ihn an: »Lass' mich in Ruhe! Lass' mich einfach in Ruhe und verschwinde. Los, geh' jetzt.«

Eilig zog Jan sich an. Schlüpfte in seine Hose und seine Schuhe und suchte sein T-Shirt. Er fand es auf Jennys Schreibtischstuhl, der ordentlich an den sonst unaufgeräumten Schreibtisch gerückt war. *dpfahl* waren die Buchstaben, die Jan dabei ins Auge fielen und ein Buch betitelten, das unter einem Stapel anderer Bücher lag. Jan griff das Buch heraus. *Der Schandpfahl als Instrument der Strafgerichtsbarkeit* lautete der vollständige Titel, und auf dem Cover war ein Mann zu sehen, der genauso an eine Säule angekettet war wie die Berger-Brüder. Aber das war noch nicht alles. Mit Kugelschreiber war neben das Bild ein Name geschrieben worden: *Berger*.

»Was ist das?«, fragte Jan.

»Verschwinde endlich – verschwinde!«

Jan rannte aus der Wohnung hinaus in die Nacht.

7. Kapitel

14. September 2013

Die alten, teils schiefen Fachwerkhäuser von Kommern sahen nachts um zwei Uhr aus wie in einem verhexten Märchendorf aus längst vergangenen Zeiten. Jan schlurfte schweren Schrittes durch die engen Gassen. Kein Idyll, sondern Einöde. Um diese Uhrzeit konnte man hier keine Fußgänger mehr erwarten, aber Jan hatte bemerkt, dass auch in den frühen Abendstunden, kurz vor der Dämmerung, die Straßen Kommerns in den letzten Tagen leerer geworden waren. Seit den Prangermorden ging die Angst in Kommern um. Alles war nun dunkel, und Jan war der einsamste Mensch auf dieser Welt. Allein mit seinen vielen Fragen und Gedanken.

Warum hatte Jenny sich auf die sexuellen Nötigungen von Berger eingelassen? Hätte sie nicht einfach die Schule wechseln können? Hatte es ihr am Ende vielleicht sogar ein bisschen gefallen, mit Berger zu schlafen?

Nein, wie konnte er so etwas von Jenny denken? Außerdem war der Hass nicht zu übersehen, den Jenny auf Berger gehabt hatte.

Ja, dieser Hass war authentisch. Jan versuchte, sich in Jennys Lage zu versetzen: Sie wollte Lehrerin werden, das war seit langer Zeit ihr sehnlichster Wunsch. Dann kam das Referendariat: Vermutlich hatte sich Jenny darauf gefreut, dass sie nun endlich mit ihrem Traumberuf beginnen konnte.

Und dann die Enttäuschung: Sie wurde von Berger schlecht bewertet, wusste nicht warum, sah ihre Zukunft als Lehrerin in Gefahr – und bekam von Berger das Angebot, dass er sie gegen sexuelle Dienste besser beurteilte. Sie willigte ein, weil sie alles für ihren Traumberuf tun würde – welch eine Demütigung. Jan stellte sich diese Verletzung vor, die so tief treffen konnte, dass man dafür tötete – nicht nur, damit es vorbei war, sondern auch, um über das zu richten, was Berger getan hatte.

Vielleicht war ich es ja! Diese Worte hallten wie Sirenen durch seinen Kopf. Wollte sie ihn nur provozieren, oder war das tatsächlich ein halbes Geständnis?

Was, wenn Jennys Worte wahr waren? Vielleicht wollte sie selbst, dass Jan ihr auf die Spur kam. Damit er sie von ihrem Gewissen erlösen würde.

Aber wenn sie die Mörderin von Berger war, dann müsste Jan jetzt professionell sein und Beruf und Privatleben trennen. Es war seine berufliche Pflicht, dem Verdacht gegen Jenny nachzugehen. Jenny, die nun nicht mehr seine Freundin, sondern die Tatverdächtige war. Die *Haupt*tatverdächtige. Sicher, auch die Familie Peters hatte ein Motiv. Aber alle drei hatten für die Tatzeiten Alibis, die in den nächsten Tagen nur noch geprüft werden mussten. Sein Beruf war es, Gerechtigkeit zu ermöglichen. Und wenn Jenny einen oder zwei Menschen umgebracht hatte, dann müsste er dafür sorgen, dass Jenny dafür angemessen bestraft wurde, damit die Rechtsordnung des freiheitlichen Staates, für den er arbeitete, erhalten blieb. Gefühle waren dann völlig fehl am Platz!

Die Vernunft übertrumpfte seine Gefühle: Eigentlich kannte er Jenny noch zu wenig, um von Liebe zu sprechen. Er war einfach nur verliebt, was für Jan ein oberflächlicherer Zustand war als Liebe.

Vom Himmel grollte ein Gewitterdonner herab. Jan zuckte zusammen. Aus dem Nichts stürzte ein Regenschauer herab. Binnen Sekunden war Jan nass wie ein Schiffbrüchiger. Er fror und hatte eine Entscheidung getroffen.

* * *

Das Papier in Jans Hand zitterte, als er es gegen Mittag betrachtete. Seit zehn Minuten saß er an seinem Schreibtisch und versuchte, sich zu überwinden, es zu lesen: Das Protokoll von Jennys Vernehmung. Von Jans Verrat an Jenny. Während Knoll und Wagner von der Bonner Mordkommission Jenny befragt hatten, war Steiner mit einem Durchsuchungsbeschluss in Jennys Wohnung gewesen und hatte das *Schandpfahl-Buch* besorgt. Jan hatte währenddessen den Obduktionsbericht gelesen, obwohl ihm vorher klar war, dass der nichts Neues zutage bringen würde. Hauptsache, er war während Jennys Verhör beschäftigt. Dann gab er sich einen Ruck und las:

Knoll: Name und Adresse bitte.

Martini: Jenny Martini, Schopsland 173 in Kommern.

K: Sie sind 29 Jahre alt und arbeiten am Gymnasium in Zülpich?

M: Ich bin dort Referendarin, ja.

K: Können Sie mir sagen, in welcher Verbindung Sie zu Georg und Andreas Berger stehen?

M: Andreas Berger kenne ich nicht. Ich weiß nur, dass er der Zwillingsbruder von Georg Berger sein soll. Der war mein AKO.

K: Was bedeutet das?

M: Er war der Ausbildungskoordinator für Referendare an meiner Schule. Er betreute uns, organisierte die Ausbildung und beurteilte uns gelegentlich.

K: Würden Sie sagen, dass Sie ihn gut kannten?

M: Was heißt gut? Ich hatte beruflich viel mit ihm zu tun, fast mehr als mit anderen Lehrern. Privat kannte ich ihn nicht.

K: Sie sagen, Georg Berger hat Sie beurteilt. Das heißt, er hat Ihnen Noten gegeben?

M: Nicht direkt. Er hat meinen Unterricht regelmäßig besucht und mir Rückmeldungen gegeben. Dabei hat er dann Notentendenzen genannt, mit denen mein Unterricht im Zweiten Staatsexamen beurteilt worden wäre.

K: Wie oft hat er Sie im Unterricht besucht?

M: Ziemlich oft.

K: Geht das ein bisschen konkreter?

M: Einmal pro Woche ungefähr.

K: Und das ist viel?

M: Überdurchschnittlich viel, ja.

K: Wie erklären Sie sich das, dass Berger Sie so oft besucht hat?

M: Er hat sich eben sehr für seine Referendare engagiert.

K: Und welche Notentendenzen hat er Ihnen gegeben?

M: Unterschiedlich. Anfangs sehr schlechte. Zwischen vier und fünf meistens.

K: Und später?

M: Später bessere.

K: Genauer, wenn ich bitten darf.

M: Zwischen eins und zwei.

K: Zwischen eins und zwei?

M: Ja.

K: Das ist aber ein ungewöhnlicher Notensprung nach oben.

M: Jetzt, wo Sie es sagen: Ja, stimmt.

K: Das ist doch eher unüblich, dass man sich auf einmal um so viele Noten verbessert. Gibt es vielleicht eine besondere Erklärung dafür?

M: Wie meinen Sie das?

K: Hatten Sie ein sexuelles Verhältnis mit Berger, bevor Ihre Noten besser wurden?

M: Was soll diese Frage?

K: Beantworten Sie diese Frage bitte.

M: Ja.

K: Laut und deutlich bitte.

M: Ja.

K: Hatten Sie eine Beziehung mit Georg Berger?

M: Nein.

K: Eine Affäre?

M: So würde ich das nicht nennen.

K: Dann hat Georg Berger Sie unter Druck gesetzt: Sex gegen bessere Noten, nicht wahr?

M: Ja, so war es wohl.

K: Hat es Ihnen gefallen, mit Berger zu schlafen?

M: Wie würde es Ihnen gefallen, wenn Sie zum Sex gezwungen werden, weil sonst Ihre berufliche Zukunft auf dem Spiel steht?

K: Beantworten Sie bitte meine Frage.

M: Nein, natürlich hat es mir nicht gefallen. Es war einfach nur widerlich.

K: Warum haben Sie nicht gleich davon erzählt? Sie verhalten sich so, als wollten Sie uns das verschweigen.

M: Ich wollte nicht, dass das öffentlich wird. Ich bin als Referendarin schließlich von so vielen Institutionen abhängig. Und ich möchte mir meine Lehrerlaufbahn nicht verbauen.

K: Jetzt, wo Berger tot ist, kann er Sie nicht mehr belästigen, nicht wahr?

M: Ja.

K: Das muss doch eine große Erleichterung für Sie sein.

M: Ja.

K: Und – war es eine Befriedigung für Sie, dieses Schwein Berger am Pranger leiden zu sehen?

M: Wie meinen Sie das? Ich weiß nicht, was Sie damit sagen wollen.

K: Wo waren Sie in der Nacht zum 12. September?

M: Ich war bei einer Freundin. Es wurde ziemlich spät, ich war die halbe Nacht dort.

K: Wie heißt die?

M: Julia. Julia Altenberg. Wohnt am Kommerner Hang.

K: Und wo waren Sie in der Nacht zum 9. September?

M: Da war ich ebenfalls bei Julia.

K: Sie haben gestern vor Ihrem neuen Freund gestanden, dass Sie Berger getötet haben.

M: Er ist nicht mehr mein neuer Freund.

K: Aber Sie haben den Mord an Berger zugegeben?

M: Nein. Nein. Ich war gereizt, wir hatten gestritten. Und dann habe ich es so daher gesagt, dass ich es vielleicht gewesen sein könnte. Ich wollte ihn damit verunsichern.

K: Wie können Sie so etwas in Gegenwart eines Polizisten einfach so dahersagen?

M: Es war dumm von mir.

K: Ja, das war es wohl.

M: Ich müsste bitte mal zur Toilette.

K: Jetzt nicht.

M: Es ist aber dringend. Oder wollen Sie mir dieses Grundrecht verweigern?

K: Sie bestreiten also, mit dem Tod von Berger etwas zu tun zu haben?

M: Ja.

[Hauptkommissar Steiner bringt ein Buch ins Verhörzimmer.]

K: Interessant. Was haben Sie dazu zu sagen?

M: [schweigt.]

K: Antworten Sie bitte. Warum haben Sie ein Buch über den Schandpfahl im Mittelalter?

M: Ich bin Geschichtslehrerin. Ich brauche das Buch für den Unterricht.

K: Und was bedeutet der Name Berger neben der gezeichneten Figur auf dem Titelbild?

M: Ich habe das Buch mehreren Schüler ausgeliehen. Vielleicht war es einer von ihnen. Ich habe erst bemerkt, dass der Name auf das Buch geschrieben wurde, als ich es wieder zu Hause auf dem Schreibtisch liegen hatte.

K: Die Schrift ähnelt aber Ihrer, mit der Sie Ihren Namen in die erste Seite geschrieben haben.

M: Mag sein.

K: Kann es sein, dass Sie mich gerade angelogen haben?

M: [schweigt]

[Hauptkommissar Steiner kommt erneut herein, legt dem Kollegen Knoll einen Zettel hin.]

K: Ihre Freundin Julia konnte uns Ihr Alibi für den 8. September nicht bestätigen. Sie war an diesem Abend auf dem Geburtstag ihrer Mutter.

M: Dann habe ich mich wohl vertan. Ja, ich habe die Daten verwechselt. Einen Abend vorher war ich bei ihr. Am Sonntag war ich alleine zu Hause.

K: Sie haben also kein Alibi für die Nacht, in der Andreas Berger ermordet wurde?

M: Andreas Berger? Ich dachte, es geht um Georg? Was soll das eigentlich? Ich kenne diesen Andreas Berger wirklich nicht. Warum sollte ich den umbringen?

K: Sie hatten nur Grund, Georg Berger umzubringen?

M: Ja. Nein. Lassen Sie mich in Ruhe!

K: Wie lange waren Sie in der Nacht vom 11. auf den 12. September genau bei Ihrer Freundin?

M: Ich weiß es nicht mehr. Wirklich nicht. Wir haben viel getrunken.

K: Waren Sie bis zum Morgen bei ihr?

M: Nein, ich bin zu Hause aufgewacht.

K: Wie sind Sie nach Hause gekommen?

M: Ich weiß es wirklich nicht mehr.

K: Wie ist der Abend bei Ihrer Freundin zu Ende gegangen?

M: Auch das weiß ich nicht mehr.

K: Wenn Sie das alles nicht mehr wissen, können Sie denn sicher wissen, dass Sie Berger nicht getötet haben?

M: Nein, ich glaube nicht.

K: Sie räumen also ein, dass es durchaus möglich sein könnte, dass Sie Georg Berger in der Nacht zum 12. September umgebracht haben, sich aber nicht mehr daran erinnern können?

M [schweigt]

K: Frau Martini, antworten Sie mir bitte.

M: Ausschließen kann ich es nicht.

K: Wir müssen Sie bis auf Weiteres hier behalten, Frau Martini. Sie stehen unter dringendem Tatverdacht.

M: Wie bitte?

K: Danke. Das ist erst einmal alles.

Jan war entsetzt und wusste nicht, was er von dem Verhör halten sollte. Hatte Knoll die unschuldige Jenny überrumpelt, oder hatte er wirklich eine Täterin in die Enge getrieben? Und hatte Jenny wirklich einen Blackout vom Alkohol? Konnte das denn sein, dass sie so voll gewesen war, dass sie es nun für möglich hielt, Berger umgebracht zu haben, ohne sich daran zu erinnern? Er fühlte sich mies. Wenn Jenny wirklich die Täterin war, dann hatte er dazu beigetragen, dass sie gefunden wurde, dann hatte er geholfen, diese schrecklichen Taten aufzuklären. Wenn nicht – dann hatte er vielleicht ihre Karriere ruiniert, und seine Beziehung mit Jenny war endgültig kaputt.

* * *

»Es ist wie in diesem Theaterstück, in dem die ganze Zeit nichts passiert«, stöhnte Zimmermann.

»Welches Theaterstück?«, wollte Janke wissen.

»Keine Ahnung. *Warten auf Bordeaux* oder so ähnlich. War mal mit 'ner Kulturmaus zusammen, die hat mich regelmäßig ins Theater geschleppt. In dem Stück sitzen so zwei Typen die ganze Zeit rum und warten auf einen anderen, der nicht kommt. Und immer, wenn einer von beiden gehen will, fragt der andere: ›Und was ist, wenn er doch noch kommt?‹«

»Wer?«

»Na der, der nicht kommt.«

»Und? Kommt er noch?«

»Wer?«

»Na, der Typ, von dem du eben gesagt hast, er kommt nicht.«

»Ach so, ich dachte, du meintest unseren Mörder.«

»Was hat der mit dem Theaterstück zu tun?«

»Na, wir warten hier doch auch auf einen, der nicht kommt.«

»Nee, der kommt bestimmt nicht, solange wir hier sind.«

Janke und Zimmermann waren sicher nicht Polizisten geworden, um eine alte Säule in einem Museum zu bewachen, das bis auf Weiteres geschlossen worden war. Aber solche Aufgaben gehörten nun einmal zu ihrem Berufsalltag. Von dem Hofgebäude, in dem sie sich verschanzt hatten, hatten sie einen perfekten Blick auf die Säule. Und so leisteten sie immerhin ihren Beitrag zum größten Mordfall Kommerns: den Prangermorden. Wenn der Täter weitermachen würde, müsste er an Janke und Zimmermann vorbei. Zumindest, bis ihre Schicht vorbei war. Und bis dahin galt es, sich sinnvoll im Flüsterton zu beschäftigen.

»Klopf-klopf!«, sagte Zimmermann ganz unvermittelt.

»Wer ist da?«, fragte Janke geistesgegenwärtig.

»Anna.«

»Anna wer?«

»Na, anna Tür hat wer geklingelt.«

»Ich dachte, geklopft.«

»Ach, halt die Klappe, Janke.«

Kurzes Schweigen.

»Klopf-klopf!« Diesmal war es Janke, der die nächste Spielrunde eröffnete.

»Wer ist da?«

»Steiner!«

»Steiner wer?«

»Na, Steiner Stinkstiefel.«

»Ach so, klar. Also weiter: Klopf-klopf!«

»Wer ist da?«

»Steiners Hund, mit dem Steiner es jeden Abend treibt.«

»Steiner hat einen Hund?«

»Keine Ahnung«, lachte Zimmermann.

Janke ging in die nächste Runde: »Klopf-klopf!«

»Wer ist da?«

»Steiners frustrierte Ehefrau, weil Steiner es jeden Abend mit dem Hund treibt.«

»Ist die nicht in der Klapse? Hat irgendwer mal erzählt.«

»Wahrscheinlich. Wäre ich auch, wenn ich mit Steiner verheiratet wäre.«

Zimmermanns Handy klingelte.

»Wer ist da?«, fragte er, und Janke kicherte.

»Ach.« Er hielt den Hörer zu. »Wenn man vom Teufel spricht.«

»In Ordnung. Wir ziehen ab.«

Ein fragender Blick von Janke.

»Das war Steiner. Sie haben eine dringend Tatverdächtige festgenommen. Wir können gehen.«

* * *

Seit einer Dreiviertelstunde saß Jan nun an seinem Bürotisch und zeigte keine Regung. Er starrte nur an die Wand, hin und wieder auch aus dem Fenster, aber im Wesentlichen hockte er untätig auf seinem Stuhl. Gedankenfetzen zischten durch seinen Kopf.

Jenny im Verhör.

Steiners ständige Attacken auf ihn.

Das Großstadtleben, das er vermisste.

Er zog ein Resümee: Er hatte Jenny in eine unmögliche Situation gebracht. Er fühlte sich einfach fremd hier. Ihm wurde klar, dass er am falschen Platz saß. Am Montag würde er seine Sachen packen und seinen Dienst quittieren. Dann würde er sein Jura-Studium wieder aufnehmen und irgendwann die Kanzlei seines Vaters übernehmen.

Er war einfach kein guter Polizist.

»Hey Jan, wie siehst du denn aus? Du guckst, als würdest du das Leid der ganzen Welt auf deinen Schultern tragen«, sagte Frauke Herberg, die an diesem Wochenende Dienst hatte.

Jan schwieg und stöhnte.

»Na komm schon. Was ist los, Jan? Wollen wir vielleicht draußen eine rauchen?«

Vielleicht half es ja, mit Frauke zu reden. Montag würden es sowieso alle erfahren. Er nickte und folgte Frauke zum Raucherhof.

* * *

Frauke steckte sich eine Zigarette an und gab sie Jan. Er nahm einen Zug und hustete.

»Ich rauche sonst nicht«, sagte er entschuldigend.

»Ich bring's dir bei.« Sie lächelte.

»Dazu wirst du wohl keine Gelegenheit mehr haben«, sagte Jan. »Spätestens Montag packe ich meine Sachen.«

Frauke sah ihn an wie eine Klavierlehrerin, die einen Schüler zum Weitermachen überreden will. »Das ist jetzt nicht dein Ernst!«

»Doch. Ich bin hier falsch.«

»Wie kommst du denn darauf?«

»Ich habe die ganze Zeit das Gefühl, dass ich immer intuitiv das Falsche mache. Ich verliebe mich in eine Tatverdächtige. Ich bringe sie in eine Verhörsituation, obwohl ich nur vage Anhaltspunkte dafür habe, dass sie die Täterin sein könnte. Ich weiß nicht, was schlimmer ist: Wenn ich mich nun wirklich in eine Mörderin verliebt habe, oder wenn ich meine Freundin unschuldig an die Polizei ausgeliefert habe. Und dann denke ich die ganze Zeit, dass mir jegliche Grundlage für kriminalistisches Denken fehlt. Mir fehlt der Blick für wesentliche Indizien und Spuren. Und bei allen Hypothesen, die ich bilde, denke ich immer: Es könnte aber genauso gut auch ganz anders sein. Wenn Jenny es nicht war, dann läuft irgendwo da draußen ein wahnsinniger Killer rum, der aus irgendwelchen Gründen Männer an eine Säule fesselt und zu Tode quält. Und ich frage mich, ob jemand wie ich dem übermächtigen Bösen überhaupt auf die Spur kommen kann.«

Frauke zog an ihrer Zigarette und blies Wolken in die Luft. »Jan, du musst doch mit deinen Aufgaben erst mal wachsen. Vergiss' nicht, dass du einen schweren Fall hast, und du stehst als Kripo-Einsteiger noch ganz am Anfang. Normalerweise bekommen Neulinge noch nicht so einen Mordfall. Kann es nicht sein, dass du einfach nur ein bisschen Liebeskummer hast und deshalb down bist?«

»Ja, ich bin auch einsam hier. Die Sache mit Jenny kann ich schon irgendwie wegstecken. Aber alleine hier in der Eifel zu leben – das frisst mich auf.«

»Dann musst du vielleicht mal die Eifel mit anderen Augen sehen. Am nächsten Wochenende mache ich mit meiner Familie einen Ausflug in den Nationalpark. Komm' doch einfach mal mit. Am Ende wirst du dich so in die Schönheit unserer Gegend verlieben, dass du hier nicht mehr weg willst. Du hast hier zwar nicht das, was eine Großstadt zu bieten hat. Aber dafür haben Großstädte nicht das, was die Eifel einzigartig macht.«

»Ich weiß nicht.« Jan zögerte. »Da ist auch noch etwas anderes: Ich komme mit Steiner einfach nicht klar.«

Frauke seufzte künstlich auf. »Da bist du nicht der Einzige! Du darfst ihn nicht immer so ernst nehmen. Und außerdem …« Sie drückte ihre Kippe aus. »Außerdem hält Steiner eine ganze Menge von dir.«

Jan sah sie verwundert an.

»Hat er das etwa gesagt?«

»Nicht direkt. Aber Steiner war es schließlich, der dich angefordert hat, obwohl Bilinski gar nicht begeistert war, einen Frischling bei den Schandpfahlmorden mit ins Boot zu holen. Aber Steiner hat ihn irgendwie überzeugen können. Glaub' mir: Der wollte mit dir an diesem Fall arbeiten. Das würde er wohl nicht machen, wenn er dich für eine totale Pfeife hält.«

»Sorry, aber da musst du irgendwas missverstanden haben. Du hast keine Ahnung, wie er mit mir umgeht. Wirklich, Frauke, du meinst es ja gut mit mir, und dafür bin ich dir dankbar. Aber ich brauche jetzt für den Rest des Tages frei und bereite mich auf meinen Abgang vor.« Jan trat seine Zigarette aus, verabschiedete sich von seiner Kollegin und ging zum Parkplatz. Dann stieg er in den Wagen und fuhr davon. Er hatte für heute wirklich genug von seinem Job.

Von seinem Scheiß-Job.

* * *

Jan wäre fast vom Weg abgekommen. Der Lichtkegel aus der Taschenlampe reichte gerade aus, um nicht über Stöcke und Steine zu stolpern. Eigentlich hasste er die Dunkelheit, aber er konnte nicht untätig zu Hause rumsitzen. An Schlaf war nicht zu denken in dieser Nacht, dafür sorgte sein schlechtes Gewissen. Er musste etwas tun! Er hatte Jenny heute in Schwierigkeiten gebracht, sie war verhört und festgehalten worden, und wenn es schlecht für sie lief, würde sie demnächst für die Prangermorde verurteilt werden – für Morde also, die sie vielleicht gar nicht begangen hatte. Vielleicht konnte er doch noch etwas herausfinden am Tatort, das Jenny entlastete. Das war natürlich sehr unwahrscheinlich, aber er wollte nichts unversucht lassen. Die Nachtwache des Museums hatte ihn reingelassen, es war noch vor Mitternacht. Und wenn Jan nun eine Spur am Tatort finden würde, die Jenny entlastete, hätte er vielleicht noch eine klitzekleine Chance auf eine Versöhnung. Deswegen hatte er sich noch mal aufgemacht, um sich am Tatort umzusehen, ohne gestört zu werden und ohne sich während seiner Dienstzeit vor anderen dafür rechtfertigen zu müssen.

Als er sich der alten Steinsäule näherte, hob er die Taschenlampe an. Der Lichtstrahl wanderte über die Säule, auf der noch Hinterlassenschaften der Tat zu sehen waren: dunkle Restblutflecken, Dreck von den faulen Eiern. Jan leuchtete den Boden um die Säule an, um nach Spuren zu suchen. Er wusste zwar, dass das eigentlich Unsinn war, denn die Kriminaltechniker hatten hier zuverlässige Arbeit geleistet. Außerdem wusste er nicht im Geringsten, wonach er überhaupt Ausschau halten sollte. Aber hier nachts rumzulaufen, war immer noch besser, als untätig im Bett zu liegen.

Ein plötzliches Rascheln in der Stille der Nacht schreckte Jan auf. Er sah sich um und versuchte, seine Nerven zu beruhigen. Sicherlich war das nur ein Vogel im Baum. Jan führte das Taschenlampenlicht wieder zum Boden. Plötzlich packte ihn die pure Angst. Was, wenn der Täter heute Nacht wieder an dieser Stelle mordete? Jan wusste, dass Steiner die Beamten, die mit der Überwachung der Säule beauftragt gewesen waren, abgezogen hatte.

Jetzt reiß' dich zusammen, sagte er sich dann und konzentrierte sich wieder auf die Spurensuche.

Jan zuckte zusammen. Er hatte schon wieder ein Geräusch gehört, und diesmal war er sich sicher, dass es kein Vogel war. Es klang wie das Knacken eines Zweiges. Da war es schon wieder. Er hörte Schritte. In gleichmäßigem Rhythmus kamen sie näher. Dann stockten die Geräusche plötzlich, als würden sie lauern und sich nun vorsichtig herantasten.

Jan leuchtete mit der Taschenlampe in Richtung Waldhaus, aus der die Geräusche gekommen waren. Aber er sah nichts. Er löschte das Licht, um selbst nicht gesehen zu werden, falls da wirklich jemand war.

Die Situation war unwirklich, absurd. Wie in einem Horrorfilm, dachte Jan. Wie in so einem blöden Film, in dem man sich fragt, warum der Kerl auf der Leinwand in den Wald geht, wenn er doch genau weiß, dass dort die Gefahr lauert, und der Zuschauer ahnt, dass er gleich in sein Verderben laufen wird. Jetzt fehlten nur noch der Schrei einer Eule und plötzlich aufsteigender Nebel.

Jan starrte in die Dunkelheit. Seine Hand krampfte sich um die Taschenlampe. Damit konnte er im Notfall zuschlagen. Er bekam eine Gänsehaut. Aus der Dunkelheit schälte sich eine Gestalt, die direkt auf ihn zukam. Er war starr vor Schreck, die Gestalt blieb wenige Schritte vor ihm stehen und Jan erkannte … Ralf Steiner! Ja, das war Steiner. Unzweifelhaft. Jan atmete auf. Steiner machte eine Handbewegung, als würde er ihn zu sich winken. Jan ging auf ihn zu.

»So spät hier noch unterwegs, Grimberg? Was tust du hier mitten in der Nacht?«

»Das Gleiche könnte ich Sie auch fragen, Herr Steiner.«

»Wonach sieht es denn aus?«

»Nach Scharade für nur einen Spieler«, sagte Jan, und beide lachten zum ersten Mal gemeinsam, womit sich die ganze Spannung löste, die Jan nur wenige Augenblicke zuvor noch den Atem genommen hatte.

»Jetzt können wir ja zu zweit spielen, Grimberg«, scherzte Steiner. »Nein, ich wollte mir ein Bild vom Tatort machen, wie der Täter ihn sieht.«

»Äh. Im Dunkeln?«, fragte Jan und dachte an den Dortmunder *Tatort,* in dem der durchgeknallte Parka-Kommissar gelegentlich aus der Ich-Perspektive des Täters spricht, um den Mörder zu verstehen.

»Ja, im Dunkeln«, antwortete Steiner. »So sieht der Täter diesen Ort ja auch. Den Dorfplatz bei Nacht und menschenleer. Und ohne Polizeibewachung. Ich versuche mich so in den Täter hineinzuversetzen. Das kann für die Intuition sehr förderlich sein. Dann, wenn du tagsüber nicht den normalen Polizeiarbeitswahnsinn um dich herum hast. Zu so einer ungewöhnlichen Zeit am menschenleeren Tatort können einem die besten Ideen kommen.«

Jan hatte zwar keine Ahnung, welche Ideen einem hier kommen könnten, aber er verstand das Prinzip. Zum ersten Mal konnte er sich vorstellen, dass Steiner mal ein verdammt guter Polizist gewesen war, bevor er zum Zyniker wurde. »Und, haben Sie eine Idee?«, fragt er.

Steiner schüttelte den Kopf. »Manchmal kommt die erst Stunden später. Zumindest aber kann ich hier gerade intensiv nachempfinden, welche Macht die Tat dem Mörder gibt. Siehst du? Wir stehen hier nur vor einer gesichtslosen Säule, ein steinerner Gegenstand, mehr nicht. Aber wenn jemand daran angekettet ist und das Motiv tatsächlich Rache sein sollte, muss es sich doch gut anfühlen, hier vor dem wehrlosen Opfer zu stehen, und das Kreuz am Kopf der Säule gibt dem Szenario gleichzeitig eine symbolische Bedeutung. Gibt es in deinem Leben nicht auch einen Menschen, den du gerne an diesem Pfahl angebunden sehen würdest, Grimberg?«

Jan dachte an den neuen Kerl an der Seite seiner Ex-Freundin Isa.

»Aber was machst *du* hier mitten in der Nacht, Grimberg?«

»Ich bin aus einem ganz ähnlichen Grund hier. Ich hab' mit dem Museumsleiter gesprochen, dass mich die Nachtwache reinlässt. Ich wollte noch nach Spuren suchen.«

»Haben dir die Kollegen bei der Spusi zu schlechte Arbeit gemacht?«

»Nein, natürlich nicht … Aber ich hatte einfach so ein Gefühl, dass ich nach neuen Hinweisen suchen muss. Irgendetwas, was bestätigt, dass die heute Festgenommene nicht die Täterin ist – oder etwas, das die Spur zu einem anderen Täter führt.«

»Und, eine neue Spur gefunden?«

Jan zuckte nur mit den Schultern. »Nein, noch nicht.«

Steiner schwieg, er schaute noch ein wenig umher, es hatte den Anschein, als würde er die Szenerie auf sich wirken lassen. Dann sagte er plötzlich: »Lass uns Schluss machen für heute. Komm, ich lad' dich auf ein Feierabendbier ein. Ich weiß auch, wo wir um diese Zeit noch etwas bekommen.«

Steiner ging vor, Jan knipste die Taschenlampe ein und folgte ihm. Mehrere Meter neben der Säule blitzte etwas am Boden auf. Ein silberner Gegenstand, den Jan jetzt nur bemerkte, weil er das Licht seiner Taschenlampe reflektierte. Da lag etwas im platt getretenen Gras. Jan kniete sich hin und nahm es in die Hand. Es war eine Halskette mit einem Anhänger, der wie ein umgedrehtes Kreuz mit Runen aussah. Ein Thorshammer. Jan steckte die Kette ein und folgte Steiner.

* * *

Die Tankstelle an der Bundesstraße war der einzige Ort, wo sie um diese Zeit noch ein Bier bekamen. Steiner zahlte zu überteuerten Tankstellen-Preisen zwei Kölsch, öffnete beide Flaschen mit einem Öffner, der neben der Kasse auf dem Tresen lag, drückte Jan das Bier in die Hand und hielt ihm die Flasche zum Anstoßen hin. Jan nahm dankend an.

»Komm, es gibt hier in der Nähe einen Friedhof – da ist es gemütlicher als hier an der großen Straße«, sagte Steiner und ging los.

Jan schlenderte neben ihm her, und unterwegs sprachen beide kein Wort. Jan war unwohl dabei. Was sollte das jetzt schon wieder? Erst durchkreuzte Steiner seine nächtlichen Recherchen, jetzt liefen sie mit Bierflaschen wie jugendliche Saufkumpane durch die Straßen, und gleich musste er mit diesem Kerl noch die Nacht auf dem Friedhof verbringen. Ganz schön verrückt.

Jan war jedoch überrascht, wie schön der Friedhof bei Nacht wirkte. Einen kurzen Moment dachte er daran, dass Andreas Berger hier bereits beerdigt war, aber den Gedanken verwarf er sofort wieder.

»Du hast dich da in eine Scheiß-Situation manövriert, Junge«, sagte Steiner nach einer Weile. Sie hatten sich auf eine Bank gesetzt.

»Was meinen Sie damit?«, fragte Jan.

»Na, dass du ausgerechnet mit der Frau etwas anfängst, die vielleicht zwei Menschen auf dem Gewissen hat«, antwortete Steiner.

»Glauben Sie denn, dass es Jenny war?«, fragte Jan.

»Sag doch endlich Ralf zu mir. Ob ich Jenny für die Täterin halte? Die Frage ist doch eher: Würdest du sie für die Täterin halten, wenn du nicht kurz vor der Vernehmung noch mit ihr im Bett gewesen wärst?«

Jan schwieg.

»Du kannst nichts dafür, dass du dich in die Falsche verknallt hast. Du kannst schließlich nicht jede Frau hier in Kommern meiden, bloß weil wir in diesem Fall ermitteln. Aber du musst dir immer vor Augen halten, wozu Menschen fähig sein können – auch die eigene Frau kann sich plötzlich in einen anderen Menschen verwandeln, ohne dass man es vorher bemerkt hätte.«

Jan nahm einen tiefen Schluck aus der Flasche. »Sprichst du da etwa aus eigener Erfahrung?« Das Du kam ihm nur zögerlich über die Lippen, fast musste er sich dazu zwingen.

Steiner sah ihn plötzlich ernst an, und Jan hatte zum ersten Mal den Eindruck, hinter Steiners Augen eine verletzliche Seele zu sehen.

»Du meinst die Erfahrung, dass meine Frau eine Mörderin ist? Nein, ganz sicher nicht. Aber ich habe die Erfahrung gemacht, dass ich plötzlich nicht mehr neben der gleichen Frau aufwache, die ich geheiratet habe. Ich hätte nie gedacht, dass sie sich mal so verändert, dass sie nicht mehr dieselbe ist, mit der ich über 20 Jahre zusammen war. Sie kann nicht mal etwas dafür. Sie wurde psychisch krank, das hat sie stark verändert, verstehst du? Sie kann nichts dafür und ist einfach zu bemitleiden, aber ich halte es auch kaum aus, dass es so gekommen ist.« Steiner zögerte, dann fuhr er fort: »Sie ist in der geschlossenen Abteilung der Psychiatrie. So krank, dass die Ärzte nicht glauben, dass sie noch mal gesund werden kann. Es ist schwer für mich, das zu akzeptieren, so verdammt schwer. Sie sieht immer noch aus wie damals, als sie gesund war, aber ihr Inneres ist leer und dunkel. Und man will einfach nicht glauben, dass in diesem schönen Körper nicht mehr der Mensch steckt, den man mal geliebt hat.«

Jan nippte und sah die Flasche an. Dann blickte er zu Steiner, der sich mit dem linken Zeigefinger durchs Auge wischte.

»Bist du deswegen in die Eifel gekommen? Um hier ein neues Leben anzufangen?«

Steiner dachte kurz nach, dann nickte er. »Vielleicht kann man das so sagen. In Münster, wo ich lange gelebt habe, erinnert mich einfach alles zu sehr an das harmonische Leben, das ich nicht mehr habe.« Wieder hielt er inne und schien seinen eigenen Worten nachzulauschen. Dann, ganz unvermittelt, stand er auf und sagte: »Und jetzt bin ich müde. Ich gehe nach Hause.« Steiner verließ den Friedhof.

Jan blieb allein zwischen den Gräbern zurück. Die Kirchturmuhr schlug eins.

8. Kapitel

15. September 2013

Die Nacht hatte sich lange hingezogen. Sie war kurz eingeschlafen, und als sie aufwachte, stellte sie fest, dass sie sich in ihrem eigenen Albtraum befand. Jenny blickte auf die graue Wand, an der sich unzählige Löcher in den Putz gefressen hatten, auf die schmutzige Kloschüssel, auf die weiß lackierte Knasttür. Bilder ihres tiefen Falls. Gestern noch Referendarin am Zülpicher Gymnasium, heute Mordverdächtige in Untersuchungshaft.

Jenny versuchte, an etwas Schönes zu denken, irgendetwas Schönes, aber es gelang ihr nicht. Mit offenen Augen sah sie die Gitter hinter der Fensterscheibe, den billigen Tisch neben ihrem Bett. Und die Wände, die so dicht beieinander standen, als wollten sie sie gleich zerquetschen. In dieser Enge konnte sie nicht lange denken. Und wenn sie die Augen schloss, hallten immer wieder Geräusche über den Flur.

Schritte der Wärterin.

Hin und wieder eine Stimme oder ein Gegenstand, der zu Boden fiel.

Es war unmöglich, sich von hier wegzuträumen oder wegzudenken. Aber woran sollte sie auch denken? An ihren Unterricht? Der würde erst einmal von irgendwem vertreten werden. An ihre nächste Lehrprobe? Sie hatte keine Ahnung, ob sie ihre Lehrerausbildung überhaupt fortsetzen dürfte, wenn sie in Haft war. Auch wenn sich ihre Unschuld herausstellen sollte: Würde es Konsequenzen haben, dass sie wegen Mordverdachts inhaftiert worden war? Aber selbst wenn nicht: Dann müsste sie irgendwohin gehen, wo sie keiner kannte, damit es sich unter den Eltern nicht herumsprechen konnte, dass die Lehrerin ihrer Schüler im Knast gewesen war.

Sollte sie vielleicht an einen grünen Baum denken? Wie lange würde sie keine grünen Bäume mehr sehen?

Oder sollte sie an Jan denken? An den Kerl, in den sie bis vorgestern verliebt gewesen war? Der Kerl, der gestern ihr Leben ruiniert hatte? Jan musste ihre Zickereien im Bett als Geständnis aufgefasst haben. Insofern war sie es ja selbst ein bisschen schuld. Aber wieso hatte er mit ihr nicht mehr gesprochen? Und dann diese blöde Kritzelei auf dem Buch. Wie ein aufmüpfiges Schulmädchen hatte sie Bergers Namen neben das Bild mit dem Pranger geschrieben, eine Art stiller Protest gegen das, was er ihr angetan hatte. Und fast war es ihr wie Voodoo-Zauber vorgekommen, als sie erfuhr, dass Berger tatsächlich am Pranger getötet worden war. Was war das für ein Schicksal? Sie, das Opfer, war nun im Gefängnis …

Die unerträgliche Stille in der Zelle wurde unterbrochen von einem lauter werdenden Stimmengewirr auf dem Gang, das sie an ihren Schulalltag erinnerte, wenn die Schüler schon vor dem Pausengong aus den Klassenzimmern liefen. Der Schulalltag, der nun in weite Ferne gerückt war. Eine Wärterin schloss ihre Türe auf und ging ohne ein Wort wieder. Auf dem Flur hörte sie Stimmen, immer mehr, Stimmen von Mörderinnen, Diebinnen und Schlägerinnen. Jenny war hier im falschen Film. Sie blieb auf dem Bett sitzen. Sie hatte kein Interesse daran, hier Kontakte zu knüpfen. Sie gehörte einfach nicht hierher.

Oder doch?

War sie es vielleicht doch gewesen? Sie suchte in ihrem Gedächtnis nach dem Raum, in dem ihre Erinnerung an die Nacht, in der Berger starb, aufbewahrt war. Aber sie fand diesen Raum nicht. Sie konnte sich einfach an nichts erinnern. Filmriss. Sie wusste nur noch, dass sie abends bei Jule gewesen war. Jenny hatte ihr erzählt, wie glücklich sie gerade mit Jan war. Das kam ihr jetzt unendlich weit weg vor. Jule hatte einen Wein aufgemacht. Das Gespräch war irgendwann auf Georg gekommen. Sie hatten versucht, zu begreifen, wie es so weit kommen konnte, dass dieser notgeile Bock sie beide gefügig gemacht hatte. Es war sehr viel Wein geflossen. Und dann hatte Jule auf einmal angefangen zu kichern und hatte fast nicht mehr aufgehört. Jule hatte Jenny plötzlich von ihren Mordfantasien an Georg erzählt. Und irgendwann hatte auch Jenny darüber gelacht und sie hatte Julia geholfen, die Vorstellung, was sie mit Berger alles machen würden, auszuschmücken. Und immer mehr Wein hatten sie getrunken, am Ende waren es bestimmt drei Flaschen gewesen. Dann setzte ihre Erinnerung an den Verlauf des Abends aus, stattdessen hatte sie wirre Bilder im Kopf – Bilder von Berger: Georg Berger, der überall blutet. Georg Berger, der vor Schmerzen weint. Georg Berger, der um Gnade fleht. Es waren mehr als Bilder, sie waren lebendiger – wie Visionen und so echt, dass sie beim besten Willen nicht wusste, ob das Bilder ihres Rausches waren, angeregt durch das spätere Wissen darum, wie Berger zu Tode gekommen war, oder ob sie tatsächlich Berger hatte sterben sehen. Die Bilder waren so intensiv und zugleich so surreal, dass ihr beides möglich schien. Sie war stark alkoholisiert gewesen, aber die Erscheinung des leidenden Berger und seine Schreie waren in ihrem Gedächtnis so real, dass es auch Wirklichkeit gewesen sein konnte. Sie wusste es nicht. Was war in jener Nacht passiert? Sie hatte noch mit Jule darüber sprechen wollen, hatte aber dann Angst vor der eigenen Courage bekommen. Was, wenn in der Nacht tatsächlich etwas geschehen war, was sie lieber gar nicht wissen wollte? Hatten sie im Suff nur mit ihren Fantasien gespielt? Oder waren sie gemeinsam in der Nacht losgezogen, um Georg zu lynchen? Sobald der Tag angebrochen war, musste sie mit Jule sprechen!

Tränen der Verzweiflung flossen durch ihr Gesicht, aber sie konnten sie nicht reinwaschen. Jenny ließ den gestrigen Tag Revue passieren. Dabei kaute sie an ihren Fingernägeln, nur um einfach irgendetwas zu tun. Es war so entwürdigend gewesen, als sie in das Zugangszimmer geführt worden war, als ihr Geld gezählt wurde und ihre Sachen, die sie bei sich hatte, in ein Dokument geschrieben wurden. Und zwischendurch immer wieder das unerträglich lange Warten. Stunde für Stunde. Es war schon Abend, als sie endlich in ihre Zelle gebracht wurde. Endlich? Ja, in diesem Moment war sie einfach nur froh gewesen, ein Bett und Ruhe zu haben. Aber schlafen hatte sie dann doch nicht gekonnt, und die Ruhe war nun unerträglich.

Jetzt begann wieder das Warten. Das Warten auf den Haftrichter. Und das Warten auf das Ende ihres Albtraumes. Sollte sie Jan nun hassen?

* * *

Gedankenverloren schlenderte Kahli über den Aldi-Parkplatz und bemerkte nicht den Jungen, der auf ihn zukam. Er spürte einen Stoß gegen die Schulter und wusste nicht, ob er absichtlich angerempelt worden, oder ob es ein Versehen gewesen war. Als Kahli sich umdrehte, erkannte er Tobi.

Tobi ging wieder auf Kahli zu, spielte eine Umarmung vor und fragte Kahli ins Ohr: »Hast du was für mich?«

»Nee!«

Tobi sah ihn an wie der ungläubige Thomas den Wiederauferstandenen.

»Na los, nun rück schon raus die Scheiße.«

»Nee, hab nix!«

Kahli lachte und sah Tobi an wie ein Halbirrer. Er konnte verstehen, dass Tobi irritiert war. Tobi war einer seiner besten Kunden gewesen. Obwohl Tobi gerade erst 18 war, konsumierte er Kokain wie ein Rockstar. Wobei er nicht alles, was er bei Kahli kaufte, selbst einnahm. Kahli wusste, dass Tobi manchmal kleine Partys gab und seinen Freunden eine Line spendierte, damit alle gut drauf waren. Das Beste war: Tobi diskutierte mit Kahli nie über den Preis, denn Geld hatte er mehr als genug – das heißt, seine Eltern hatten die Kohle, die Tobi verkokste, und Tobi machte nie einen Hehl daraus, dass er einmal die Firma seines Vaters übernehmen und dann auch reich sein würde, wenn er erst einmal sein Abi gemacht und Wirtschaft studiert hatte. Kahli bezweifelte allerdings, dass Tobi bis dahin noch klar genug in der Birne war, aber das war ihm bisher egal gewesen. Viele seiner Kunden waren noch Schüler, manche hatten reiche Eltern wie Tobi, andere hatten das nicht und mussten sich das Geld auf andere Weise beschaffen. Aber eines hatten sie alle gemeinsam: Alle würden sich früher oder später mit dem Zeug kaputt machen. Na und? Menschen waren schlecht, Menschen waren Wölfe unter Wölfen, die sich gegenseitig zerfleischten. Sie hatten Kahli vor langer Zeit drangsaliert, und das hatte er der Menschheit heimgezahlt, indem er hirnschädigende Drogen verkaufte, und irgendwann, so hatte er immer gedacht, würde er auch den Kindern seiner Peiniger Drogen verkaufen und zusehen, wie sie alle daran zugrunde gingen. Er genoss es, sich den Untergang der Menschheit an Typen wie Tobi anzusehen, und er hatte damit auch noch ein regelmäßiges Einkommen.

Er selbst blieb lieber bei seinen Joints, die er für weitaus ungefährlicher hielt und die ihm gelegentliches Glück in sein sonst so tristes Leben brachten.

»Dann bring mir aber spätestens morgen was«, drängte Tobi und fuhr sich mit der Hand durch die gegelten Haare.

»Nee«, sagte Kahli, »ich mach' das nicht mehr.«

»Was heißt das?«

»Na, dass ich das nicht mehr mache. Und dass du dir jetzt einen anderen Dealer suchen kannst. Ich habe aufgehört, das Zeug zu verkaufen.«

Tobi verschränkte die Arme vor der Brust. »Seit wann?«

»Seit ein paar Tagen.«

Tobi schubste ihn mit beiden Armen. »Spinnst du? Warum denn? Brauchst du kein Geld mehr?«

Darüber hatte sich Kahli noch nicht viele Gedanken gemacht. Erst einmal reichte sein Geld noch eine Weile. Natürlich gab es einen Grund, warum er mit dem Dealen aufhörte. Sein Leben hatte in diesem Monat einen neuen Sinn bekommen. Einen tieferen Sinn. Das hatte mit Gerechtigkeit zu tun. Mit höherer Gerechtigkeit. Aber davon verstand Tobi nichts. Er war ja fast noch ein Kind.

»Ich hab' jetzt meine Prioritäten verschoben«, sagte Kahli, sah Tobi dabei an, als hätte er eine geniale Geschäftsidee entwickelt, und ließ ihn einfach stehen. Kahli schlurfte Richtung Dorfzentrum, ließ seine langen, ungepflegten Haare im Wind wehen und summte ein Lied der Toten Hosen vor sich hin.

»Das wird ein großer Sieg für die Gerechtigkeit, für Anstand und Moral …«

Eine neue Zeit war angebrochen. Spätestens seit dem Tod vom zweiten Berger-Zwilling konnte man das ahnen.

* * *

Jan hatte den freien Nachmittag einfach in einem Café in der Euskirchener Innenstadt verbringen wollen, weil er sich nach menschlicher Gesellschaft sehnte und dort mehr Leben erhoffte als an einem Sonntagnachmittag in Kommern. Aber er wusste nicht, ob er dort heute noch ankommen würde, denn seit einer gefühlten halben Stunde fuhr er hinter einem Traktor her. Und weil Jan sich entschieden hatte, nicht über die Bundesstraße zu fahren, sondern einen Umweg über Mechernich zu machen und sich unterwegs irgendwo einen Snack zu kaufen, eskortierte er nun einen Trecker auf einer engen, kurvigen Straße, die für einen Stadtmenschen eine Zumutung war. Jan fuhr per Knopfdruck das Seitenfenster herunter und beugte sich so weit wie es ging aus dem Wagen, um sich einen Überblick über die Strecke vor dem Traktor zu verschaffen – Überholen war zwecklos. Zu viele Kurven, und hinter jeder Kurve konnte gefährlicher Gegenverkehr lauern. Jan lehnte sich zurück und drehte das Radio lauter, um die Fahrt mit 25 Stundenkilometern erträglicher zu machen.

Er dachte an die Halskette, die er nachts im Museum gefunden hatte. Mjölnir, die magische Waffe von Donnergott Thor, daher auch »Thors Hammer« genannt. Jan wusste, dass Thors Hammer ein verbreitetes Symbol in der rechtsradikalen Szene war, ursprünglich ein Zeichen der Völkischen Bewegung, nun zunehmend bei Neonazis ein legales Symbol anstelle der Hakenkreuze. Aber genauso wurde es von jugendlichen Heavy-Metal-Fans als Zeichen der Verbundenheit getragen, die sich selbst gar nicht als »rechts« einstuften oder gar nicht wussten, dass sie mit Neonazis ihre Vorliebe für das Mjölnir-Symbol teilten.

Es konnte alles oder nichts bedeuten. Hatten die Taten vielleicht einen rechtsradikalen Hintergrund? Dafür gab es nicht den leisesten Anhaltspunkt. War der Täter Metal-Fan? Schon eher möglich. Jan hatte immer schon den Verdacht gehabt, dass Heavy Metal aggressiv und wahnsinnig macht. Allerdings musste das Kettchen nicht unbedingt etwas mit den Morden zu tun haben. Er hatte es einige Meter neben dem Schandpfahl gefunden, gut möglich also, dass irgendein Besucher des Museums den Gehweg verlassen und das Kettchen im Gras verloren hatte. Das hatte auch Steiner gesagt, als Jan ihm davon berichtet hatte. Aber wenn tatsächlich der Täter diese Kette verloren hatte, dann war es extrem unwahrscheinlich, dass Jenny die Mörderin war, denn Jenny hatte garantiert keinen solchen Schmuck. Es gab noch Hoffnung …

Vor dem ersten Leichenfund hatte sich auch eine Schulklasse unmittelbar am Pranger aufgehalten. Thors Hammer könnte also auch einem der Kids gehören, die Andreas Berger gefunden hatten. Er musste nachher die Lehrerin kontaktieren, um rauszukriegen, ob einer ihrer Schüler eine solche Halskette trug und vermisste.

Vor einer engen Kurve raste ein Motorradfahrer an Jan und dem Trecker vorbei. Der musste lebensmüde sein. Jan riskierte lieber nichts und tuckerte immer noch im zweiten Gang durch die Eifel. Er warf rechts einen kurzen Blick auf die Katzensteine. Hübsch, fand er. Im Radio liefen die Lokalnachrichten. Eine Meldung ließ ihn plötzlich hellhörig werden. Jan drehte die Lautstärke hoch. Eine sympathische Frauenstimme kündigte eine Veranstaltung an:

»Für das ausgefallene *Exit*-Konzert gibt es einen Ersatztermin: Am übernächsten Samstag, den 28. September, spielt die Eifel-Rockband, die vor nunmehr 20 Jahren als Münstereifeler Schülerband gegründet wurde, im Nöthener Pfarrgemeindesaal. Die Karten für das ausgefallene Konzert am 11. September bleiben gültig. Beginn ist um 20 Uhr, Einlass eine Stunde vorher.«

Exit – das Alibi von Mias Vater! Der hatte angegeben, in der Tatnacht, als Georg Berger starb, auf dem Konzert gewesen zu sein, das also gar nicht stattgefunden hatte. Jan hatte sich zur Bestätigung des Alibis nur die Eintrittskarte zeigen und von zwei Zeugen bestätigen lassen, dass Herr Peters bis spät in die Nacht auf dem Konzert war und anschließend bei einem von ihnen übernachtet hatte. Zwei knallharte Falschaussagen! Wenn das Konzert in der Nacht, in der Georg Berger starb, ausgefallen war, dann war auch Peters' Alibi hinfällig. Er hatte ein Motiv, und der zusätzliche Mord an Andreas Berger wäre immer noch mit Jans Verwechslungshypothese erklärbar.

Gerade hatte Jan die Abzweigung nach Satzvey erreicht. Er bog links ab und drehte um in Richtung Mechernich.

* * *

Zehn Minuten später stand Jan in der Küche der Familie Peters. »Herr Peters, wir müssen uns über Ihr Alibi unterhalten«, sagte er.

Peters öffnete mit der rechten Hand den oberen Hemdknopf und schloss ihn gleich darauf wieder. Seine Frau warf den beiden Männern fragende Blicke zu.

»Das ist in Ordnung, Schatz«, sagte Hannes Peters. »Herr Grimberg will sicher nur noch mal die Eintrittskarte sehen. Sie liegt in meinem Arbeitszimmer. Kommen Sie«, fuhr er fort und führte Jan in sein Kellerbüro. Unten angekommen, schloss er die Tür hinter ihnen.

»Das Konzert, das Sie als Alibi angegeben haben, ist ausgefallen. Sie haben uns angelogen«, sagte Jan. »Dann haben Sie vielleicht auch gar nicht bei diesem Freund übernachtet, mit dem Sie auf dem Konzert waren?«, begann Jan.

Hannes Peters machte mit dem Zeigefinger eine hektische Bewegung Richtung Mund.

»Warum haben Sie gelogen? Sie wissen selbst, dass Sie ein sehr gutes Motiv für den Mord an Berger haben.«

»Also schön«, sagte Peters leise. »Ich habe ein Verhältnis mit einer früheren Schulfreundin. Sie heißt Karin Hammer. Bei ihr war ich in jener Nacht. Aber bitte – meine Frau darf davon wirklich nichts erfahren, ja?«

Was war hier los? Hier in der Eifel, wo die Welt noch so in Ordnung schien und wo junge Erwachsene hinzogen, um für sich und ihre Familien große Häuser zu bauen, hier ging jeder mit jedem fremd.

»Und was war mit den beiden Männern, die Sie angeblich auf dem *Exit*-Konzert gesehen haben?«

»Ich habe zwei Freunde gebeten, mich zu decken, damit die Affäre nicht vor meiner Frau rauskommt.«

»Sie wissen, dass eine Falschaussage vor Gericht ein Straftatbestand ist?«

»Aber es war ja keine Aussage vor Gericht, sondern eine Vernehmung durch die Polizei. In diesem Rahmen haben sie sich noch nicht strafbar gemacht, oder? Außerdem sind die beiden echte Freunde von mir, die für einen Freund auch vor der Polizei lügen. Vielleicht verstehen Sie das nicht, Herr Grimberg, weil Sie solche Freunde nicht haben?«

»Und was sind Sie für ein Freund, der seine Freunde in so eine Situation bringt, Herr Peters?«

Das hatte gesessen. Peters wich Jans Blicken beschämt aus.

»Je eher uns Ihre Freundin das Alibi bestätigen kann, desto eher ist die Sache für uns abgehakt«, sagte Jan. »Wo kann ich die Dame erreichen?«

Peters gab ihm Adresse und Telefonnummer seiner Geliebten.

»Sie kommen mit mir. Das falsche Alibi und die Anstiftung zur Falschaussage kann ich nicht durchgehen lassen. Ich bringe Sie zu meiner Dienststelle, und dort werden Sie sich mit meinen Kollegen unterhalten, während ich Frau Hammer besuche. Sie haben eine Minute Zeit, sich zu überlegen, wie Sie das Ihrer Frau erklären«, sagte Jan.

* * *

Das Café am Alten Markt war voll besetzt, aber von Weitem sah Jan, dass gerade ein Tisch frei geworden war. Er beeilte sich und setzte sich dort hin. Hannes Peters hatte ihm die Adresse des Cafés in der Euskirchener Fußgängerzone gegeben, in dem Karin Hammer sonntags arbeitete. Eine rothaarige Frau kam an seinen Tisch und fragte nach seinem Getränkewunsch.

Jan bestellte einen Latte macchiato und fragte nach Karin Hammer.

»Das bin ich«, antwortete die junge Frau überrascht, aber freundlich.

»Ich bin von der Kripo und habe eine Frage an Sie«, erklärte Jan und zeigte seinen Ausweis. »Bitte setzen Sie sich kurz zu mir.«

Sie schaute ihn beinahe erschrocken an. Ihre Finger nestelten an dem Tablett herum, das sie in den Händen hielt. Zögerlich setzte sie sich auf einen der freien Stühle.

»Wo waren Sie in der Nacht vom 11. auf den 12. September?«, fragte Jan.

Frau Hammer legte das Tablett ab und fasste sich an ihren Ehering. Sie überlegte kurz, dann sagte sie mit unsicherer Stimme: »Ich habe eine Freundin in Trier besucht und dort übernachtet. Sie können sie gerne fragen. Warum wollen Sie das wissen?«

Jan verzog den Mundwinkel. »Kennen Sie Hannes Peters?«

Sie zog ihren Ring an und wieder aus. »Mit dem war ich in der Schule. Wieso? Ist ihm etwa etwas zugestoßen?«

»Nein, aber er sagte, dass er in der Nacht bei Ihnen war.«

»Bei mir?«, fragte sie überrascht. »Nein, tut mir leid, das muss ein Irrtum sein. Ich habe doch gesagt, dass ich bei einer Freundin war.«

»Er sagt, er hätte eine Affäre mit Ihnen.«

Frau Hammer schluckte. »Was? Das hat er gesagt? Nein, das kann man so nicht sagen. Wir haben uns öfter mal auf einen Kaffee getroffen. Es kann sein, dass er sich mehr gewünscht hat. Was ist denn mit Hannes … mit Herrn Peters?«

»Das kann ich Ihnen im Moment nicht sagen. Aber ich muss Sie bitten, Ihre Aussage sobald wie möglich auf der Polizeiwache zu wiederholen, damit wir sie schriftlich haben. Das ist sehr wichtig, Frau Hammer.«

»Wieso denn?«, fragte Karin Hammer jetzt verstört. Sie hatte keine Ahnung, was los war, aber Jan durfte es ihr aus ermittlungstaktischen Gründen auch nicht sagen.

»Weil Ihre Aussage von großer Bedeutung ist«, wiederholte er deshalb.

»In Ordnung. Ich habe in zwanzig Minuten Feierabend, dann fahre ich auf dem Heimweg bei der Polizei vorbei.«

»Könnten Sie mir noch die Telefonnummer Ihrer Trierer Freundin geben?«

Karin Hammer kritzelte mit zittriger Hand eine Nummer auf einen Zettel. Jan bedankte sich und machte den Platz frei.

* * *

Mehr als zehn monotone Freizeichen mussten es inzwischen gewesen sein. Jan schlug genervt mit der Hand auf das Lenkrad seines Wagens, den er in der Euskirchener Wilhelmstraße nahe der Fußgängerzone geparkt hatte, und gab auf. Diese Dunja Dreißler, bei der Karin Hammer angeblich gewesen war, nahm nicht ab, er hatte es bereits vier Mal versucht. Aber es war von äußerster Dringlichkeit, die Übernachtung von Karin Hammer in Trier zu überprüfen. Denn wenn es stimmte, dann hatte Peters schon wieder gelogen, und dann konnte man ihn beim Verhör vielleicht endlich festnageln. Er musste also versuchen, Dunja Dreißler heute noch zu erreichen, und wenn sie nicht ans Telefon ging, musste er eben zu ihr fahren – auch auf die Gefahr hin, dass sie heute gar nicht zu Hause und der weite Weg dann umsonst war.

Jan rief seine Kollegen an und gab durch, dass Karin Hammer abgestritten habe, dass Peters in der Mordnacht bei ihr gewesen war, dass sie angegeben habe, stattdessen bei einer Freundin in Trier gewesen zu sein, und dass Jan dies nun überprüfen werde. Dann schnallte er sich den Gurt um und startete den Motor. Vor ihm lagen eineinhalb Stunden Autofahrt nach Trier.

Das war also sein freier Sonntag.

* * *

Seine Hände zitterten, als Hannes Peters die Kaffeetasse abstellte. Robert Knoll war das nicht entgangen. Er lockerte seine Krawatte. Seit er bei der Mordkommission Bonn war, hatte er schon viele Verhörsituationen erlebt. Diese hier passte in das Schema, wenn der Verhörte merkte, dass er seine Schuld nicht mehr lange leugnen kann.

Knoll hatte ihm einen Kaffee angeboten, weil das aus Sicht des Verdächtigen die Atmosphäre lockerte. Außerdem drückte Kaffee auf die Blase und steigerte insbesondere in

Stresssituationen die Nervosität. Es war nur noch eine Frage der Zeit, bis er Peters in die Ecke gedrängt hatte.

»Erzählen Sie mir noch mal, wo Sie am Abend des 11. September waren.«

Peters klimperte mit dem Teelöffel, während Kriminalkommissar Wagner mit der Tastatur des PCs klapperte, um das Verhör festzuhalten.

»Das habe ich Ihrem Kollegen doch schon gesagt. Ich war bei meiner alten Schulfreundin Karin Hammer, mit der ich ein Verhältnis habe. Aber sagen Sie meiner Frau nichts davon. Bitte!«

»Was haben Sie für ein Verhältnis zu Ihrer Frau?«

»Ein gutes.« Peters war sichtlich verwirrt über den plötzlichen Themenwechsel.

»Lieben Sie Ihre Frau?«

»Ja, natürlich. Wir sind eine Familie.«

»Und trotzdem betrügen Sie sie.« Knoll sah wie in einen Spiegel auf die durchsichtige Bürotrennwand, auf deren anderer Seite ihn Steiner beobachtete. Er genoss es, wenn seine Kollegen ihm bei seiner Arbeit zusahen.

»Glauben Sie mir, ich liebe meine Frau«, wandte Peters ein. »Aber seit Berger meine Tochter missbraucht hat, hat sich unsere Beziehung sehr verändert. Wir sind immer noch eine Familie, aber unser Familienleben ist sehr auf Mia fixiert. Wir sind den ganzen Tag mit ihr beschäftigt und versuchen, ihr nach diesem Trauma so gut wie es geht beizustehen.«

»Verstehe. Sie haben keinen Geschlechtsverkehr mehr mit Ihrer Frau?«

Peters nickte.

»Ich kann Sie nicht hören, Herr Peters!«

»Ja!«

»Wie haben Sie den 12. September verbracht?«

»Sie meinen den Tag danach?«

»Ja, den meine ich«, sagte Knoll. Schnelle Zeitsprünge erhöhten den Stress. Auf diese Weise glaubte Knoll, Lügner besser entlarven zu können.

»Ich bin gegen sieben Uhr aus dem Hotel gegangen und dann zur Arbeit gefahren. Dort war ich von acht bis siebzehn Uhr. Danach war ich den ganzen Abend zu Hause.«

Wieder machte Knoll einen Themensprung: »Ihre Tochter, sagten Sie vorhin, hat die Schule wegen Berger gewechselt?«

»Ja.«

»Dann war das Problem damit also gelöst?«

Peters schüttelte energisch den Kopf. »Nein, gelöst war das bestimmt nicht. Wir sind dem Problem nur aus dem Weg gegangen. Aber wie kann ich damit abschließen, wenn man meiner Tochter so etwas antut und auch noch ungestraft davonkommt?«

»Sie haben sich also gewünscht, dass Berger für seine Übergriffe auf Ihre Tochter bestraft wird.«

»Natürlich.«

»Und dann haben Sie ihn bestraft, nicht wahr?«

»Nein! Ich habe Ihrem Kollegen doch gesagt, wo ich war.« Peters strich sich mit der Handfläche durch den Bart, dann kratzte er sich am Kopf.

Knoll warf seine Stirn in Falten. »Sie haben meinen Kollegen aber angelogen.«

»Ja, weil meine Frau nicht erfahren sollte, wo ich wirklich war. Das habe ich Ihrem Kollegen doch dann auch gesagt. Ich habe Herrn Grimberg die Adresse meiner Freundin gegeben, er wollte es überprüfen.«

»Das hat er, Herr Peters. Ihre sogenannte Freundin bestreitet, mit Ihnen ein Verhältnis zu haben.«

»Was? Aber es ist die Wahrheit.«

»Die Wahrheit wollen Sie uns erzählen? Während Sie uns die ganze Zeit anlügen? Sie sagen, Sie waren auf einem Konzert, und nur durch Zufall erfährt mein Kollege, dass das Konzert gar nicht stattgefunden hat.«

Wagner hackte im Eiltempo auf die Tastatur ein.

»Ich sagte doch schon, dass meine Frau nicht wissen durfte, dass ich mit Karin Hammer die Nacht in einem Hotel verbracht habe.«

Im Oberlehrer-Gang lief Knoll vor dem sitzenden Peters auf und ab. »Aber der Polizei hätten Sie doch von Ihrer Affäre erzählen können.«

»Ich wollte einfach unter allen Umständen verhindern, dass es irgendwie zu meiner Frau durchdringt, dass ich sie betrüge.«

»Aber heute Nachmittag haben Sie der Polizei dann doch bereitwillig erzählt, dass Sie bei einer Geliebten waren.«

Peters sah ihn ängstlich wie ein Kaninchen an, das vor einem Jagdhund steht.

Knoll triumphierte. Gleich hatte er ihn. Er war jetzt 33, und seine Beförderung zum Kriminalhauptkommissar rückte näher, wenn er so weitermachte. Die Aufklärung der Schandpfahl-Morde würden gut in sein Portfolio passen. »Erzählen Sie mir, warum Ihre Freunde für Sie gelogen haben.«

»Welche Freunde?« Peters verlor den Faden.

Es gehörte zu Knolls Taktik, immer wieder das Thema zu wechseln und dann wieder zu den alten Aussagen zurückzuspringen, um zu sehen, ob der Verdächtige bei seiner alten Version blieb. »Die, die bestätigt haben, dass sie mit Ihnen auf dem Konzert waren.«

»Die beiden sind meine besten Freunde, und da ist es doch klar, dass die mich decken. Wir halten immer zusammen.«

»Auch für eine Falschaussage in einer Mordermittlung?«

»Es ging ja nicht darum, die Polizei zu täuschen, sondern meine Ehe zu schützen, mein Gott!«

Knoll machte eine Pause. Drei Minuten lang schwieg er einfach. Die Tastatur klapperte nicht. Nur Peters schnelles Atmen war zu hören. Knoll wusste genau, welchen Druck diese Stille auf Peters ausübte.

Dann fuhr er endlich fort: »Herr Peters, das stinkt zum Himmel. Sie geben uns zwei falsche Alibis und stiften auch noch Ihre Freunde an, für Sie zu lügen. Sie sagen, dass Sie Ihre Frau lieben, sagen aber gleichzeitig, dass Sie fremdgehen. Ihre Tochter ist von ihrem Lehrer sexuell misshandelt worden und schwer traumatisiert. Ihre Frau schläft seitdem nicht mehr mit Ihnen. Und Ihre Ehre als Familienvater ist gekränkt, nicht wahr? Und alles nur, weil Georg Berger nicht die Finger von Ihrer Tochter lassen konnte. Liege ich bis hierhin richtig?«

»Ja«, flüsterte Peters und rieb sich die Augen.

»Ich kann Ihre Situation sogar gut verstehen – Georg Berger hat Ihr komplettes Leben aus der Bahn geworfen.«

Peters nickte, als würde er sich mit einem Freund unterhalten.

»Und da hecken Sie einen teuflischen Plan aus: Sie überwältigen Georg Berger bei einem abendlichen Spaziergang, bringen ihn ins Freilichtmuseum, ketten ihn an den Pranger, und dann werfen Sie Eier und Steine auf ihn. Immer und immer wieder. Das tut gut, nicht wahr? Sie tun es für Ihre Tochter. Welcher Vater möchte nicht den Peiniger seines Kindes quälen? Und dann schneiden Sie ihm die Pulsadern auf. Langsam soll er sterben, nicht wahr? Er soll es nicht leicht haben, wenn er aus dem Leben scheidet, stimmt's? Sie lassen Georg Berger so sterben, wie auch sein Zwillingsbruder Andreas Berger sterben musste.«

»Mit dem Mord an Andreas Berger habe ich nichts zu tun«, empörte sich Peters.

»Sie streiten also nur den Mord an Andreas Berger ab?«

»Ja – Nein!«

Knoll sah zufrieden zu Steiner, der immer noch hinter der Glaswand stand.

»Ich habe niemanden umgebracht!«

»Sie sagen also weiterhin, dass Sie bei Ihrer Geliebten waren?«

»Ja.«

»Obwohl sie das bestreitet.«

»Ja.«

»Wir müssen nun doch noch mal mit Ihrer Frau wegen der Berger-Sache sprechen. Und aus ermittlungstechnischen Gründen auch über den Zustand Ihrer Ehe.«

Peters rang mit der Fassung. »Bitte nicht, bitte! Dann würde sie mich verlassen, und das wäre auch für Mia eine Katastrophe. Bitte, meine Frau darf nichts von der Affäre erfahren.«

Knoll machte wieder eine Pause.

»Vielleicht hat Frau Hammer ja recht, und es gab diese Affäre gar nicht?«

»Darf ich bitte mal zur Toilette?«, fragte Peters nun.

Knoll leitete wieder eine künstliche Stille ein, um Peters' Nerven weiter zu strapazieren.

Während Peters sich eine Toilettenpause gönnte, ging Knoll in Steiners Büro. Steiner hatte gerade telefoniert und legte den Hörer auf.

»Gibt es noch etwas Neues?«, fragte Knoll.

»Jenny Martini ist eben aus der U-Haft entlassen worden. Sie hat einen Anwalt kommen lassen und ihre Aussage widerrufen. Sie hat eine Haftverschonung bekommen und darf den Kreis Euskirchen bis auf Weiteres nicht verlassen. Wie läuft es mit Peters?«

»Ich bin mir fast sicher, dass er Georg Berger umgebracht hat. Noch ein paar Stunden, dann habe ich sein Geständnis«, sagte Knoll mit dem Tonfall eines Wichtigtuers.

* * *

Dunja Dreißler lebte in einer zentral gelegenen Wohnung am Trierer Kornmarkt, wo andere Menschen heute den freien Tag genossen. Jan drückte auf die Klingel des Mehrfamilienhauses. Keine Reaktion. Na super, dachte Jan. Jetzt war er doch umsonst hierher gefahren.

Die Haustür öffnete sich, und eine alte Frau kam heraus, die ihn nicht weiter beachtete. Bevor die Tür wieder zufiel, schob Jan den Fuß in den Türspalt und verschaffte sich so Eintritt ins Treppenhaus. So konnte er zumindest vor der Wohnungstür von Frau Dreißler warten, bis sie wieder da war. Der ganze Aufwand nur, um eine kleine Information zu besorgen! Nur, weil Jan von irgendwem angelogen worden war. Entweder von Peters, oder von Karin Hammer. Und er musste natürlich auch die Möglichkeit einbeziehen, dass ihn Dunja Dreißler anlügen und den Aufenthalt von der Hammer bestätigen könnte, auch wenn sie gar nicht hier gewesen wäre. Während er also auf die Rückkehr von der Trierer Freundin wartete, musste er sich eine Strategie überlegen, um die Wahrheit herauszufinden.

Als er im zweiten Stock angekommen war, wo Dunja Dreißler wohnte, hörte er durch die Tür hindurch laute Geräusche, die aus dem Fernseher zu kommen schienen. War sie vielleicht doch zu Hause und hatte einfach die Klingel nicht gehört?

Jan klingelte nun an der Wohnungstür Sturm, und nach etwa zwei Minuten öffnete endlich eine Frau, die in etwa so alt war wie Karin Hammer und mit ungepflegten Haaren und Jogginghose ein wenig verwahrlost aussah. Jan wies sich aus, erklärte knapp, dass er aus Euskirchen angereist sei und sie in einer dringenden Angelegenheit sprechen müsse und bat um Eintritt. Dunja Dreißler ließ ihn hinein.

»Sie sind also extra aus Euskirchen gekommen, weil Sie mich telefonisch nicht erreichen konnten?«, wiederholte sie. »Das tut mir wirklich leid. Ich war den ganzen Nachmittag in Mittelerde.«

»In Mittelerde?«

Sie lachte. »Ja, ich habe mir einen DVD-Nachmittag mit dem *Hobbit* gemacht. So verbringe ich meine Wochenenden oft. Ich bin geschieden und lebe seit zwei Jahren allein, und ich liebe es, in meinem Heimkino in fremde Weiten einzutauchen, wenn mir die Decke auf den Kopf fällt. Dann vergesse ich alles um mich herum.«

Das erklärte natürlich einiges, dachte Jan. Kein Wunder, dass sie Telefon und Klingel nicht gehört hatte.

Dunja Dreißler sah auf ihr Handy. »Ach, herrje, ich sehe gerade, dass Karin versucht hat, mich anzurufen. Ups, sogar 27 Mal. Entschuldigen Sie, da muss wohl etwas passiert sein, ich rufe sie mal kurz zurück.«

»Nein, warten Sie«, hielt Jan sie auf. »Beantworten Sie mir bitte nur kurz eine Frage. Was haben Sie am Abend des 11. September gemacht?«

Dunja Dreißler überlegte kurz. »Einen Moment, ich sehe mal kurz im Kalender nach.«

Sie ging in die Küche und kam sofort zurück in den Flur.

»Ich hatte Nachtdienst. Ich arbeite als Krankenpflegerin im Marienkrankenhaus.«

»Wie lange haben Sie an diesem Tag genau gearbeitet?«

»Von 21.30 Uhr bis 6.30 Uhr. Wieso?«

»Sie hatten also keinen Besuch von Karin Hammer an diesem Tag?«

»Nein, ganz sicher nicht. Wieso fragen Sie mich das eigentlich?«

»Sie hat bezüglich einer Ermittlung angegeben, dass sie zu dieser Zeit bei Ihnen zu Besuch war. Haben Sie eine Idee, warum sie mich angelogen haben könnte?«

Dunja Dreißler nickte langsam. »Deswegen wollte sie mich wohl heute anrufen.« Sie schien kurz zu überlegen, was sie nun sagen sollte. Dann sagte sie entschlossen: »Das hat sicher wieder mit dieser Affäre zu tun, richtig? Sie hat mir erzählt, dass sie sich regelmäßig mit so einem alten Schulfreund in einem Hotel trifft. Hannes heißt der, Hannes Peters, glaube ich. Aber sie ist verheiratet und will sich von ihrem Mann nicht trennen, wegen ihrer Kinder. Der darf dann natürlich nichts von der Affäre erfahren. Wahrscheinlich hatte sie Angst, dass das rauskommt, wenn sie zugibt, dass sie an dem Tag, nach dem Sie mich gefragt haben, mit Hannes Peters zusammen war. Hat Hannes Peters denn etwas angestellt?«

»Wir sind mitten in den Ermittlungen. Vielen Dank, Frau Dreißler, Sie haben uns sehr geholfen«, sagte Jan. Er ließ sich noch die Anschrift ihres Arbeitgebers und eine Durchwahl zu einem Ansprechpartner geben, um sich den Dienstplan von Frau Deißler bestätigen zu lassen, und verließ dann die Wohnung.

Unglaublich, dachte Jan auf dem Weg zu seinem Auto. Karin Hammer hatte ihn angelogen. Das hätte er nicht von dieser zierlichen, hübschen Frau gedacht. Er war wütend auf sie. Wegen dieser Falschaussage war er nach Trier gefahren. Und wegen ihrer Falschaussage saß Hannes Peters jetzt in der Kreispolizeibehörde Euskirchen und wurde in die Mangel genommen. Aber immerhin war er noch schnell genug hier gewesen, um die Dreißler zu befragen. Wahrscheinlich hatte Karin Hammer sie warnen und zu einer Falschaussage überreden wollen.

Der Abstecher zum Marienkrankenhaus war schnell getan. Ebenso wie die Bestätigung der Aussage von Frau Dreißler. Ja, die junge Frau hatte zum Zeitpunkt des Mordes an Georg Berger Dienst gehabt. Karin Hammer hatte ihn dreist angelogen.

Während Jan durch die Trierer Innenstadt lief, rief er seine Euskirchener Kollegen an. Wagner war am anderen Ende der Leitung.

»Herr Wagner, Grimberg hier. Es gibt wichtige Neuigkeiten. Karin Hammers Aussage stimmt nicht. Sie war am Abend des 11. September nicht in Trier. Ihre bewusste Falschaussage legt die dringende Vermutung nahe, dass sie sich an dem Abend sehr wohl mit Hannes Peters getroffen hat. Das wiederum bedeutet, dass Peters' zweites Alibi stimmen würde.«

Jan passierte eine Gruppe von Mexikanern, die *Sound of Silence* mit Panflöten spielte.

»Was haben Sie gesagt? Ich verstehe Sie gerade nicht, Herr Wagner. Es ist so laut hier.«

Jan entfernte sich schnell von den Straßenmusikern.

»Also noch mal. Was haben Sie eben gesagt? Irgendwas mit Frau Martini?«

Wagner berichtete, und Jan atmete auf. »Danke«, sagte er und legte auf.

Jenny war aus der Haft entlassen, hatte ihre Aussage widerrufen. Es war höchste Zeit, in die Eifel zurückzufahren.

* * *

Es dämmerte schon, als Jan sein Auto in der Straße Schopsland parkte. Jan ahnte, dass er gerade einen Fehler machte, als er mit einem billig aussehenden Strauß Rosen von der Tankstelle vor dem Haus stand, in dem Jenny wohnte. Aber er wusste auch, dass es ein Fehler gewesen wäre, nicht zu ihr zu gehen. Eine echte Dilemma-Situation, in der es keine richtige Entscheidung gab.

Jan streckte den Arm zur Klingel aus, zog ihn kurz zurück und drückte dann entschlossen auf den Knopf. Vielleicht war sie ja gar nicht da. Dann könnte er es morgen noch mal versuchen. Er hörte langsame Schritte, dann wurde die Tür geöffnet.

»Was willst du hier?«, fauchte Jenny.

»Ich dachte, du freust dich über ein paar Blumen«, murmelte Jan.

»Und ich dachte, ich kriege über mehrere Jahre keine Blumen mehr zu Gesicht in meiner Zelle.«

Jan wusste nicht, was er darauf sagen sollte.

»Und jetzt komm' schon rein, na los, schnell«, sagte Jenny und zog ihn am Ärmel.

In Jan keimte sofort Hoffnung auf.

Oben in ihrem Appartement stellte Jenny jedoch sofort klar: »Ich wollte nur nicht, dass wir von Journalisten gesehen werden. Irgend so ein schleimiger Typ vom *Bleibach-Boten* hat vorhin schon angerufen, außerdem hatte ich schon zwei Mal die größte deutsche Boulevard-Zeitung am Apparat. Keine Ahnung, woher die meine Nummer haben.«

»Hast du vielleicht eine Vase für die Blumen?«, fragte Jan.

»Die brauche ich nicht – die Blumen kannst du gleich wieder mitnehmen.«

»Es tut mir so leid, Jenny. Es war voreilig von mir, dich zu verdächtigen.«

»Na, das ist ja mal eine Einsicht, Jan Grimberg! Du hast also wirklich geglaubt, dass ich es war?«

Jan schüttelte den Kopf. »Ich weiß es nicht. Ich weiß es doch wirklich nicht. Nein, eigentlich habe ich das nie geglaubt. Warum hast du denn gesagt, dass du es warst?«

Jenny lachte gequält. »Habe ich das? Das war doch nur eine Reaktion darauf, dass du mich so blöd verhört hast. Du hast mich damit verletzt, und ich wollte dich dann auch verletzen. Ich hätte nicht gedacht, dass du das als Geständnis auffasst.«

»Ach Jenny, ich war einfach sauer. Du warst so zickig, und dann hast du noch angefangen zu rauchen …«

»Puh.« Jenny sah ihn mit großen Augen an. »Weil ich geraucht habe und du sauer warst, hast du mich in den Knast gebracht? Geht's noch? Rauchen in deiner Vorstellungswelt nur Schwerverbrecher?«

»Nein, natürlich nicht«, flüsterte Jan. »Aber dann habe ich dieses Schandpfahl-Buch gesehen, auf dem Bergers Name neben dem Bild stand.«

Jenny zündete sich eine Kippe an. »Das waren doch nur Kritzeleien von mir, Jan. Das hättest du dir doch denken können. Irgendwie musste ich nach dem, was Berger mir angetan hat, ja Luft rauslassen.«

Jan biss sich auf die Lippen. Er wusste kaum etwas zu sagen und schämte sich in Grund und Boden. Er merkte, wie verzweifelt seine Situation war. Er wollte Jenny unbedingt zurückhaben, aber er sah, dass sie ihm nicht verzeihen konnte.

Er verbarg sein Gesicht in der Hand, und als er wieder aufsah, hatte Jenny ihre Zigarette ausgedrückt und die Hand auf seine Schulter gelegt. Jan ließ sich in ihre Arme fallen und drückte sie fest an sich.

»Ein bisschen kann ich es ja verstehen. Bei dem, was Berger mit mir und Jule gemacht hat, habe ich schon darauf gewartet, dass wir auch ins Visier der Ermittler geraten, wenn rauskommt, was für eine notgeile Sau Berger war. Außerdem wusste ich zwischenzeitlich selbst nicht, ob ich es nicht gewesen sein konnte. Nach dem Abend bei Jule hatte ich einen Filmriss. Wir hatten so viel getrunken, dass ich mich an mehrere Stunden der Nacht nicht erinnern kann. Und wir haben uns so in Rachephantasien an Berger hineingesteigert, dass ich selbst nicht mehr wusste, ob diese Spinnereien Traum oder Wirklichkeit waren. Deswegen konnte ich am Ende bei der Vernehmung auch nicht mehr klar sagen, dass ich es nicht war, verstehst du? Ein Teil von mir hat wirklich geglaubt, dass ich es gewesen sein könnte, ohne mich daran zu erinnern. Mit Jule wollte ich zuerst nicht darüber sprechen, weil ich Angst hatte, dass es wirklich wahr sein könnte, dass Jule und ich wirklich Mörderinnen sind. Aber heute Morgen hat Jule mich im Gefängnis besucht und mir versichert, dass wir in unserem Rausch nur rumgesponnen haben, und dabei kam die Erinnerung zumindest so weit wieder, dass ich wieder wusste, wie ich betrunken zu Fuß nach Hause gegangen bin, ohne jemanden umgebracht zu haben.«

Jan rieb sich die Augen und nickte.

»Trotzdem hätte ich mir gerade in dieser Situation mehr Unterstützung gewünscht, Jan. Ich war einen Tag in einer grauen Zelle. Wie eine Verbrecherin. Es war so demütigend. Aber du hast nichts versucht, um das zu verhindern. Das wird immer zwischen uns stehen. Und deswegen will ich jetzt, dass du gehst.«

Beschämt tat Jan, was Jenny wollte, und ging zur Tür. Als er sie öffnete, drehte er sich noch einmal um. »Ich liebe dich, Jenny«, sagte er.

»Ich dich auch, Jan, aber ich will dich nicht mehr sehen.«

Als die Tür hinter Jan zufiel, fühlte er sich in der Eifel einsamer als je zuvor. Der letzte Satz von Jenny machte es ihm noch schwerer: Schlimm genug, dass sie von ihm die Nase voll hatte – aber dass sie dazu auch noch eingestand, ihn zu lieben, gab ihm den Rest.

Der Klingelton seines Handys riss ihn aus der Trauer.

»Grimberg. Ah, Herr Wagner.« Jan räusperte sich, damit seine Stimme nicht zu verheult klang.

»Was sagen Sie? Er ist geflohen?«

* * *

Eine kleine Flamme leuchtete in der Dunkelheit. Kahli führte das Feuerzeug zum Joint, den er zwischen seinen Lippen balancierte. Nach einigen Zügen spürte er schon die wohltuende Wirkung des süßen Gifts. Wie Weihrauch zog der Qualm, den er ausgeblasen hatte, zum Gipfel der Säule, an dem eine Weltkugel und ein Kreuz thronten. Symbole der weltlichen und überweltlichen Macht. Hier fühlte er sich wohl – an dem Ort, an dem die Gerechtigkeit waltete. Kahli kicherte. Auf den Tag, an dem seine Erzfeinde für das, was sie getan hatten, bestraft wurden, hatte er ein Vierteljahrhundert gewartet. Die Zwillinge waren wie die Pest gewesen.

Kahli zog noch einmal kräftig an seiner Tüte und ging auf den Pfahl zu. Dann berührte er die steinerne Gerichtssäule. Sie war kalt und hart. So sollte es sein. Es musste wehtun, hier festgebunden zu sein. Kalt und hart wie der Laternenpfahl, an dem die Zwillinge ihn einmal festgebunden hatten, bevor sie ihn angepinkelt hatten.

Er schloss die Augen und suchte in seiner Vorstellungswelt nach den Bildern, schließlich kamen sie wie von selbst her-

vor. Andreas Berger erschien ihm, angebunden
gequält mit Schlägen und Tritten, einzelne Teile d
Feuer verbrannt, er sah das Gesicht von Andre
Grimasse entstellt durch die Schmerzen, die er
Tod erleiden musste. Kahli lachte wieder und konnte gar nicht mehr damit aufhören. Er lehnte sich mit dem Rücken an die Säule, schmiegte sich an wie an eine Geliebte, dann spülte der Rausch die Erinnerungen hoch, die ihn seit mehr als zwei Jahrzehnten verfolgten:

Der erste Tag, an dem er den Zwillingen begegnete, als er neu in die Klasse 4a gekommen war. Er hatte ihnen gleich angesehen, dass sie böse waren, und ihre Bosheit hatte er ein ganzes Schuljahr lang erleiden müssen. In dieser Zeit hatte er angefangen zu stottern. Nach den Sommerferien waren die Zwillinge auf das Gymnasium gegangen und Kahli auf die Hauptschule, weil er in seinem letzten Grundschuljahr nicht mehr gut lernen konnte. Die Erinnerung kam hoch, wie die Zwillinge ihn bei einem Schulausflug auf dem Bauernhof ins Schweinegehege gestoßen hatten. Kahli hatte im unerträglich stinkenden Schlamm gelegen, um ihn herum hatte er das bedrohliche Grunzen gehört, er hatte gedacht, er würde gleich von Schweinen gefressen werden, und es hatte eine gefühlte Ewigkeit gedauert, bis ihn die Lehrerin rausgezogen hatte. Die Zwillinge hatten ihr dann erzählt, dass der dumme Kahli auf den Zaun geklettert und ins Gehege gefallen sei, wofür Kahli von der Lehrerin einen Tadel und vom Rest der Klasse Spott erntete. Bald darauf war Kahlis Ansehen in der Schule so tief gesunken, dass die Zwillinge andere Kinder einfach anweisen konnten, dem dummen Kahli mal wieder eine Lektion zu erteilen. Wie an diesem schrecklichen Februartag, als ihn zwei Jungen aus der Parallelklasse, die er nicht einmal kannte, vom Schulhof ins Gebüsch gezerrt, splitnackt ausgezogen und seine Klamotten in die Toilette gestopft hatten. Die Zwillinge hatten einige andere Schüler zusammengerufen, und alle hatten während der Marter dabeigestanden und ihn ausgelacht, aber keiner hatte ihm geholfen. Aus Scham war Kahli dann nicht mehr in den Unterricht zurückgegangen, sondern war direkt nach Hause gelaufen. Seine Mutter hatte ihm aufgemacht, aber sie war wie so oft zu besoffen gewesen, um zur Kenntnis zu nehmen, dass mit ihrem Kind, das da im milden Winter nackt vor der Tür stand, etwas nicht stimmte.

Jede Woche hatten die Zwillinge ihn gequält, und Kahli wusste, dass sie verantwortlich für sein verpfuschtes Leben waren. Und dann waren sie eines Tages viel zu weit gegangen und hatten Edda getötet, und er hatte es tatenlos hinnehmen müssen. Jetzt hatten sie ihre gerechte Strafe bekommen. Ja, das fühlte sich gut an. Das war der Beginn einer neuen Zeit, einer Zeit der Gerechtigkeit.

9. Kapitel

16. September 2013

Das nennt man nun Ironie des Schicksals, oder?«, sagte Grimberg und setzte sich auf den freien Stuhl gegenüber von Steiners Schreibtisch.

Grimberg sah ihn nun offener an als vor einigen Tagen. Noch vorgestern hätte er wohl erst mal wie angewurzelt in seinem Büro gestanden und zehn Minuten lang auf eine Einladung gewartet, sich zu setzen. So langsam taute er auf, stellte Steiner fest.

Grimberg fuhr fort: »Ich verstehe das immer noch nicht: Dass Peters genau dann flieht, während sein angeblich falsches Alibi gerade bestätigt wird. Damit wäre er doch aus dem Schneider gewesen. Warum haut er dann ab?«

»Hast du selbst eine Idee?«, fragte Steiner zurück.

»Entweder ist er doch der Mörder, oder er hat Angst, dass wir ihm etwas anhängen können.«

»So oder so haben uns deine spontanen Recherchen gestern sehr weitergeholfen«, lobte Steiner.

Er hätte das anfangs nicht von Grimberg erwartet. Der junge Spund fing an, in die Tiefe zu gehen, und entwickelte einen neuen Eifer und ein Gespür für das grobmaschige Netz kriminalistischer Zusammenhänge.

»Hey Jan, bist du nicht Jungfrau?«, plapperte Frauke plötzlich dazwischen und stellte Steiner und Grimberg eine Kanne Kaffee hin.

»Ich dachte, du warst erst kürzlich mit unserer Hauptverdächtigen im Bett?«, antwortete Steiner und bereute es sogleich.

Frauke schoss einen mahnenden Blick auf ihn ab.

»'tschuldigung«, nuschelte Steiner.

»Na, jedenfalls steht in deinem Wochenhoroskop im *Bleibach-Boten*, dass es bis Ende der Woche in Sachen Liebe bergauf geht. Außerdem erwartet dich eine ungeahnte Überraschung«, paraphrasierte Frauke. »Ich dachte, das muntert dich vielleicht auf.«

»Danke«, sagte Grimberg mit leidendem Blick.

Steiner sah ihm an, wie sehr er unter Liebeskummer litt. Grimberg war also Jungfrau. Genau wie seine Tochter. Auch wenn Steiner eigentlich nicht an so einen Quatsch wie Horoskope und höhere Mächte glaubte. Aber die Ähnlichkeit dieses Jungen mit seiner Tochter war ihm in den letzten Tagen immer mehr aufgefallen. Beide waren auf fast unterwürfige Weise pflichtbewusst, manchmal etwas zu bescheiden, aber auch hilfsbereit, mitfühlend und tief im Innersten sensibel und verletzbar. Wenn der Junge nicht aufpasste, würde ihn sein Liebesleiden auffressen, und er würde sich nur noch leer fühlen. Aber eines musste er dem jungen Grimberg lassen: Er hatte einen klugen Verstand und eine ganz eigene, schwer zu erklärende Art, rational an die Dinge heranzugehen. Diese sehr eigene, fast philosophische Art, die Dinge zu sehen, hatte er mit seiner Tochter gemeinsam.

»Ich habe zwar gestern noch lange mit Wagner telefoniert, aber ich kann immer noch nicht verstehen, wie Peters während seines Verhörs die Flucht gelingen konnte«, nahm Grimberg das Gespräch wieder auf.

»Wir haben einfach einen Moment lang nicht aufgepasst. Ein Beamter hat ihn zum x-ten Mal zur Toilette gebracht, und auf dem Rückweg ist er plötzlich in ein offen stehendes Büro gerannt, hat die Tür blitzschnell verrammelt und ist aus dem Fenster gesprungen. Einfach so aus dem ersten Stock. Ein

Wunder, dass der Typ sich nicht die Beine gebrochen hat. Und seitdem ist er verschwunden. Zu Hause ist er seit gestern Abend verständlicherweise nicht mehr aufgetaucht«, erklärte Steiner.

»Jetzt werde ich mir gleich noch mal Karin Hammer wegen ihrer Falschaussage vornehmen«, sagte Grimberg.

»Das war ja in jeder Hinsicht ein ereignisreiches Wochenende«, stellte Steiner fest. »Eigentlich solltest du doch entspannen.«

Grimberg zuckte mit den Schultern und lächelte verlegen.

»Dann hast du jetzt was gut bei mir, Grimberg.«

Jan lächelte gequält.

Steiner musste ihn in den nächsten Tagen dringend zu Bier und Burger einladen und versuchen, ihm die Schuldgefühle bezüglich dieser Jenny auszureden. »Dass du Peters' Alibi noch mal überprüft hast, war ein guter Zug von dir, Grimberg. Weiter so.«

* * *

Für elf Uhr war in der Kreispolizeibehörde Euskirchen die Dienstbesprechung angesetzt. Im Büro saßen neben Steiner und Jan die Bonner KK11-Kommissare Dormann, Knoll und Wagner. Jürgen Dormann lag im Alter irgendwo zwischen Jan und Steiner und war ein sachlich-nüchterner Kollege, der weder unsympathisch noch besonders freundlich wirkte. Wagner und Knoll waren wie Jan noch jung und erst vor einigen Jahren zur Kripo gekommen. Sie traten stets als eingeschworenes Team auf, allerdings hatte Jan sich auch sagen lassen, dass beide vorhatten, möglichst schnell Karriere zu machen und dafür notfalls ihren Lieblingskollegen verraten würden. Knoll war zudem bekannt für seine Eitelkeit. Jan hatte den Eindruck, als fühlte Knoll sich bei jeder Bewegung, die er machte, bewundert und beobachtet.

Wagner ergriff das Wort: »Also: Dieser Peters ist weiter auf der Flucht, aber wir haben ihn zur Fahndung ausgeschrieben, noch gestern am Abend. Zu Hause war er seit dem Vorfall nicht mehr, das Haus wird überwacht.«

»Sein Fluchtverhalten spricht eindeutig dafür, dass Peters unser Mann ist«, warf Steiner ein. »Ein Motiv hätte er schließlich: Berger hat seine Tochter missbraucht und vermutlich bis zu ihrem Lebensende todunglücklich gemacht. Bleibt nur die Frage zu klären, wie wir die unterschiedlichen Aussagen der Damen Hammer und Dreißler zu seinem Alibi bewerten.«

»Und warum sollte er Andreas Berger umgebracht haben?«, warf Knoll ein.

»Wir haben doch schon die Möglichkeit erwähnt, dass er die Zwillinge beim ersten Mord verwechselt hat«, sagte Jan.

»Ich weiß nicht«, gab Knoll zu bedenken und wedelte elegant mit dem Kugelschreiber herum . »Sehr plausibel scheint mir das nicht zu sein. Zwar hat er sich gestern sehr in Widersprüche verstrickt, und sein Motiv ist nachvollziehbar. Aber um beide Zwillingsbrüder zu killen, weil er sich beim ersten Mal vertan hat – dafür bräuchte dieser Peters eine Menge krimineller Energie, um so einen bestialischen Mord ein zweites Mal durchzuführen.«

Jan gefiel diese Kritik an seiner These, auf die er ein bisschen stolz war, überhaupt nicht. Er fühlte sich unter diesen ganzen Kripo-Profis wie der Anfänger, der er war.

»Na, diese kriminelle Energie hat er ja gestern Abend deutlich unter Beweis gestellt, als er mitten im Verhör geflüchtet ist«, verteidigte Steiner Jans Hypothese.

»Gibt es denn noch andere Überlegungen zum Täter?«, fragte Dormann.

»Wir haben immer noch verschiedene Möglichkeiten«, sagte Knoll. »Fassen wir noch mal zusammen: Die Zwillingsbrüder Berger werden brutal getötet. Offenbar bewusste Hinrichtungen. Der eine der beiden Bergers hat eine Menge Dreck am Stecken, missbraucht Schüler und Referendare, nutzt seine Machtposition ihnen gegenüber schamlos aus. Den möchte man gerne am Pranger sehen. Der andere aber ist seit Jahren ein lammfrommer Christ und bemüht, ein moralisch einwandfreies Leben zu führen.«

»Wohlgemerkt: Vielleicht erst seit einigen Jahren. Seine Frau hatte doch ausgesagt, dass er sich relativ spät zum Christen gewandelt hat. Vielleicht, weil er für sein früheres Leben Buße tun wollte«, ergänzte Wagner.

»Das führt zu weit weg von Peters«, fügte Steiner ein. »Er hat ein falsches Alibi angegeben, er hat uns also direkt angelogen, und jetzt ist er geflohen!«

»Sein zweites Alibi, die junge Frau Hammer, kann aber doch richtig sein. Dem müssen wir nachgehen. Offenbar hat die auch gelogen. Ich habe vorhin erfahren, dass sie meine Anweisung, bei der Polizei eine Aussage zu machen, ignoriert hat. Sie ist einfach nicht aufgetaucht. Zwei Beamte waren bei ihr zu Hause, aber da ist sie auch nicht. Und telefonisch ist sie nicht zu erreichen. Vielleicht war Peters wirklich mit Karin Hammer in der Mordnacht zusammen. Allerdings, warum sollte Peters fliehen, wenn er unschuldig ist?«, gab Jan zu bedenken.

»Vielleicht hat Peters nur Panik bekommen, weil ihm klar geworden ist, dass er zum Kreis der Verdächtigen gehört und dass es wirklich bedrohlich eng für ihn wird«, bemerkte Wagner.

»Es besteht aber auch noch die Möglichkeit, dass wir es mit zwei Tätern zu tun haben«, schaltete sich Knoll ein.

»Zwei Täter?«, fragte Jan.

»Schon mal an die Möglichkeit eines Trittbrettfahrers gedacht? Jemand könnte Andreas Berger aus guten Gründen, die wir nicht kennen, gelyncht haben. Als Peters dann von der Tat und dem Tathergang hörte, hat er die Gelegenheit genutzt und den Bruder, also Georg Berger, auf genau die gleiche Weise grausam ermordet, denn er konnte sicher davon ausgehen, dass man dem Mörder von Andreas Berger auch den Mord an Georg Berger in die Schuhe schieben würde, wenn es ihm gelingen sollte, den Tathergang so gut es ging zu kopieren. Richtig?«

Jan sah Knoll an. Irgendwas an ihm gefiel ihm nicht. Er wirkte wie ein arroganter Mittdreißiger, der sich jetzt schon aufführte, als stünde er bereits zwei Dienstränge über seinen Kollegen.

»Ist das möglich? Der Tathergang beim zweiten Mord ist nahezu identisch mit dem ersten, bis in die Details. Aber nicht alle Details, zum Beispiel die Eierwürfe, haben in der Zeitung gestanden«, entgegnete Dormann. »Woher wusste der Trittbrettfahrer dann davon?«

»Vielleicht haben wir einen Maulwurf bei der Moko?«, sagte Knoll und blickte sich im Raum um.

»Ach, jetzt hören Sie aber auf«, warf Steiner ein. »Das soll plausibler sein als Grimbergs Verwechslungshypothese? Fakt ist nun: Jenny Martini ist nicht mehr die Hauptverdächtige. Nach Lage der Dinge blieb uns jedenfalls gar nichts anderes übrig, als die Verdächtige Martini aus der Untersuchungshaft wieder zu entlassen. Sie hat die Auflage, den Kreis Euskirchen nicht zu verlassen. Zwei Beamte sind im Wechsel an ihr dran, wenn die sich jetzt verdächtig verhält, bekommen wir Wind davon. Grimberg, was ist eigentlich aus der Halskette geworden?«

»Halskette?«, fragte Knoll.

»Ja, wir haben da etwas am Tatort gefunden, was bei der Spusi vielleicht übersehen worden ist«, erklärte Steiner.

»Warum weiß ich davon nichts?«, fragte Knoll streng.

»Ich habe heute Morgen schon vor Unterrichtsbeginn mit der Lehrerin gesprochen, die Andreas Berger gefunden hat. Von ihren Schülern, die dabei waren, vermisst keiner so einen Anhänger. Trotzdem weiß ich nicht, ob uns das Fundstück weiterhilft. Es könnte auch schon vorher dort gelegen haben«, sagte Jan und ignorierte Knolls Frage.

»Also weiter«, drängte Dormann. »Was wissen wir über das Täterprofil? Gibt es Hinweise auf eine psychische Störung?«

»Das Vorgehen spricht jedenfalls dafür«, antwortete Wagner.

»Aber das Rachemotiv nicht unbedingt«, fuhr Jan dazwischen. »Rache gehört in unserer Zivilisation zum Alltag: Kriege, Politik, Geschäftsleben – das Prinzip Rache gibt es in all diesen Bereichen. Nicht zu vergessen die Weltliteratur: Ohne Rache keine Shakespeare-Dramen, kein Nibelungenlied und keine biblischen Geschichten.«

»Und keine Batman-Comics«, ergänzte Knoll und lachte über seine eigene Bemerkung. »Was will uns der Herr Schöngeist damit sagen?«

»Dass Rache keine pathologische Störung sein muss. Sie gehört zur conditio humana.«

»Zur was?«, fragte Knoll.

»Zur Bedingung des Menschseins.« Jan wusste genau, wovon er sprach, bei diesen Themen war er in seinem Element. Er fuhr fort: »In der Psychoanalyse zum Beispiel ist Rache ein wichtiger Trieb menschlicher Handlungen. Man will stark genug werden, um Demütigungen zu überwinden und sein Selbstwertgefühl wieder aufzubauen. Auch der Glaube, mit Rache Gerechtigkeit wiederherzustellen, kann tief im Menschen sitzen. In *jedem* Menschen, nicht nur im Kranken.«

Frauke kam herein und unterbrach Jans Vortrag.

»Was ist denn?«, grunzte Knoll sie an.

»Das dürfte Sie interessieren, Herr Knoll«, lächelte Frauke aufgesetzt freundlich. »Gerade ging ein Anruf von den Fahndern ein: Sie haben Hannes Peters an einer Raststätte in Bielefeld erwischt. Alles ziemlich dramatisch. Er hat sich der Festnahme widersetzt. Bei einem wilden Fluchtversuch wurde er angeschossen und ist gerade auf dem Weg ins Krankenhaus. Man wird ihn operieren. Nicht lebensbedrohlich, aber er kann nicht sofort vernommen werden.«

»Na toll«, stöhnte Knoll.

»Wir sollten die Routineüberprüfungen der Alibis weiterführen. Grimberg, bleib am Ball bei dieser Frau Hammer, die wird das erklären müssen. Und Jenny Martini steht unter Beobachtung, auch sie ist nicht raus aus dem Rennen. Aber ansonsten sollten wir abwarten, bis wir Peters vernehmen können. Es wird sich ja ein direkter Draht zu den Kollegen vor Ort in Bielefeld herstellen lassen. Sobald die grünes Licht geben, kümmern wir uns um ein sofortiges Verhör«, schlug Steiner vor und stieß auf allgemeine Zustimmung.

Jan war erleichtert. Nicht nur, weil sie Peters hatten, sondern auch, weil es für Jenny jetzt schon deutlich besser aussah als noch am Abend zuvor.

* * *

Er bestellte sich einen Cappuccino und ein Glas Wasser und genoss die vielleicht letzten warmen Sonnenstrahlen in diesem Sommer. Das Café am Alten Markt in Euskirchen war voll mit Menschen wie ihm; er war einer von vielen, die das schöne Wetter noch einmal im Freien auskosten wollten.

Am Nachbartisch lag noch die Zeitung von vor einigen Tagen. Er beugte sich vor, um die Titelzeile zu lesen, die er eigentlich schon kannte, aber sie forderte ihn heraus: *Wann stoppt die Polizei den irren Pranger-Killer?*, war der Aufmacher des *Bleibach-Boten*.

Ja, wer konnte ihn stoppen? Wie es im Moment aussah, konnte er seine Arbeit zu Ende bringen. Mit dem bisherigen Ergebnis war er zufrieden. Zumindest fast. Die Wahrnehmung der Medien ärgerte ihn. »Irrer Pranger-Killer« – diese Bezeichnung gefiel ihm ganz und gar nicht. Er war nicht irre. Er hatte keinen Mutterkomplex, keine Schizophrenie und auch keine perversen Neigungen. Er empfand auch keine Lust beim Morden. Zwar befriedigte es ihn auf eine unbestimmbare Weise, seine Opfer leiden zu sehen, aber das hatte schließlich einen Grund. Die Lust war nicht Selbstzweck des Mordens. Er war bei klarem Verstand, und gerade weil er sich ein vernünftiges Urteil über das, was geschah, bilden konnte, führte er seine Taten aus. Denn er wollte Gerechtigkeit ausüben. Er war nicht einfach der »Pranger-Killer«. Das klang, als wollte er wahllos töten um des Tötens willen. Eigentlich war er überhaupt kein Killer und wollte mit gewöhnlichen Mördern auch nicht in einen Topf gesteckt werden. Er war ein Richter. Wenn die Öffentlichkeit das einsehen würde, würde das ein anderes Licht auf seine Taten werfen. Und auch ein anderes Licht auf seine Opfer. Er würde dann nicht mehr als irrer Serienkiller dastehen, der die armen Ehemänner und Familienväter umgebracht hatte, sondern als gerechter Richter, der dort eingreift, wo Justiz und Erziehung versagt hatten. Die beiden Brüder und der,

der noch folgen würde, wären nicht bloße Opfer, sondern sie würden eines Tages als Übeltäter ins öffentliche Bewusstsein eingehen, die für ihre Taten bestraft werden mussten.

Andreas und Georg Berger hatten eine schmutzige Vergangenheit. Wer die kannte, konnte kein Mitleid mit ihnen haben.

Der Pranger war kein bloßes Mordinstrument, und es ärgerte ihn, dass der Journalist, der über seine Hinrichtungen geschrieben hatte, sich nicht näher mit dem historischen Pfahl, an dem der Sträfling der Öffentlichkeit mit seinen Schandtaten vorgeführt werden sollte, beschäftigt hatte.

Bisher war man seinem Motiv noch nicht auf die Spur gekommen. Wenn er mit seiner Justiz fertig war, würde es an der Zeit sein, seine Taten zu erklären. Nicht alle, aber viele würden ihn verstehen. Vor allem aber sollte die Welt erfahren, was die Verurteilten getan hatten.

Die Kellnerin, eine junge Frau, die er auf Anfang zwanzig schätzte, stellte ihm die Tasse auf den Tisch und schüttete ihm ein wenig ungeschickt Wasser in ein Glas. Dabei lächelte sie freundlich. Er gab ein Lächeln zurück und bezahlte gleich. Die Kellnerin bedankte sich für das großzügige Trinkgeld und ging in Richtung Theke, die sich im Inneren des Cafés befand. Er sah der jungen Frau hinterher, bis sie durch die offene Tür verschwunden war. Seine Augen wurden plötzlich feucht, und er versteckte sie hinter seiner Sonnenbrille, unter der eine Träne rann, die er nicht mehr zurückhalten konnte.

Eine ganze Weile starrte er leer in die Gegend. Zufällig kam ein junger Mann vorbei, der ihn interessierte. Er schlürfte den nur noch lauwarmen Cappuccino aus und nahm in sicherem Abstand die Verfolgung auf.

* * *

Draußen brach allmählich die Nacht an. Mike sah durch den Türspalt ins Kinderzimmer. Luisa schlief tief und friedlich. Sie war inzwischen vier und wurde in der Regel nachts nicht mehr wach. Sie war sein kleiner Engel, das war sie immer gewesen. Er konnte sich an seinem schlafenden Kind nicht sattsehen. Mike hatte früher nie gewusst, ob er Kinder haben wollte. Eigentlich war er zu individualistisch, er liebte seine Freiheit, liebte das Vergnügen, liebte es, Spaß mit seinen Freunden zu haben. So war er jedenfalls gewesen, bis er erwachsen wurde. Seine Beziehungen waren früher oberflächlich gewesen, und das hatte ihn stark gemacht. Er wollte BWL studieren und ein Unternehmen managen, mit aller Härte, die dazugehörte, und dazu brachte er alle Voraussetzungen mit: Er hatte Übung darin, Menschen für seine Zwecke zu manipulieren und auszunutzen.

Und dann war er einmal zu weit gegangen.

Er hatte als Student einen Menschen manipuliert und ausgenutzt und verletzt, doch es war ihm erst allmählich klar geworden, dass er diesmal einen echten Fehler begangen hatte. Das war lange her, und danach war er erwachsen geworden und hatte keine Dummheiten mehr gemacht. Doch jetzt wusste er, dass es nicht reichte, keine Fehler mehr zu machen, wenn doch die Narben, die er anderen zugefügt hatte, nie mehr verheilen würden.

Er schlich sich auf Socken zu Luisas Bett und verabschiedete sich mit einem Kuss. Dann ging er in den Flur, setzte sich auf das Schuhregal und zog sich seine Nikes an – bedächtig, mit bewussten Atemzügen. Denn es könnten seine letzten sein.

Er hielt inne und dachte nach, ob das, was er nun vorhatte, richtig war. Doch was hatte er für eine Wahl? Er hatte die Verantwortung zu tragen, und er musste seine Familie schützen.

Und wieder der Gedankenblitz, der ihn seit Jahren wie ein innerer Richter mahnte: Viele Male hatte er Menschen verletzt, und ein einziges Mal war er zu weit gegangen.

Es hatte damals wirklich nur ein Spaß werden sollen. Sie hatten an diesem Abend zusammengesessen und viel Bier getrunken, hatten sich blöde Videos angesehen, dann war ihnen langweilig geworden. Ausgehen konnten sie nicht mehr, denn in Kommern war nichts los, und zum Wegfahren waren sie zu angetrunken. Georg hatte dann die Idee gehabt, und es hatte wirklich nur ein Jux werden sollen. Mike hätte nie geglaubt, dass es sofort funktionieren würde, und so hatte sich die Idee verselbstständigt. Sie hatten einen künstlichen Menschen erschaffen, den sie nicht mehr so einfach loswurden, und so trieben sie ihren Schabernack mit ihm weiter. Ihre Kunstfigur wurde zu ihrer Marionette, und jeder von ihnen durfte sie mal bedienen, immer abwechselnd Mike, Georg und Andreas – und es war faszinierend, wie jemand auf diese Marionette hereinfallen konnte, wie sich jemand in einen Mann verlieben konnte, der gar nicht existierte. Doch nach kurzer Zeit war die Luft raus, Langeweile trat wieder ein, und diesmal war es Mike, der die Idee hatte, das Ganze so plötzlich zu beenden, wie es angefangen hatte. Der künstliche Traummann musste sich in ein künstliches Monster verwandeln, der Spaß wurde mit den gröbsten Gemeinheiten beendet, die den drei Jungen gerade so einfielen. Und man konnte nicht behaupten, dass sie ja nur Kinder seien und nicht gewusst hätten, was sie taten. Nein, dafür waren sie schon zu alt, hatten alle bereits das Reifezeugnis in der Tasche und studierten in Köln, um anständige Berufe zu erlernen.

Aber hätten sie denn ahnen können, dass es am Ende so außer Kontrolle geraten konnte?

Wie auch immer – es *war* außer Kontrolle geraten, sie hatten die Fäden am Ende nicht mehr in der Hand gehabt, und es hatte Tote gegeben. Niemand konnte Mike, Andreas und Georg verurteilen, aber sie hatten trotzdem Schuld auf sich geladen. Die drei lebten ihr Leben weiter und fanden ihr privates Glück, nur ein Mensch lebte nicht mehr weiter, und das war das Unglück.

Sie waren ein einziges Mal zu weit gegangen und hatten weiterleben dürfen, als wäre nichts gewesen.

Bis Andreas auf einmal tot war. Und dann Georg. Mike wusste natürlich, wer der Nächste sein würde. Er wusste nicht, wer der Mörder war, aber er wusste, dass es mit der Sünde in seiner Vergangenheit zu tun hatte. Er wusste, dass der Mörder es nun auf ihn abgesehen hatte, und deshalb war er in den letzten Tagen nach Einbruch der Dunkelheit nicht mehr aus dem Haus gegangen. Aber wohler hatte er sich dadurch nicht gefühlt, im Gegenteil. Ihm war klar geworden, dass er seine Begegnung mit dem Mörder nur aufschieben würde und dass der Killer nicht ruhen würde, bis auch er, Mike, am Pranger stand. Und er hatte sich gefragt, wie lange der Mörder geduldig auf ihn warten würde, ehe er sich an Luisa oder an seiner Frau vergriff. Die Morde an Andreas und Georg deuteten auf einen Psychopathen hin, der zu allem fähig war. Deswegen sah er nur einen Ausweg, seine Familie in Sicherheit zu bringen.

Er stand auf und ging ins Wohnzimmer, gab seiner Frau einen langen Kuss und sagte, dass er sich noch einmal die Beine vertreten müsse. Dann umarmte er sie und schloss die Haustür hinter sich. Mit festen, zügigen Schritten ging er hinunter ins Dorf, zuversichtlich, den Mann dort zu treffen, den er suchte – der *ihn* suchte. Er war bereit, sich ihm zu stellen, damit die Morde in Kommern aufhörten.

* * *

Er beobachtete, wie der Mann mit den Markenturnschuhen die Haustür öffnete und herauskam in die Nacht.

Endlich.

Er war weit genug weg, sodass Mike ihn nicht sehen konnte. Mike hatte sich in einem schönen Architektenhaus aus den Achtzigerjahren eingerichtet. Wie seine anderen Opfer auch war Mike nun in einem Lebensabschnitt, in dem man sich sein Lebensglück aufgebaut hatte. Sie alle waren seit einigen Jahren im Berufsleben, hatten Frauen, die sie liebten, und Mike hatte sogar eine eigene Familie. Aber weder Mike noch Georg oder Andreas hatten ihr Glück verdient.

Er lief einige Schritte voraus, blieb dann stehen und sah sich vorsichtig um. Mike näherte sich. Als er an den Kastanienbäumen der Gielsgasse angelangt war, drehte er sich wieder unauffällig um, um zu sehen, ob Mike immer noch in der Nähe war. Er kam direkt auf ihn zu und sah ihm ins Gesicht. Und dann konnte er erkennen, dass Mike ahnte, wer er war. Entsetzen im Blick. Aber kein Schrei, kein Gedanke an Flucht. Kein Versuch, zu entkommen, dem Unausweichlichen auszuweichen. Mit entschlossenen Schritten kam Mike auf ihn zu.

Als er bei ihm angekommen war, blieb er stehen, sah ihn zuerst fragend an, dann nickte er, als gäbe es ein heimliches Einverständnis zwischen ihnen.

»Hör mal, ich ...«, begann Mike, aber er kam nicht mehr dazu, den Satz zu beenden.

Er presste Mike das Taschentuch auf den Mund, und der Mann, der für das große Unglück verantwortlich war, brach ohnmächtig zusammen. Er zog Mike ins Gebüsch, holte sein

Auto, das nur zwei Straßen entfernt parkte, und fuhr mit dem Bewusstlosen zum Kommerner Hang.

* * *

Eine Stunde später hing Mike angekettet am Pfahl. Das Betäubungsmittel ließ nach, und langsam erwachte er aus seiner Ohnmacht. Er wusste sofort, was mit ihm geschah, denn er hatte es ja schließlich herausgefordert. Seit Tagen hatte er darauf gewartet. Jetzt packte ihn die nackte Angst. Er versuchte sie zu bezwingen, indem er an seine Familie dachte, die er mit seiner Selbstopferung schützen wollte.

Der Vermummte öffnete eine Box und holte etwas heraus, das Mike zunächst nicht erkennen konnte. Etwas, das dunkel war wie die Nacht. Etwas, das ungleichmäßige Bewegungen ausführte. Dann sah er, was es war: eine große, schwarze Spinne! Der Vermummte kam näher, nahm die Spinne mit Handschuhen in die Hand und ließ sie an Mikes nacktem Rumpf hochkrabbeln.

»Weißt du, was das bedeutet?«, fragte der Fremde.

Natürlich konnte Mike mit verbundenem Mund nicht antworten. Er schüttelte nur irritiert den Kopf. Bei aller Tapferkeit, mit der er die Folter über sich ergehen ließ, war er doch immer nah an der Panik, die er mit aller Kraft zu unterdrücken versuchte.

»Im christlichen Mittelalter waren Spinnen ein Symbol für Sünde und Verderbnis. Kennst du die Novelle *Die schwarze Spinne* von Jeremias Gotthelf? Die Geschichte von einer furchtbaren Spinne, die ein ganzes Dorf terrorisiert? Auch hier ist die Spinne ein Sinnbild für Schuld und Sünde und wird von einigen Dorfbewohnern als Strafe Gottes gedeutet: Die Spinne schlägt auf geheimnisvolle Weise zu, um die Menschen zu bestrafen.

Ein faszinierendes Tier, findest du nicht? Mit jeder Bewegung der Spinne sollst du an *deine* Sünden erinnert werden.«

Mike schielte gebannt auf den Achtbeiner, der sich von seinem Hals zu seinem Kinn hocharbeitete.

»Na, weißt du, für welche Sünde du heute bestraft wirst?«

Die Spinne hatte nun seine Wange erreicht, und plötzlich warf er panisch den Kopf hin und her, als würde er damit Schmerzen abwehren können. Mike versuchte, die Spinne abzuschütteln, aber es gelang ihm nicht, denn sie hatte sich in seiner Wange festgebissen. Der Biss fühlte sich an, als würden fünfzig Wespen auf ihn einstechen.

Der Vermummte erbarmte sich schließlich seines Opfers, packte die Spinne mit seinem Handschuh und steckte sie zurück in den Behälter.

»Das war ja auch nur als kleines Vorspiel gedacht«, sagte er zu Mike, der nun nicht mehr so gefasst war wie vor einer Stunde, als der Mann ihn aufgegabelt hatte.

»Du hast doch früher auch gerne mit Menschen gespielt, nicht wahr?«

Mike Schmitz nickte reumütig, Tränen schossen ihm in die Augen, er biss sich auf die Lippen und schmeckte sein eigenes Blut.

»Nach der Reue kommt die Buße. Du bist der letzte Dreck, Mike Schmitz«, sagte er. Dann ging er einige Schritte zurück und schmetterte Eier und Steine auf ihn, bis Mike schmutzig und blutig war.

Es dauerte lange. Vielleicht eine, vielleicht zwei Stunden, vielleicht Tage und Wochen. Mike hatte schnell jedes Zeitgefühl verloren, und als der Vermummte ihm schließlich die Pulsadern aufschnitt, war ihm alles egal. Der Schmerz war stärker gewesen als sein Wille. Seine Frau und seine Tochter hatte er längst vergessen.

10. Kapitel

17. September 2013

Der strömende Regen wischte viele brauchbare Spuren einfach weg. Jan versackte mit den Schuhen im Schlamm und sah sich lustlos den Tatort an. Steiner ging routiniert seiner Arbeit nach, ohne dass man das Gefühl hatte, dass der dritte Leichenfund noch irgendetwas Neues zutage bringen würde.

»Weiß man, wer der Tote ist?«, fragte Jan.

Steiner nickte: »Wir haben schon einige Infos gesammelt. Mike Schmitz heißt der Mann. Ist von seiner Frau heute Nacht als vermisst gemeldet worden. Sie sagt, er sei gestern Abend auf einen Spaziergang rausgegangen. Sie hat sich nicht viel dabei gedacht, dass er so lange weggeblieben ist, und ist dann ohne ihren Mann ins Bett gegangen. Erst als sie gegen vier Uhr in der Nacht aufgewacht ist und sein Bett immer noch leer war, hat sie sich Sorgen gemacht und die Polizei verständigt. Zwei Stunden später hat der Sicherheitsdienst im Museum die Leiche entdeckt und Meldung gemacht.«

»Haben die hier im Freilichtmuseum denn die Sicherheitsmaßnahmen nicht mal verschärft?«

»Doch, das Wachpersonal ist aufgestockt worden. Aber der Täter scheint ihnen einen Schritt voraus zu sein, hat diesmal mehrere Sicherheitsleute mit Betäubungspfeilen ausgeschaltet«, erklärte Steiner. »Verdammter Mist«, fügte er hinzu, »unser Hauptverdächtiger für die Morde an den Bergers liegt im Krankenhaus in Bielefeld, vernehmungsunfähig und gut bewacht, und hier wird nach exakt demselben Schema das nächste Opfer hingerichtet. Verdammt!«

»Das heißt dann wohl, dass der Mörder die Routen und die Personen vom nächtlichen Sicherheitsdienst gut kennt«, stellte Jan fest.

»Das wäre möglich«, bestätigte Steiner.

Der Tote hatte allerlei Schrammen im Gesicht und glich auch sonst in weiten Teilen den toten Berger-Zwillingen. In einem Punkt brachte die neue Leiche die Mordkommission immerhin weiter: Jans Hypothese vom Zwillingsmord aus Verwechslung konnte nun endgültig zu den Akten. Jemand musste Andreas, Georg und Mike mit einer bestimmten Absicht getötet haben. Das war einerseits gut, dachte Jan, denn damit war auch der Tatverdacht gegen Jenny endgültig hinfällig, weil es im Augenblick keine Verbindung zwischen ihr und Andreas Berger und vermutlich auch nicht zwischen ihr und Mike Schmitz gab. Andererseits bedeutete das natürlich, dass die Prangermorde noch weiterliefen, und dass es weiterhin keine erkennbare Spur gab, wer oder was hinter den Taten stecken könnte.

Bis auf eine Auffälligkeit:

»Das Alter«, sagte Jan plötzlich.

»Was?«, raunzte Steiner ihn schlecht gelaunt an.

»Alle Opfer sind gleich alt«, erklärte Jan.

»Was bei den Zwillingen ja nun wirklich nicht weiter verwunderlich ist, Grimberg«, entgegnete Steiner.

»Aber auch der hier scheint etwa im gleichen Alter wie die Zwillinge zu sein. Wir müssen herausfinden, ob er mit den Bergers befreundet war. Es muss eine Verbindung zwischen den dreien geben. Vielleicht haben sie zusammen etwas angestellt, wofür sie bestraft werden. Vielleicht haben sie gemeinsam jemanden betrogen, vielleicht haben sie gemeinsam eine Frau misshandelt, vielleicht haben sie gemeinsam im Auto gesessen und jemanden überfahren und den Unfall vertuscht, vielleicht …«

»Vielleicht brauchbar, Grimberg«, sagte Steiner. »Wir greifen das nachher im Büro noch mal auf und überlegen, wie weit uns das bringt.«

Nachdem der Tote am Pranger fotografiert worden war, schnitten die Kriminaltechniker die Kette mit einer Spezialzange durch und fingen den Körper von Mike Schmitz auf, damit er nicht kopfüber im Dreck landete. Sie brachten ihn in ein Zelt, das für die Tatortarbeit aufgebaut worden war, zogen ihn aus und legten ihn mit größter Sorgfalt auf einen Klapptisch. Jan stellte sich dazu, während der Leichnam weiter untersucht wurde. Mitleid empfand Jan diesmal nicht, denn er hatte das Opfer noch nie gesehen. Aber es ließ ihn auch nicht kalt wie das erste Mordopfer, das Jan in seinem Leben gesehen hatte. Diesmal musste Jan beim Anblick der Leiche unweigerlich an seine eigene Vergänglichkeit denken, und das machte ihm Angst. Das Leben konnte so schnell aus dem Körper entweichen, und was blieb dann? Würde er auch eines Tages so plötzlich aus dem Leben gerissen werden? Jan sah sich die Leiche an. Er sah blaue Flecken und Blutergüsse, dazu offene Wunden. Aber er suchte noch mehr. Er suchte nach einer Tätowierung. Aber auch als die Kriminaltechniker den Körper drehten, fand Jan nicht die Thorshammer-Tätowierung, nach der er gesucht hatte. Es wäre doch zu schön gewesen, wenn sein Fund am Tatort zu einer heißen Spur geführt hätte.

Jan seufzte. Seine Kleider waren durchnässt. Es machte keinen Spaß, bei diesem Wetter im Freien zu ermitteln. Er dachte an Jenny. Sein Verdacht gegen sie war von Anfang an absurd gewesen, aber er hatte damit fast ihr Leben versaut. Es war so tragisch, als sie vorgestern zu ihm gesagt hatte, dass sie ihn liebe, aber nicht wiedersehen wolle. Sie tat ihm damit kein Unrecht, aber es brach ihm das Herz. Für ein paar

Tage war er so glücklich gewesen, und jetzt hatte er es verdorben. Ohne Jenny war alles sinnlos. Wozu noch nach einem Täter suchen? Wozu die Welt retten? Jan hatte keine Lust mehr. Er fror und bekam bestimmt eine dicke Erkältung. Wie damals im Studium überkamen ihn nun die übermächtigen Selbstzweifel, und wie damals, als er zuerst Philosophie und dann Jura abgebrochen hatte, dachte er wieder ans Aufhören. Er ging nach draußen und lief durch den Regen am Tatort umher. Gleich musste er mit Steiner zur Frau von Mike Schmitz. Wieder mussten sie einer jungen Frau sagen, dass der Mensch, den sie liebt, nicht mehr lebt. Das war schlimmer als der Anblick von Leichen. Warum hatte er nur zur Kripo gewollt?

* * *

Jan klingelte an der Tür des schönen Architektenhauses, das mit Flachdach, großen Fenstern und Holzfassade unkonventionell und kunstvoll wirkte, und fürchtete den Moment, in dem Frau Schmitz die Tür öffnete.

Eine attraktive Frau machte ihm und Steiner auf. Jan übernahm sofort die Gesprächsleitung, um Steiners taktloser Art zuvorzukommen: »Frau Schmitz? Wir sind von der Kripo. Sie haben Ihren Mann heute früh als vermisst gemeldet?«

Frau Schmitz begann am ganzen Leib zu zittern. »Sie haben sicher noch einige Fragen, damit Sie ihn schnell finden, nicht wahr?«, fragte sie, aber ihre Körpersprache verriet, dass sie bereits ahnte, was ihr Jan und Steiner zu sagen hatten. Sie bat die beiden ins Haus. Jan setzte sich im Wohnzimmer aufs Sofa, während Steiner sich unauffällig im Raum umsah.

»Frau Schmitz, wir haben Ihren Mann gefunden«, begann Jan.

»Es geht ihm doch gut?«, fragte sie hoffnungslos.

»Er ist tot, Frau Schmitz. Es tut mir leid«, sagte Jan.

Ihre Mundwinkel zitterten.

»Aber das ist noch nicht alles: Er ist ermordet worden. Wir haben ihn heute Morgen am Pranger des Freilichtmuseums gefunden.«

Helene Schmitz biss sich in den Finger. Ihre Augen sagten, dass ihr Verstand nicht fassen konnte, wie so etwas in dieser Welt, in dieser behüteten, heilen Welt, in der sie lebten, möglich war. Aber neben dem blanken Entsetzen sah Jan noch etwas anderes. Er sah in die Augen einer Frau, der nun etwas klar wurde, was lange im Dunkeln geblieben war.

Ein kleines Mädchen kam herein.

»Mama, wann kommt der Papa denn nach Hause?«, fragte die Kleine.

»Luisa, malst du für den Papa ein schönes Bild, ja? Das schönste, das du malen kannst?«, flüsterte Helene und schickte ihre Tochter ins Kinderzimmer. Sie konnte sich gerade noch zusammenreißen, solange das Kind im Raum war. Als sie hörte, wie ihre Tochter die Treppe hinauflief, hielt sich Helene Schmitz die Hand vor den Mund und weinte bitterlich.

»Frau Schmitz, ich weiß, dass Sie den Schock erst einmal verarbeiten müssen. Aber es ist sehr wichtig, dass Sie uns ein paar Fragen beantworten«, sagte Jan.

Frau Schmitz schüttelte apathisch den Kopf und flüsterte: »Nein, nein.«

»Frau Schmitz, es kann sein, dass der Mörder Ihres Mannes noch andere Menschen im Visier hat. Wir müssen ihn so schnell wie möglich finden.«

Frau Schmitz sah ihn ängstlich an und nickte.

»Können Sie uns sagen, ob Ihr Mann die Zwillinge Andreas und Georg Berger kannte?«

Helene Schmitz schluchzte noch eine Weile weiter, bis sie antworten konnte. »Was heißt *kennen*? Die drei sind hier in Kommern aufgewachsen, sie sind auf die gleichen Schulen gegangen, da kennt man sich. Und Zwillinge sind in so einem Dorf natürlich auch bekannt. Aber ich habe vor ein paar Tagen erst von ihnen erfahren, als in der Zeitung über die Morde berichtet wurde. Mike hat nur beiläufig erwähnt, dass er sie kannte, aber er schien sie nur flüchtig zu kennen.«

»Sie selbst sind hier nicht aufgewachsen?«, bohrte Steiner nach.

»Nein, ich habe Mike in Köln kennengelernt, wir haben beide dort studiert. Ich bin erst hierhin gezogen, als wir das Haus gekauft haben.«

»Und Sie sind sich sicher, dass Mike nicht mit den Zwillingen befreundet gewesen war?«, fragte Steiner weiter.

»Wieso fragen Sie das? Nein, er hat sich jedenfalls nie mit ihnen getroffen, seit wir zusammen sind. Wir haben uns vor acht Jahren kennengelernt, da hat es nie eine alte Freundschaft zu Zwillingsbrüdern gegeben.«

»Sind Sie ganz sicher?«, beharrte Steiner.

»Ja.« Helene Schmitz hatte sich ein Kissen auf den Schoß genommen, das sie nun zärtlich umklammerte.

»Wäre es vielleicht möglich, dass Ihr Mann Ihnen einfach verheimlicht hat, dass er früher mit Andreas und Georg Berger befreundet gewesen war?«, fragte Jan.

»Aber warum sollte er das tun?«

Stille. Wieder diese beklemmende Stille im fremden Wohnzimmer einer jungen Frau, die gerade ihren Mann verloren hatte.

»Da ist aber noch etwas«, sagte Helene Schmitz plötzlich. »Ich weiß nicht, wie ich es sagen soll. Aber Mike war in den letzten Tagen irgendwie seltsam.«

»Seltsam?«, wiederholte Jan.

»Ja, verändert. Er zeigte mir und Luisa betont mehr Aufmerksamkeit, war aber gleichzeitig irgendwie abwesend. Er hat sich verhalten, als hätte er von einer schlimmen Krankheit erfahren, an der er ...« Jetzt begann sie zu japsen, »... an der er bald *sterben müsste*!« Die letzten Worte hatte sie herausgebrüllt. Jan nahm Blickkontakt zu Steiner auf.

»Das reicht uns erst einmal«, sagte Steiner.

»Gibt es jemanden, der sich um Sie und Ihre Tochter kümmern kann?«, wollte Jan wissen.

»Ja, Sabine, eine Nachbarin. Ich rufe sie sofort an, dass sie rüberkommt.«

Jan und Steiner warteten noch, bis die Nachbarin kam, dann brachen sie auf. Draußen zündete sich Steiner eine Zigarette an.

»Es muss doch eine Verbindung zwischen den dreien geben«, sagte Jan. »Frau Schmitz sagt, es gebe keine, aber das muss nicht die Wahrheit sein«, fügte Jan hinzu.

»Richtig, Grimberg. Vielleicht waren sie doch alte Jugendfreunde, und sie wusste einfach nichts davon«, stimmte Steiner zu.

»Das wäre merkwürdig, aber möglich«, fand Jan.

»Dann fahren wir jetzt noch mal zu den Berger-Witwen«, schlug Steiner vor.

* * *

Anne Berger sah Steiner und Jan mit Verachtung an, als sie vor ihrer Tür standen. Kein Wunder, dachte Jan. So wie Steiner und er sie vor einigen Tagen nach dem Nervenzusammenbruch einfach liegen gelassen hatten. Jan versprach, dass sie sie nicht lange belästigen würden. Anne Berger ließ sie ins

Haus, und Jan kam sofort auf den Punkt und fragte, ob Andreas und Georg mit Mike Schmitz befreundet gewesen seien.

»Nein«, sagte Anne Berger, und Jan fluchte innerlich. Das durfte doch nicht wahr sein. Es musste eine Verbindung zwischen ihnen geben.

»Zumindest nicht mehr«, fügte sie hinzu. »Aber als Jugendliche waren die drei Freunde gewesen.«

Also doch.

»Als Andreas Christ geworden ist, hat er sich von seinen alten Freunden getrennt und neue Freunde gefunden, die auch Christen waren. Fast alle unsere neuen Freunde sind Mitglied bei den *Neuen Christen*«, erzählte Anne Berger.

»Wie kam es dazu, dass er neue Freunde gesucht hat?«, fragte Jan.

»Sagen wir doch lieber: Andreas hat neue Freunde *gefunden*. Gott hat ihn mit neuen Menschen zusammengeführt. Andreas hat seine alten Kontakte dann gemieden, um sich vor schlechten Einflüssen zu schützen«, sagte sie. »Wir haben unsere Religion sehr ernst genommen, und Mike hat dann nicht mehr zu Andreas gepasst. Georg übrigens auch nicht.«

»Können Sie uns noch etwas über die Freundschaft zwischen Andreas, Georg und Mike sagen?«

»Was meinen Sie?«

»Gab es irgendwelche Besonderheiten oder irgendwelche Vorfälle in ihrer Jugendzeit?«

»Nein, nicht dass ich wüsste. Wirklich nicht.«

»Haben die drei mal irgendwelche Dummheiten gemacht, irgendwen zum Krüppel geschlagen oder eine Scheune angezündet?«, fragte Steiner.

»Ich sagte doch: Ich weiß davon nichts«, wiederholte Anne Berger barsch und sah Steiner feindselig an.

Jan merkte, dass es Zeit war zu gehen.

* * *

Kurz darauf tauchten sie bei der Witwe von Georg Berger auf und stellten die gleichen Fragen. Martina Berger gab im Wesentlichen ähnliche Antworten wie ihre Schwägerin: Georg und Mike seien als Jugendliche zusammen mit Andreas ein enges Freundestrio gewesen. Bis in die Studentenzeit. Alle drei hatten in Köln studiert, seien aber regelmäßig an den Wochenenden nach Hause gefahren und hätten zusammen rumgehangen wie ein privater kleiner Junggesellenverein. Aber noch während der Studienzeit sei die Freundschaft zerbrochen, warum, wisse sie nicht. Martina Berger vermutete, dass es damit zusammenhing, dass Andreas Anne kennengelernt und sich ins fromme Umfeld zurückgezogen hatte. Kurz darauf waren Martina und Georg zusammengekommen und hatten viel Zeit miteinander verbracht, und so hätten sich die alten Freunde eben aus den Augen verloren. Auch der familiäre Kontakt zwischen Andreas und Georg hatte seitdem nachgelassen, erzählte Martina Berger.

Dann fiel Jan noch ein wichtiger Aspekt ein, den sie fast vergessen hatten: »Haben damals noch andere Personen zu dem engen Freundeskreis der drei gehört?«

»Nein, eigentlich waren sie immer zu dritt, ich kannte die drei Kerle ja nur flüchtig damals«, antwortete Martina Berger. »Obwohl … manchmal war noch ein gewisser Gregor mit dabei. Wie heißt der noch mit Nachnamen? Gregor … Ziller.«

»Wissen Sie, ob der noch in Kommern wohnt?«

»Ja, er wohnt in der Nähe der Grundschule, in der Gebrüder-Grimm-Straße.«

Jan und Steiner machten sich auf den Weg. Sie befragten Gregor Ziller – leider ohne nennenswerte Ergebnisse.

Ziller, ein übergewichtiger Mann in Tennissocken, Schlabberhose und Unterhemd, gab an, dass er mit den drei Ermordeten hin und wieder als Kind gespielt habe. Als Jugendliche hatten sie ihn des Öfteren gefragt, ob er mit ihnen zu einem Disco- oder Kneipenabend nach Euskirchen kommen wollte, er hatte aber damals schon den Eindruck gehabt, dass sie ihn nur regelmäßig fragten, weil er ein Jahr älter war und schon einen Führerschein hatte. An besondere Vorkommnisse erinnerte er sich nicht. Irgendwann hätten sie sich aus den Augen verloren, so Ziller.

Steiner ordnete sicherheitshalber an, dass Ziller rund um die Uhr Polizeischutz bekam. Denn falls der Mörder es auf diese alten Kommerner Jugendfreunde abgesehen hatte, wäre es zumindest nicht auszuschließen, dass Ziller in Gefahr war.

Der Tag ging zu Ende. Jan fühlte sich immer noch erkältet und schlapp in den Knochen, und immer wieder hatte er an Jenny denken müssen. An Jenny und an seine Dummheit, sie verdächtigt zu haben. Seine Scham- und Schuldgefühle deswegen wuchsen wie ein Geschwür. Mit einem miesen Gefühl fuhr er nach Hause. Die Ermittlungen kamen zwar nun ins Rollen, aber es fiel ihm immer schwerer, Distanz zu dem Fall aufzubauen. Er wollte einfach nicht mehr.

* * *

Draußen tobte der Gewittersturm. Jan sah aus dem Fenster. Unheimlich wirkte dieses Schauspiel: Die Nacht färbte alles schwarz, nur gelegentlich zuckende Blitze warfen für Sekunden ein Licht auf das Unwetter. In der Stadt würde Jan sich sicherer fühlen. Eigentlich absurd, dachte er. Stürme und Gewitter gab es in Bonn genauso. Aber er hatte dort das Gefühl, dass die Natur mit all ihren Bedrohungen und

Gewalten nicht so nah an ihn herankommen konnte wie hier in der Eifel.

Immer wieder Lichtblitze, ansonsten Dunkelheit, so finster wie die Schandpfahl-Morde, nur dass Jan hierbei nicht einmal einen zuckenden Blitz am Horizont sah, der ein kleines Licht auf den Fall werfen könnte. Peters konnte nicht der Täter sein, der lag noch im Bielefelder Krankenhaus, und zwischen den Ehefrauen und dem neuen Opfer gab es keine ersichtliche Verbindung. Zwei Trittbrettfahrer waren auch höchst unwahrscheinlich, es musste sich um einen Täter oder eine Tätergruppe handeln, die für alle drei Morde verantwortlich war.

Ein Kanonendonner explodierte direkt über seinem Dach. Jan zuckte zusammen und wollte weg von hier. Nicht nur wegen der Unwetter wollte er zurück in die Stadt. Er hoffte auch, dass die Nachwirkungen dieses Falls nicht mehr so nahe an ihn herankommen würden, wenn er so schnell wie möglich verschwinden würde. Jan wollte nie wieder einen Mordfall mit all seinen menschlichen Dramen und Grausamkeiten an sich heranlassen. Sein Entschluss stand fest: Er wollte nicht länger an diesem Fall arbeiten, weil er einfach keine Spuren finden konnte. Er wollte auch seine Polizeilaufbahn beenden, weil er überhaupt nicht in der Lage war, kriminalistisch zu denken. Und er wollte raus aus der Eifel, weil ihn die Einsamkeit fertig machte.

Die Regale hatte er bis auf ein paar Bücher von Descartes, Wittgenstein und Aristoteles leer geräumt. Den Rest würde er morgen früh machen.

Sein Handy klingelte. Wer mochte das sein? Jenny? Aber nein, antwortete seine Vernunft. Jenny würde nicht mehr anrufen. Jan nahm ab.

»Herr Grimberg? Mühlenbach mein Name, Rechtsmedizin Bonn. Steiner geht nicht ans Telefon, und da Sie quasi sein

Partner sind, gebe ich Ihnen mal die Untersuchungsergebnisse von Mike Schmitz weiter. Schriftlich bekommen Sie das natürlich auch noch. Aber hier ist eine Sache, also, es geht um die Wunde im Gesicht …«

»Herr Mühlenbach, das ist sehr freundlich, aber ich muss Ihnen sagen, dass ich gar nicht mehr …«

»Das ist wirklich sehr skurril«, fiel Mühlenbach ihm ins Wort. »Mike Schmitz wurde nämlich gebissen.«

»Gebissen? Vom Täter?«

»Nein, nicht vom Täter. Von der *Grammostola Pulchra*.«

»Äh. Wer oder was ist das?«, fragte Jan.

»Eine Spinne. Die uruguayische schwarze Vogelspinne.«

Jan lief ein Schauder über den Rücken. Er hasste Spinnen. »Und die leben hier in Kommern?«

Mühlenbach lachte. »Natürlich nicht. Hier leben nur die gemeinen Weberknechte. Aber ich hatte bei der Verletzung des Toten schon den Verdacht einer Bisswunde, und im Körper haben wir dann das Spinnengift gefunden. Meine Assistentin Frau Geiermann hat eine Freundin, die quasi Spinnenexpertin ist. Mit ihrer Hilfe konnten wir sogar die genaue Spinnenart ermitteln.«

»Aber wie kommt ein Mann am Pranger an einen Spinnenbiss?«

»Das ist Ihre Aufgabe, Herr Grimberg.«

»Nicht mehr, Herr Mühlenbach. Wissen Sie, ich habe nämlich vor, zu …«

»Ist mir auch egal, Herr Grimberg. Ich wollte es Ihnen nur sagen. Morgen bekommt Steiner das Ergebnis auf den Schreibtisch. Es ist schon spät. Ich mache jetzt Feierabend. Gute Nacht.« Mühlenbach legte auf.

Jan stutzte. Die Antwort auf seine Frage lag auf der Hand: Der Täter musste dem Opfer eine Spinne auf den Körper gesetzt haben. Jan schüttelte sich vor Ekel. Er stellte sich vor, er wäre an der Stelle des Opfers gewesen. Gefesselt am Pranger. Mit Steinen und Eiern beworfen. Und dann, Jan zitterte bei dem Gedanken, dann kam der Täter auf ihn zu und ließ eine Vogelspinne über seinen Körper krabbeln. Jan wäre wohl an einem Herzinfarkt gestorben. Er geriet schon an den Rand eines Nervenzusammenbruchs, wenn er einer kleinen einheimischen Spinne begegnete. Was musste Mike Schmitz getan haben, dass der Täter ihm das antat? Ihn nicht nur zu fesseln und zu steinigen und zu töten, sondern ihm auch diese Angst einzujagen?

Strafe ist Gerechtigkeit für die Ungerechten, hatte Jan mal bei einem seiner Philosophen gelesen. War es Augustinus? Oder Cicero?

Verdammt, dachte Jan. Welches Unrecht hatte Mike Schmitz denn begangen?

11. Kapitel

18. September 2013

Um halb sieben stand Jan auf. Sein Kopf war hellwach, er hatte aber kaum die Kontrolle über seinen übermüdeten Körper, denn er hatte die ganze Nacht nicht geschlafen. Zwei Dinge hatten ihn stundenlang beschäftigt. Erstens die Frage, warum Mike Schmitz vor seinem Tod mit einer Spinne auf seinem Gesicht gequält worden war. Damit hing die Frage zusammen, wie der Täter mitten in der Eifel an eine schwarze Vogelspinne kam. Zweitens die viel entscheidendere Frage: Sollte Jan nun seine Kündigung durchziehen oder weitermachen? Und das war noch quälender als alle Gedanken an grausame Foltermorde und fiese Krabbeltiere.

Er kochte seinen Kaffee drei Mal stärker als gewöhnlich.

Um acht Uhr rief er Mühlenbach an, ließ sich dessen Assistentin geben, von der er wiederum die Telefonnummer ihrer Freundin Laura Müller, der Spinnenexpertin, bekam. Eine Festnetznummer in Euskirchen. Er hatte noch etwas Zeit, bis er im Büro erscheinen musste, und war sich gar nicht sicher, ob er heute überhaupt dort erscheinen würde. Zwei Stunden lang konnte er Laura Müller nicht erreichen, dann ging sie endlich an ihr Handy.

* * *

»Wer war denn am Telefon?«, fragte Florian Lennartz seine Freundin, die im Wohnzimmer vor dem Terrarium saß. Florian duldete ihr Hobby, solange diese vier Biester, die sie mittlerweile besaß, immer im geschlossenen Glaskasten blieben.

»Ach, so einer von der Kripo, der wissen wollte, wo man hier in der Eifel Spinnen kaufen kann«, antwortete Laura Müller und fütterte ihren Liebling, der sich gierig mit allen acht Beinen auf die tote Maus stürzte. »Ich hab' ihm die Nummer von Henri gegeben.«

»Von dem Terrarienhändler?«, fragte Florian zurück.

»Hm«, nickte Laura und beschäftigte sich mit ihrer Spinne.

»Was will denn die Polizei von dem Spinner?«

»Sag' du es mir, Schatz. Du bist der Zeitungsfritze. Vielleicht ja eine interessante Story für dich«, antwortete Laura und drehte sich mit dem Rücken zu ihrem Freund. Ein klares Signal, dass sie nicht weiter mit ihm reden wollte.

Florian ging ins Bad und putzte sich die Zähne. Als er wieder rauskam, hatte er eine Entscheidung getroffen. Er zog hastig seine Jacke an, griff nach seinem Rucksack und verabschiedete sich ohne einen Kuss. »Ich gehe jetzt zum *Boten*«, rief er Laura zu.

»Jetzt schon? Du wolltest doch heute erst um 12 Uhr hin.«

Im gleichen Moment flog die Wohnungstür ins Schloss.

* * *

Jan hatte den Wacholder im Süden Kommerns gerade erst für einen Spaziergang entdeckt. Überhaupt hatte er den Ort, in dem er wohnte, bisher zu wenig erkundet. Aber jetzt nahm er sich die Zeit. Er musste nachdenken und hatte sich kurzerhand krankgemeldet. Jan hatte Steiner über den Anruf des Rechtsmediziners informiert, und sein Mentor wollte heute im Laufe des Tages den Terrarienhändler befragen. Der Wacholder verband auf unscheinbare Weise das Dorf Kommern mit der Kleinstadt Mechernich. Nun galt es im übertragenen Sinne, auch nach anderen unscheinbaren Verbindungen zu suchen.

Was hatte der Spinnenbiss zu bedeuten? Es gehörte jedenfalls nicht zum üblichen Pranger-Ritual, dem Bestraften eine exotische Spinne über das Gesicht laufen zu lassen. Vermutlich hatte das also eine Symbolbedeutung, und Jan wusste aus seinen Studien, dass die Spinne ein Tier mit einem breit gefächerten Symbolgehalt war. Jan dachte nach: In Afrika wurden sie als Schöpfergöttinnen verehrt, in der Psychoanalyse als Mutterkomplex gedeutet und im früheren Christentum als Zeichen der Sünde verteufelt. Ja, das konnte die Spur sein: Es war gut möglich, dass dieses Tier vom Mörder nur eingesetzt wurde, um seine Opfer gegenständlich mit ihrer Sünde zu konfrontieren.

Jan verließ Kommern über einen Feldweg, an dem ein modernisierter Bauernhof lag. Der kleine Weg führte mitten durch große Felder, und von dort stieg ein Hang an, von dem aus er einen weiten Blick auf Kommern hatte. Irgendwo dort hinten lag das Freilichtmuseum. Aus der Distanz wirkte der Museumshang friedlich wie immer. Als hätten die Schandpfahl-Morde nie stattgefunden.

Drei Opfer in wenigen Tagen. Der Mörder hatte schnell zugeschlagen, er wollte sein Werk offenbar vollenden. Vielleicht hatte er es schon zu Ende gebracht, oder würden noch weitere Morde folgen? Die Ermordeten waren keine Zufallsopfer, das war eindeutig. Kein verrückter Serienkiller, der wahllos tötete.

Jan atmete die frische Luft ein. Der Spaziergang tat ihm gut. Körperlich und seelisch. Die Erkältungsbeschwerden hatten nachgelassen, auch die quälenden Schuldgefühle wegen Jenny klangen ein wenig ab, und er war gedanklich mehr mit dem Mordfall beschäftigt als je zuvor. Jan blickte auf das Dorf und zog ein Resümee: Drei ehemalige Freunde, die jetzt tot waren. Die Freundschaft war irgendwann zerbrochen, nämlich vor rund zehn Jahren. Es mochte sein, dass dies mit dem Kennenlernen der Lebensgefährtinnen zu tun hatte. Vielleicht gab es aber auch einen anderen Grund, dachte Jan. Und dieser Grund könnte direkt zum Motiv des Mörders führen: War vor zehn Jahren etwas geschehen, wegen dem sich nun ein Mensch an diesen drei Männern rächen wollte? Was könnten die drei Freunde als Studenten getan haben, dass sie nun, wo sie ihr Glück gefunden hatten, aus dem Leben gerissen wurden? Waren noch andere Jungen oder Mädchen an der möglichen, unbestimmten Sünde der drei Opfer beteiligt, und mussten dann womöglich noch mehr Menschen den Tod fürchten? Und warum rächte sich der Mörder erst zehn Jahre später? Das passte nicht zusammen, befand Jan, ein um zehn Jahre zeitversetzter Rachefeldzug ergab keinen Sinn.

Er griff zum Telefon und wählte die Nummer von Martina Berger.

»Frau Berger? Jan Grimberg hier. Es tut mir wahnsinnig leid, dass ich Sie noch mal belästigen muss, aber ich brauche dringend Ihre Hilfe. Ich möchte Sie bitten, alle Unterlagen Ihres Mannes zu durchsuchen, die ungefähr zehn Jahre zurückliegen. Ich weiß nicht, wonach Sie genau suchen sollen, aber vielleicht finden Sie bei der Suche irgendetwas, das Ihnen merkwürdig vorkommt, vielleicht irgendein Dokument oder ein Foto, das Sie nicht einordnen können. Führte er Tagebücher? Sammelte er Zeitungsartikel? Auch Fotoalben aus jener Zeit können Hinweise enthalten.«

Anschließend rief er Anne Berger und Helene Schmitz an und forderte sie ebenfalls auf, nach unbestimmten Hinweisen zu suchen.

Dann stieg Jan den Hügel hinab und ging zurück nach Kommern. Die Entscheidung war gefallen, und das war ein gutes Gefühl. Er würde den Dienst nicht eher quittieren, bis diese grauenvollen Morde aufgeklärt waren. Und er würde seinen Teil zur Aufklärung beitragen, so oder so. Jan wollte es jetzt wirklich wissen.

* * *

Eine knappe Stunde nachdem er die Wohnung verlassen hatte, saß Florian Lennartz in der Redaktion des bedeutendsten Lokalblattes des Kreises Euskirchen, schrieb lustlos über die Jahreshauptversammlung der Kaninchenzüchter und wartete auf den passenden Moment, mit seinem Chef zu sprechen. Das Domizil des *Bleibach-Boten* lag mitten in der Euskirchener Fußgängerzone und bestand aus zwei schlauchförmigen Zimmern. In dem einen saß Norbert Gleuser, der Redaktionsleiter. In aller Regel legte Gleuser seine Füße auf den Schreibtisch, telefonierte stundenlang mit Hinz und Kunz, qualmte die Bude voll, um dann eine Stunde vor Redaktionsschluss aus drei alten Kommentaren einen vierten zu machen. Seine Mitarbeiter, zwei Redakteure, acht Freelancer und eine Sekretärin, duzte er wie selbstverständlich, wobei diese ihn selbstverständlich zu siezen hatten. »Ich Chef, ihr nix«, war seine Devise.

Im anderen Raum teilten sich zehn wechselnd anwesende Mitarbeiter vier PC-Arbeitsplätze. Florian Lennartz war einer von ihnen, und noch gehörte er zur Riege der Freelancer, obwohl er natürlich hoffte, in den nächsten drei Jahren eine Festanstellung zu ergattern. Dafür musste er Einsatz und Ideen bringen.

Heute war Gleuser besonders schlecht gelaunt, wahrscheinlich hatte sich wieder mal jemand über seine Artikel beschwert, und das mochte er gar nicht. Jedenfalls hatte er beide Male, als Florian im Türrahmen seines Büros stand, so getan, als würde er ein wichtiges Telefonat führen, und mit einer Handbewegung klargemacht, dass Florian wieder einen Abgang machen sollte.

Nein, er wollte jetzt nicht seine Zeit mit den Ülpenicher Rammlern verschwenden. Er würde sich nicht länger hinhalten lassen. Er witterte eine Chance, und die würde er nicht ungenutzt lassen.

Florian sprang auf, riss seine Jacke von der Stuhllehne und stürmte hinaus. Draußen sprintete er durch die Fußgängerzone. Er wollte so schnell wie möglich zu Hause sein, wo sein Auto vor der Tür parkte. Unterwegs legte er sich die Fakten, die er hatte, zurecht: Die Kripo rief seine Freundin an und wollte wissen, wo man im Kreis Euskirchen große Spinnen kaufen kann. Und: Die Kripo hatte gerade alle Hände voll mit den Prangermorden zu tun. Gab es da etwa einen brisanten Zusammenhang zwischen der Mordserie, exotischen Spinnen und dem »Spinnenmann« Henri? Das wäre doch ein Knaller, wenn Florian in diesem spektakulären Mordfall neue Informationen veröffentlichen könnte. Die Polizei hielt sich da ja sehr bedeckt, und das war ein Zeichen dafür, dass sie bisher noch keine heiße Spur hatte.

»Hey Flo«, rief eine Stimme hinter ihm. Florian drehte sich um, obwohl er so in Eile war. Es war Thorsten Demmer, ein alter Schulkamerad.

»Habe gerade deine Schlagzeile gelesen: I*rrer Pranger-Killer schlägt wieder zu.* Das sind ja beängstigende Nachrichten, die du da verbreitest«, sagte Thorsten.

»Ja, drei Opfer in wenigen Tagen sind beunruhigend«, stimmte Florian zu.

»Beunruhigend ist wohl noch stark untertrieben!«, empörte sich Thorsten. »Wir Kommerner haben Angst! Eine Scheiß-

Angst haben wir. Draußen läuft irgend so ein Psycho rum, der es auf junge Männer abgesehen hat. Junge Männer wie du und ich – kapierst du, was das heißt? Jeder von uns könnte der Nächste sein. Einige meiner Freunde und Nachbarn gehen abends nicht mehr raus. So langsam herrscht in Kommern Ausnahmezustand. Das kann so doch nicht weitergehen.«

Als Lokaljournalist, der immer nah an den Menschen dran war, wusste Florian, dass die Mordserie in der Eifel Angst und Schrecken verbreitet hatte. Wie Thorsten hatte auch Florian schon von einigen jungen Männern gehört, die sagten, dass sie seit zwei Wochen nicht mehr aus dem Haus gingen.

»Und weißt du, was das Schlimmste ist?«, fuhr Thorsten fort. »Dass es dem Killer nicht reicht, die Leute umzulegen, sondern er hat auch noch Spaß daran, sie zu foltern.«

»Ich weiß – ich habe ja darüber geschrieben«, sagte Florian.

»Weißt du, wer das letzte Opfer war? Mike Schmitz! Meine Freundin kennt seine Frau gut. Die ist total fertig mit der Welt, hat ihren Mann verloren und steht jetzt mit dem kleinen Kind alleine da«, berichtete Thorsten.

»Ja, furchtbar«, pflichtete Florian bei und bemerkte, dass Thorsten wieder kräftiger geworden war, seit er ihn vor einem halben Jahr zuletzt gesehen hatte.

»Also, ich will nicht der Nächste sein«, gestand Thorsten. »Aber was macht die Polizei? Nix! Wie sollen wir denn hier in der Eifel noch sicher sein, wenn wir nicht langsam anfangen, selbst etwas zu tun?«

»Wie meinst du das?«, wollte Florian wissen.

»Ach, ich und ein paar Kumpels wollen gerade so eine Bürgerwehr gründen. Undercover natürlich. Um auf den Straßen von Kommern wieder die Sicherheit zu haben, die uns die Bullen ja nicht mehr garantieren können. So, und jetzt muss ich mal in die Mucki-Bude. Halt' uns auf dem Laufenden, Reporter!«, sagte Thorsten und zog weiter.

Florian dachte wieder an seine Story: Hatte die Kripo nun endlich einen Verdacht, der – aus welchen Gründen auch immer – zu einem Spinnenhändler führte? Florian wollte selbst herausfinden, ob es Grund zu so einem Verdacht gab.

* * *

Jan drückte den Fuß aufs Pedal und gab noch mehr Gas. Steiner hatte ihm das Steuer überlassen, auf der Rückfahrt von Bielefeld war sein Mentor auf dem Beifahrersitz eingeschlafen. Er sah auf die Uhr. Es war schon fast vier. Der Tag war mal wieder ganz anders verlaufen als geplant. Nach seinem Morgenspaziergang hatte er auf der Arbeit angerufen und gesagt, dass er sich nun wieder so fit fühle, dass er doch zum Dienst kommen konnte. Steiner hatte ihm geantwortet, dass das gut passe, weil Peters nun vernehmungsfähig war und Jan ihn dann nach Bielefeld begleiten konnte.

Die Vernehmung von Peters hatte diesmal nur eine knappe Stunde gedauert. Peters hatte im Krankenbett mehrmals beteuert, wie sehr er alles bedauere. Er hatte einfach aus Angst um seine Ehe eine Lüge nach der anderen verbreitet, beim Verhör sei er am Ende so zermürbt gewesen, dass er das Gefühl gehabt habe, dass dieser Herr Knoll ihm nun gar nichts mehr glauben würde und ihn für den Täter hielt. Da habe er sich vorgestellt, wie er nun für viele Jahre unschuldig ins Gefängnis gehen würde, und dann sei bei ihm eine Sicherung durchgebrannt, und er habe nur noch fliehen wollen. Nach seinem Sprung aus dem Fenster sei er quer durch Euskirchen gelaufen. In seiner Panik hatte er dann in einer Seitenstraße einen Motorradfahrer angehalten, ihn von seinem

Fahrzeug gestoßen und die Maschine gestohlen, mit der er dann bis nach Bielefeld gefahren war. Dort hatte er den Rest der Nacht in einem Motel verbracht und hatte am Morgen weiterfahren wollen, als er von der Polizei gestellt worden war. Wieder habe er fliehen wollen, und plötzlich einen Schuss gehört und einen stechenden Schmerz im Bein gespürt. Immer wieder hatte sich Peters bei Jan und Steiner für sein Verhalten entschuldigt und beteuert, mit den Morden nichts zu tun zu haben.

»Ich habe Georg Berger nicht getötet, aber ich weiß auch, dass ich jetzt, nach meiner Flucht, nicht mehr unschuldig bin«, hatte Peters mit leidvoller Miene gesagt. »Aber ich habe meine Strafe bekommen: Ich habe eine Schussverletzung, werde wegen der Flucht und dem Diebstahl verurteilt werden, meine Frau hat nun alles erfahren und spricht nicht mehr mit mir. Das ist nur gerecht für das Leben, das ich in den letzten Jahren geführt habe.«

Ja, das Leben holte einen immer ein, dachte Jan. Galt das auch für den Mörder? Würde er auch irgendwann seine gerechte Strafe bekommen?

Jan und Steiner passierten den Ortseingang von Euskirchen.

* * *

Florian betrat den Laden am Rande des Mechernicher Stadtzentrums und sah sich sofort um. Überall standen Terrarien herum, in denen Eidechsen, Schlangen und Spinnen ihr Unwesen trieben.

»Sind Sie auch von der Polizei?«, rief eine Stimme, die aus der Ecke der Ladentheke kam, obwohl dort niemand zu sehen war, bis ein schräg aussehender Kerl mit strubbelighochstehenden Haaren, schief sitzender Brille und Spiderman-T-Shirt sich hinter der Theke aufbäumte. »Entschuldigung, ich habe gerade das Trockenfutter eingeräumt.«

Dann streckte er den Hals wie ein Reptil hervor, um schärfer sehen zu können. »Ah, dich kenne ich doch«, sagte der Verkäufer und duzte ihn ungefragt weiter. »Hast du nicht eine Freundin, die einige interessante Spinnenexemplare bei mir gekauft hat? Du warst doch schon mal dabei, als sie hier eingekauft hat? Du bist Florian, richtig? Ich bin Henri.«

Florian fiel auf, dass Henri in zwei Minuten sicher schon fünfzig Mal die Augen zusammengekniffen hatte. Wenn der das immer so machte, stand er den halben Tag im Dunkeln.

»Ich weiß«, sagte Florian. »Was meintest du denn eben mit der Polizei?«

Henri verzog genervt den Mundwinkel. »Da war eben so ein älterer Kerl von der Kripo bei mir im Laden, der wissen wollte, wer hier in den letzten Wochen Vogelspinnen gekauft hat. Als ob ich alle Kunden mit Namensliste und Adresse führen würde.«

»Aha«, zeigte sich Florian interessiert. »Hast du eine Idee, warum die Kripo sich für Spinnen interessiert?«

Henri grinste mit schiefem Mund und versuchte, die Augen stillzuhalten. »Das hat wohl mit den Schandpfahl-Morden in Kommern zu tun. Das letzte Opfer hatte wohl eine Bisswunde im Gesicht. Jedenfalls hat mich der Kommissar gefragt, wie ein Spinnenbiss im Gesicht wohl aussehen würde.«

Florian horchte auf. »Soso, ein Spinnenbiss am Opfer? Warum sollte der Killer seine Opfer mit Spinnen quälen?«

»Was fragst du mich? Heute ist wohl überall mein Expertenwissen gefragt, hehe«, grinste Henri weiter. »Wenn du mich fragst, Arachniden haben eine sehr anmutige Art, am menschlichen Körper hochzuklettern. Vielleicht ist der Mörder ja eine Art Kunstgenießer.«

»Ein Kunstgenießer? Wie meinst du das?«, hakte Florian nach.

»Ich zumindest liebe es, die Bewegung einer Spinne zu sehen, vor allem, wenn sie Macht über ein anderes Lebewesen hat.«

»Und was hat das mit Kunst zu tun?«

»Spinnen sind meiner Meinung nach die kunstvollsten Wesen, die die Natur hervorgebracht hat. Ihre Beinbewegungen, ihre Netze, ihre Formen – alles ist Kunst an ihnen.«

Der Typ hatte wirklich eine Schraube locker, dachte Florian.

»Henri, noch mal zurück zum Kommissar – hat der sonst noch etwas wissen wollen?«

»Nee du, der war eigentlich ziemlich kurz angebunden und hat nur das Nötigste gesprochen. Wenn du mich fragst: eine ziemlich unsympathische Type. Der hatte so eine fiese, rauchige Stimme.« Henri kniepte die Augen wieder schneller zusammen. »Ich habe mich die ganze Zeit irgendwie bedroht gefühlt von ihm. Fieser Typ.«

Das klang nach Steiner, kombinierte Florian. Als Lokaljournalist hatte er schon das ein oder andere Mal mit Steiner zu tun gehabt. Der mochte keine Journalisten und war der größte Arroganzbrocken, den er je kennengelernt hatte.

»Die größte Unverschämtheit war aber, dass er mich gebeten hat, die Stadt in den nächsten Tagen nicht zu verlassen«, ergänzte Henri. »Dabei wollte ich am Wochenende zum Spinnenkongress nach Bern.«

Florian spitzte die Ohren und nickte. Jetzt ahnte er, warum die Polizei heute Morgen Laura sprechen wollte.

»Wie kann ich dir hier eigentlich weiterhelfen?«, fragte Henri plötzlich.

»Och, ich sollte für meine Freundin ein paar Besorgungen für ihre Spinne machen. Aber ich sehe gerade, dass ich meinen Einkaufszettel vergessen habe. Ich komme nachher noch mal wieder«, sagte Florian und verließ den Terraristikladen.

Draußen nahm er sofort seinen Notizblock aus der Jackentasche und schrieb eifrig ein paar Stichworte hinein. Noch war die Faktenlage ein wenig dünn. Aber heute Abend würde er eine ganz große Geschichte mitbringen, das hatte er im Gefühl.

* * *

Jan zog die Tür zum *Stollen* auf, trat ein und sah sich um. Die Kneipe war mäßig gefüllt. Zwei einsame Männer im Rentneralter hockten an der Bar. An einem Tisch saßen drei ältere Jugendliche und hielten Skatkarten in der Hand. Ein weiterer Tisch war mit einem Liebespaar besetzt, das die Finger nicht voneinander lassen konnte. Jan fasste sich an den Brillenbügel, als könnte er dann schärfer sehen. Jenny war nicht hier.

Was hatte er erwartet? Er schimpfte innerlich mit sich selbst. Hatte er wirklich gedacht, sie wäre hier und würde ein mögliches, rein zufälliges Zusammentreffen mit ihm sogar noch provozieren?

Jan ging zur Bar und bemerkte nicht, wie hinter ihm ein weiterer Mann den *Stollen* betrat, der ihm schon eine ganze Weile gefolgt war. Nachdem Jan ein Kölsch bestellt hatte, setzte sich der Fremde neben ihn auf den Barhocker.

»Neu im Dorf?«, fragte der Fremde.

»Fällt man hier als Neuer sofort auf, oder haben Sie bemerkt, dass ich hochdeutsch rede?«

Der Fremde lachte. »Beides.«

Jan lachte auch.

»Und was verschlägt einen hochdeutschen Ausländer an den Rand der Eifel?«, fragte der Fremde.

Jan überlegte kurz, was er sagen sollte. Einerseits fand er seinen Sitznachbarn ein bisschen aufdringlich, andererseits war er froh, überhaupt mit jemandem zu reden. Außerdem war es vielleicht an der Zeit, hier mal Kontakte zu knüpfen. Dass er unter dem Verlust von Jenny zu leiden hatte, lag sicher auch daran, dass er so verdammt einsam in Kommern war.

»Ich habe seit einigen Wochen einen Job hier. Ich fange gerade bei der Kripo Euskirchen an.«

»Wow, das ist sicher spannend«, sagte der Fremde und streckte ihm seine Hand hin: »Florian«, stellte er sich vor.

Jan nickte. »Jan, freut mich. Ja, spannend ist das schon. Eigentlich habe ich Jura studiert, aber es hat mich eher zufällig zur Polizei verschlagen. Und jetzt habe ich meinen ersten Mordfall«, erzählte er und war überrascht, wie leicht ihm das über die Lippen ging. Seit heute schien sich etwas verändert zu haben. Plötzlich verspürte er ein völlig neues Selbstverständnis in seinem Job.

»Die Prangermorde?«, fragte Florian.

»Woher weißt du das?« Jan war verblüfft.

»Na, wir sind hier in der Eifel! Wenn du einen Mordfall bearbeitest, muss ich nur eins und eins zusammenzählen. Das ganze Dorf spricht von nichts anderem mehr als von den Prangermorden im Freilichtmuseum.«

»Ja, klar, stimmt natürlich«, erwiderte Jan und fragte sich, woher er den Kerl, mit dem er sprach, kannte. Irgendwo hatte er ihn schon mal gesehen.

»Dann wird es höchste Zeit, dass die Polizei mal eine Spur findet, nicht? Die Kommerner sind jedenfalls schon sehr nervös und fragen sich, wer der Nächste am Pranger sein könnte.«

Während sie sich unterhielten, trank Jan schneller und leerte sein Glas. Der Wirt stellte ein neues hin. Florian machte ein Zeichen, dass der Wirt es auf seinen Deckel schreiben sollte. Das Bier tat gut.

Jan merkte, wie sich sein ganzer Körper nach den anstrengenden Tagen entspannte. »Ich glaube nicht, dass es einen nächsten Mord geben wird«, sagte er. »Außerdem haben wir seit heute eine neue Spur, der wir folgen. Vielleicht ist der ganze Spuk schon bald vorbei.«

»Eine neue Spur? Eine heiße Spur? Um was geht es denn da?«

»Tut mir leid, das kann ich dir nun wirklich nicht sagen. Das sind laufende Ermittlungen. Darüber darf ich in der Öffentlichkeit nicht sprechen.« Während er das sagte, fiel ihm ein, dass er schon mit seiner Bemerkung, es gebe eine neue Spur, eigentlich zu viel gesagt hatte. Das ging natürlich niemanden etwas an, selbst Andeutungen waren ermittlungstechnische Todsünden. Jan schüttelte sich innerlich, zum Glück hatte er die Kurve gerade noch bekommen. Er sah seinen neuen Bekannten an und plötzlich fiel ihm ein, wo er ihn schon mal gesehen hatte. »Sag mal, Florian, jetzt hab ich dir von meinem Beruf erzählt. Was machst du denn so?«, fragte er, aber ein ungutes Gefühl in der Magengegend sagte ihm, dass er die Antwort schon kannte.

»Och, ich arbeite für den *Bleibach-Boten*.«

Richtig. Der junge Mann, der hier neben ihm saß, war jedes Mal irgendwann an den Tatorten aufgetaucht, um für die Lokalzeitung zu berichten.

Scheiße, dachte Jan. Er musste besser aufpassen, mit wem er sich unterhielt. Um ein Haar hätte er sich einem Lokaljournalisten gegenüber verquatscht. Jan griff zu seinem Bierglas. Vertrug er den Alkohol nicht? Das konnte doch kein Zufall sein, dass hier ein Journalist, der über die Prangermorde berichtete, neben ihm saß und ihn freundlich zum Kölsch einlud.

»Prost Jan«, sagte Florian, lächelte verschmitzt vor sich hin und hob nun ebenfalls sein Glas.

Jan stieß mit ihm an und sagte dann: »Also, Florian. Ich bin ja noch in der Einarbeitungszeit bei der Kripo, und du würdest mir sehr entgegenkommen, wenn das, was ich hier erzählt habe, unter uns bleibt. Aus ermittlungstechnischen Gründen wäre es einfach besser, wenn nichts von dem in der Zeitung steht.«

Florian winkte ab. »Na komm, Jan, mach dich locker. Du hast mir doch gar nichts erzählt. Leider! Wir arbeiten doch beide am gleichen Fall, nur in unterschiedlicher Profession«, zwinkerte er. »Ich muss jetzt auch gehen. War nett mit dir. Sollten wir öfter mal machen.« Er gab ihm eine Visitenkarte, die er in Windeseile von irgendwo hergezaubert haben musste.

Florian verschwand und ließ Jan mit einem gewissen Unbehagen an der Theke zurück.

12. Kapitel

19. September 2013

Stinkender Rauch vernebelte die ganze Redaktionsetage des *Bleibach-Boten*, weil Gleuser im Laufe dieses Vormittages schon eine ganze Packung weggeraucht hatte.

»Nein, Lennartz. Das ist mir noch zu schwach, was du da mitbringst«, grölte Gleuser durch sein Büro und spielte dabei mit seinem Goldkettchen. »Außerdem: Wie kannst du dich auf das verlassen, was dir so ein Kripoanfänger erzählt?«

»Er ist selbst auf diese Spur gekommen. Und es ist quasi exklusiv. Wir wären die Ersten, die darüber berichten. Eine neue, eine heiße Spur im Fall der Prangermorde!«

»Nein, Lennartz, nein! Sprich erst mal mit dem Steiner und hol' dir von dem noch ein paar Infos. Der kennt sich in dem Metier besser aus. Ist ein alter Hase, so wie ich.«

»Aber so wie ich Steiner kenne, wird er nicht mit mir über den Fall reden«, jammerte Florian.

»Dann lass' dir was einfallen. Und jetzt raus.«

Wie ein kleiner Junge verließ er Gleusers Büro und ging an seinen Arbeitsplatz. Genauer: an den Platz von *Bleibach*-Redakteur Wimmer. Er nahm den Telefonhörer in die Hand, um Steiner anzurufen. Aber er zögerte. Das letzte Mal, als er versucht hatte, mit Steiner zu sprechen, hatte dieser ihn in schlimmsten Tönen beleidigt, ihm mit juristischen Konsequenzen gedroht und sein Selbstbewusstsein mit wenigen Worten tief in die Erde gestampft.

Nein, das wollte Florian sich nicht noch einmal geben. Er wollte aber auch nicht von der ganzen Sache ablassen. Er hatte es im Gefühl, dass hier etwas zu holen war. Laura hatte ihm den Hinweis gegeben, ohne wissen zu können, wie die Zusammenhänge waren. Und ohne wissen zu können, dass sie ihm damit den Weg zu einem journalistischen Goldschatz aufgezeigt hatte. Das Gespräch mit dem Spinnen-Mann Henri war eindeutig: Der Mann war der neue Hauptverdächtige, er war nervös, er war völlig durchgeknallt. Und wer sonst sollte dazu in der Lage gewesen sein, eine Vogelspinne einen Menschen beißen zu lassen außer so ein durchgeknallter Spinnen-Freak? Und dann hatte auch noch der ermittelnde Kommissar, dieser Anfänger Jan Grimberg, redselig und offenherzig zugegeben, dass man eine neue heiße Spur habe und es keine neuen Morde mehr geben werde.

Damit war doch wohl alles klar?! Wie konnte Gleuser nur so zögerlich sein? Hier war die Chance auf seinen Durchbruch. Damit würden seine Aussichten auf eine Festanstellung erheblich steigen. Das konnte er sich doch nicht entgehen lassen!

Nein, er würde Steiner nicht anrufen, diese Demütigung würde er sich ersparen. Sein Ego übernahm die Kontrolle über seine Gedanken.

Er hatte investigativ recherchiert, und das war ihm hervorragend gelungen. Die Andeutungen des jungen Kommissars waren eindeutig, daran gab es keinen Zweifel. Er wollte beweisen, dass er besser war, als Gleuser dachte. Er hatte es satt, sich von einem Journalistenproleten wie Gleuser herumschubsen zu lassen. Die Öffentlichkeit hatte ein Recht darauf, vom aktuellen Verdacht der Polizei zu erfahren. Und der Polizei würde er mit seiner Veröffentlichung Feuer unterm Hintern machen. Kommissar Steiner könnte es sich nicht mehr erlauben, seine Ermittlungen weiter auf die lange Bank zu schieben. Als Lokaljournalist wusste er, wie beunruhigt die Kommerner waren. »Jeder von uns kann das nächste Opfer sein, und die Polizei lässt uns mit ihren Ermittlungen im Stich«, hatte ein Kollege vor zwei Tagen noch zu ihm gesagt.

Florian öffnete seinen *Spaceface*-Account. Auf *Spaceface* führte er nicht nur sein Profil, sondern auch einen eigenen journalistischen Blog. Wenn er die Ergebnisse seiner Arbeit schon nicht bei der Zeitung veröffentlichen durfte, für die er arbeitete, dann nutzte er eben die modernere Variante Social Media. Der Knall der Bombe, die er zu zünden gedachte, würde auch von hier aus weithin zu hören sein. Er schrieb:

Kommerner Pranger-Morde:
Polizei auf heißer Spur!

Hat eine exotische Spinne den Pranger-Killer, der seit zwei Wochen in unserem schönen Kommern wütet, überführt? Nach exklusiven Informationen wurde in der Wange des letzten Opfers, Mike Schmitz, ein Biss einer Vogelspinne festgestellt. Eine tödliche Verletzung einer hochgiftigen Spinne, deren Anwesenheit in der Eifel eine einfache Erklärung hat. Es gibt interne Informationen, dass die Polizei einen Mechernicher Terrarienhändler im Visier hat, der kein Unbekannter ist. Die Rede ist von dem »Spinnen-Mann« Henri Bauer. Tatsächlich ist Bauer als »Spinnen-Spinner« in seinem Ort verschrien. Viele Menschen aus Mechernich und Umgebung sagen, dass dieser Mann »irgendwie anders« sei. Nur ein Verrückter konnte die drei Pranger-Opfer auf derart bestialische Weise ermorden. Passt da ein Täter ins Bild, der hochgiftige Vogelspinnen als Haustiere hält und liebevoll pflegt und füttert? Ist Henri Bauer der Pranger-Killer, der uns alle in Angst und Schrecken versetzt hat?
Wir wissen es nicht. Und überlassen die Aufklärung dieser Verbrechen der hiesigen Polizei.

Florian Lennartz, Euskirchen

Florian lehnte sich zurück, las die Zeilen noch mal durch und postete sie mit einem selbstzufriedenen Lächeln. Dann lud er seine 867 Freunde ein, seinen Artikel zu liken und stellte sich vor, wie er auf der finalen Pressekonferenz im Polizeipräsidium aus der Menge seiner vielen Kollegen herausgerufen würde. Wie man ihn auf die Bühne bitten und ihn fragen würde, wie er es geschafft habe, das Rätsel der Pranger-Morde zu lösen.

* * *

Die Eifel war ein einziges großes Irrenhaus, dachte Jan, als er am späten Vormittag durch die Euskirchener Fußgängerzone zur Polizeibehörde ging. Karin Hammer war gerade im Café in Tränen ausgebrochen, weil ihr Gewissen ihr keine Ruhe ließ. Ja, sie habe gelogen, als sie Peters' Alibi nicht bestätigt hatte, und ja, sie wisse, was sie damit angerichtet habe. Unter Schluchzen hatte sie Jan dann erzählt, dass sie ihre eigene Ehe nicht gefährden und daher ihre vergnüglichen Stunden mit Hannes Peters in der Mordnacht auf gar keinen Fall zugeben wollte. Schließlich habe ihr Mann ja gedacht, sie würde eine Freundin besuchen. Hätte sie nur gewusst, dass Hannes Peters aufgrund ihrer Lüge geflohen und schließlich von der Polizei angeschossen worden war …

»Alles, was wir tun, hat Konsequenzen«, hatte Jan ihr gesagt.

Als er nur ein paar Straßen von der Polizeibehörde entfernt war, klingelte sein Handy. Es war Steiner.

»Hör zu, Grimberg: Ich hatte mit diesem Spinnenhändler gesprochen, und der hat mir verraten, dass vor etwa zwei Wochen, kurz bevor die Mordserie begonnen hat, ein gewisser Guido Kahlbach eine schwarze Vogelspinne bei ihm gekauft habe. So ein dorfbekannter Drogendealer. Den kenne hier jeder als Koks-Kahli. Ob es genau die Spinne war, die Mike Schmitz gebissen hat, muss noch geklärt werden. Ich stecke hier in Euskirchen fest. Er wohnt am Bleibach in Kommern, Pützgasse, kannst du da mal hin? Frag ihn, was er mit der Spinne wollte, ob er die Opfer kannte und nach seinem Alibi, und wenn du das Gefühl hast, er hat dir was zu verschweigen, dann lass' ihn von den Kollegen zur KPB bringen. Kann ich mich auf dich verlassen?«

»Natürlich, bin schon unterwegs.«

»Ja, gut, viel Glück!«

* * *

Eine halbe Stunde später stand Jan vor Kahlbachs Tür und bat darum, reinkommen zu dürfen. Aus dem Wohnzimmer dröhnten schwere Gitarrenriffs und wummernde Bässe. Miefige Kleidungsstücke lagen überall auf dem Boden, und auf der Flurkommode schimmelte der Inhalt einer alte Kaffeetasse vor sich hin. Jan hatte noch nie so eine Unordnung gesehen, nicht einmal im Studentenwohnheim. Ein süßlicher Duft lag in der Luft. Kahlbach zog die Wohnzimmertür ein Stück zu, um die Musik zu dämpfen, und blieb mit Jan im Flur.

»Herr Kahlberg«, fing Jan an.

»Ich heiße Kahlbach«, korrigierte ihn der Mann mit dem Vollbart und dem Pferdeschwanz.

»Also gut, Herr Kahlbach. Haben Sie exotische Haustiere?«

»Was meinen Sie mit exotisch?«

»Spinnen zum Beispiel?«

Kahlbach lachte.

»Hier läuft schon mal die ein oder andere Spinne die Wand hoch. Ist das verboten, oder warum kommt dann gleich die Kripo?«

»Na, ich dachte eher an exotische Spinnen. Vogelspinnen zum Beispiel.«

»Vogelspinnen? Nee!«, war Kahlbachs kurze Antwort, und Jan musste annehmen, dass das gelogen war. Wenn Kahlbach als Täter infrage kam, befand er sich gerade in einer brenzligen Situation, und er fragte sich, warum Steiner ihn hierher gebracht hatte.

»Ich habe aber einen Hinweis bekommen, dass Sie eine schwarze Vogelspinne im Mechernicher Terrarienladen gekauft haben«, fuhr Jan fort.

»Ach so, ja. Die … die hab' ich verschenkt.«

»Verschenkt?«

»Ja, verschenkt«, sagte Kahlbach, als sei es die normalste Sache der Welt, Vogelspinnen zu verschenken.

»Darf ich fragen, an wen?«

»War ein Geburtstagsgeschenk für meine Schwester. Die liebt diese Viecher«, sagte Kahlbach und zischte mit der Nase. Dann sah er zu Boden, als hätte er sich selbst beim Lügen erwischt. Auch Jan spürte, dass Kahlbach ihm nicht die Wahrheit sagte. Er war auf der Hut.

»Herr Kahlbach, wo waren Sie in der Nacht vom 8. auf den 9. September?«

»Keine Ahnung. Zu Hause, denke ich.«

»Kann das jemand bezeugen?«

»Nein, ich war alleine.«

»Und in der Nacht vom 11. auf den 12. September?«

Kahli zuckte mit den Schultern.

»Haben Sie ein Alibi für die Nacht vom 16. auf den 17. September?«

»Weiß ich auch nicht, ist schon so lange her …«

»Das war vorgestern«, korrigierte Jan.

»Da war ich wohl im Kino.«

»Die ganze Nacht?«

»Ja, die ganze Nacht«, bestätigte Kahlbach und kicherte plötzlich.

Dieser Typ verhielt sich wie ein Tatverdächtiger. Die Spinnenspur führte zu ihm, er hatte kriminelle Vorerfahrung, er hatte kein Alibi, und er log, ohne sich zu bemühen, seine Falschaussagen wenigstens wahr erscheinen zu lassen. Aber war ausgerechnet der in der Lage, drei Menschen brutal zu töten? Der hatte sich doch das halbe Gehirn weggekifft.

»Herr Kahlbach, halten Sie sich bitte bereit für eine längere Vernehmung. Gleich werden Kollegen vorbeikommen und Sie mit zur Dienststelle nehmen.«

»Warten Sie einen Augenblick«, sagte Kahlbach plötzlich und ging ins Wohnzimmer. Durch den Türspalt sah Jan ein großes Wandtattoo hinter dem Sofa. Ein Wikinger-Wappen mit zwei gekreuzten Äxten und einem Hammer in der Mitte. Einem Thorshammer!

Jan folgte Kahlbach ins Wohnzimmer. Kahlbach war nicht zu sehen. Jan drehte sich blitzschnell um und sah ihn hinter der Tür herschleichen, gerade im Begriff, eine Flasche auf Jan zu zerschmettern. Er reagierte sofort und versetzte Kahlbach einen Tritt gegen das Bein, der ihn in die Knie zwang. Dann hielt er ihn im Polizeigriff fest und kramte mit der freien Hand die Handschellen hervor.

Während Kahlbach gefesselt auf dem Boden lag, rief Jan eine Streife, die Koks-Kahli zur Polizeibehörde bringen würde.

* * *

Am Nachmittag verfolgte Jan, wie die Verhörprofis Knoll und Wagner bei Kahlbach ganze Arbeit leisteten. Eine Stunde nach Beginn der Vernehmung hatten sie sämtliche Fakten auf dem

Tisch, die den dringenden Tatverdacht gegen Kahlbach, von seinen Bekannten Kahli und von seinen Kunden Koks-Kahli genannt, bestätigten: Zunächst hatte Kahlbach von seiner traurigen Kindheit erzählt, vom Vater, der die Familie eines Nachts Hals über Kopf verlassen habe, als Kahli vier Jahre alt gewesen war, und von seiner Mutter, die seitdem gesoffen und geprügelt habe. Als Kind war Kahli von den Berger-Zwillingen aufs Übelste drangsaliert worden, immer und immer wieder. Auch Mike Schmitz war gelegentlich dabei gewesen. Als besonders traumatisch hatte Kahli es empfunden, dass die Terror-Kinder seine geliebte Edda getötet hatten – Kahlis Katze, die sie vor seinen Augen an einem Baum aufgehängt hatten. Die ständigen Attacken hatten nach Kahlis Angaben dazu geführt, dass er jahrelang gestottert hatte, während der Schulzeit unter Lernstörungen und bis heute unter Angstzuständen litt. So war er seit seiner Jugendzeit in die Szene gerutscht und verdiente sein Geld hauptsächlich durch Drogendeals. Ob er selbst auch Drogen nehme, hatte Wagner ihn gefragt, und Kahli hatte zugegeben, dass er täglich mehrere Joints »wegzische«. Er hatte bestätigt, dass ihm die Halskette gehörte, die Jan am Pranger gefunden hatte. Er musste sie irgendwo verloren haben, konnte aber nicht sagen, wo. Ebenfalls hatte Kahli den Kauf der Spinne bestätigt, und als Wagner ihm vorgehalten hatte, die Spinne zur Folter benutzt zu haben, hatte Kahli nur noch gekichert. Und als Wagner fragte, wieso die drei Männer auf die grausame Art sterben mussten, lachte Kahli noch lauter und sagte: »Weil sie es verdient haben.«

Schließlich hatte er auch zugegeben, dass er auf Jan mit einer Flasche einschlagen wollte, weil er sich, wie er sagte, während des Gesprächs mit Jan »unwohl« gefühlt habe. Er hätte gemerkt, dass das Gespräch mit dem jungen Kommissar nicht gut gelaufen war, und er habe Ärger mit der Polizei vermeiden wollen.

Auf Jan hatte dieser Kahli während der Vernehmung wie ein Mann mit einer leichten geistigen Behinderung gewirkt, den man nicht wirklich ernst nehmen konnte. Kein Wunder bei dem, was der durchgemacht hatte. Wenn man als Kind das Gewaltopfer von anderen Kindern geworden war und seit zwanzig Jahren intensiv kiffte, musste das doch zwangsläufig einen psychischen Schaden hinterlassen. Kahli war in einer Welt voller Gewalt groß geworden, in einer Welt, in der er niemandem trauen konnte, weder seinem Vater, noch seiner Mutter, noch seinen Mitschülern.

Nach dem Verhör hatte Jan viel Schulterklopfen geerntet, von Wagner, Knoll und Steiner. Aber Jan fühlte sich ein wenig unwohl mit dem Ausgang des Falls. Für diesen Mann, der drei Menschen am Pranger getötet haben sollte, empfand Jan großes Mitleid.

* * *

Das Lob der Kollegen und Vorgesetzten tat ihm gut, sehr gut. Am Abend hatte Jan sein Bücherregal wieder eingeräumt und die Pläne, aus dem Polizeidienst auszusteigen, verworfen. Dann hatte er sich einen Tee aufgesetzt. Er musste heute Abend dringend mal abschalten und endlich mal wieder ein gutes Buch lesen. Er war von einem Tatverdächtigen angegriffen worden, hatte unzählige Verhöre geführt, sich mit seinem äußerst schwierigen Vorgesetzten arrangiert – und letztlich doch den Überblick behalten. Er durfte eigentlich zufrieden mit sich sein.

Eigentlich.

Jan schaltete die Stehlampe an, griff im Regal in die Philosophenabteilung und zog ein Buch mit grünem Einband heraus. Descartes. Warum nicht? Den kannte zwar jeder, der sich halbwegs für Philosophie interessierte, und auch Jan hatte ihn schon zwei Mal gelesen, aber auf die Lektüre eines neuen Buches hatte Jan heute Abend keine Lust, und so entschied er sich, den französischen Denker aus der Aufklärungszeit erneut durchzublättern, um vielleicht noch neue gedankliche Nischen bei dem alten Meister der Erkenntnistheorie zu finden.

Jan setzte sich in seinen Lesesessel und schlug die ersten Seiten der *Meditationen über die Grundlagen der Philosophie* auf, in denen Descartes nach einem neuen Fundament sicheren Wissens suchte. *Woran man zweifeln kann* lautete die Überschrift des ersten Kapitels. Descartes benutzte den Zweifel als philosophische Methode: Eigentlich tat er nur so, als würde er alles Mögliche bezweifeln – dass die Dinge, die er sehen konnte, wirklich waren, dass eins plus eins zwei ergab, dass er gerade wach war und nicht träumte –, um auf diese Weise unbezweifelbare Wahrheiten zu finden.

Jan sah von den Seiten auf. Diese Methode war so einfach wie genial. Eigentlich auch eine geeignete Methode für eine Mordermittlung. Zunächst alle Indizien bezweifeln, um ihre Grundlage zu prüfen.

Jan machte die Probe und bezweifelte, dass Kahli, den sie heute festgenommen hatten, wirklich der Mörder war. Irgendwie hatte Kahli es der Mordkommission zu einfach gemacht. Es gab viele, beinahe zu viele Hinweise, die auf ihn zielten, aber er hatte aus irgendeinem Grund nicht den Eindruck gehabt, dass Kahli tatsächlich der Mörder war, den sie seit zwei Wochen suchten.

War die Wahrheit denn die Summe der Indizien? Kahli hatte die Tat, genau genommen, nicht gestanden. Er hatte nur gesagt, dass Georg, Andreas und Mike es verdient hatten, zu sterben. Jan hatte große Zweifel an Kahlis Schuld.

Intuition, hätte Steiner gesagt. Jan musste weiter nach dem Fundament der Wahrheit suchen.

Gerade, als er die Nase wieder in das Buch stecken wollte, klingelte sein Telefon.

»Hallo?«

»Herr Grimberg? Entschuldigen Sie bitte die späte Störung. Martina Berger hier. Ich habe da vielleicht etwas gefunden, das Sie interessieren könnte.«

»Einen Moment, Frau Berger ...«

Jan sprang auf, ging zu seinem Schreibtisch, kramte einen Notizblock aus der Schublade und klemmte einen Stift zwischen die Finger.

»Ich höre ...«

»In einem alten Aktenordner mit allerlei Dokumenten habe ich eine Gerichtsvorladung gefunden.«

»Eine Vorladung?«

»Genau. Georg wurde für den 30. September 2003 zum Amtsgericht Münster vorgeladen. Davon hat er mir nie erzählt. Es ging irgendwie um Mobbing.«

Jan ließ sich den Text und das Aktenzeichen diktieren. »Und Georg hat nie mit Ihnen darüber gesprochen?«, wollte Jan wissen.

»Nein, nie«, antwortete die Witwe Berger. »Meinen Sie, dass das mit dem Mord an Georg zu tun hat?«

»Das kann ich nicht sagen. Aber es ist auf jeden Fall ein Hinweis, dem ich nachgehen werde«, sagte Jan, bedankte sich für ihren Anruf und legte auf.

Eine Gerichtsvorladung also. Das ergab einen Sinn. Jan schrieb *Gerichtsvorladung* auf einen neuen Zettel, daneben das Wort *Gerichtssäule*. Das war die Verbindung! Vielleicht. Die Ermordeten hatten sich vor langer Zeit vor Gericht verantworten müssen, und nun waren sie an einer Gerichtssäule hingerichtet worden. Warum? Wahrscheinlich, weil sie vom Gericht nicht verurteilt worden waren. Der Mörder spielte nun selbst Richter.

Jan setzte sich an den PC und recherchierte im Internet nach Berichten über den Fall, der aus der Vorladung hervorging. Schnell wurde er fündig. Die *Münsteraner Morgenpost* hatte einige Tage nach dem Gerichtstermin einen Artikel im online-Archiv gespeichert. Aufmerksam las Jan jedes Wort.

Vom Traummann zu Tode gemobbt, lautete die Schlagzeile.

Sie war einsam, und sie träumte wie alle jungen Frauen in ihrem Alter von der großen Liebe. Doch weil sie sich zu hässlich fand und schüchtern war, meldete sich Daniela S. im Sommer des vergangenen Jahres in einer Internet-Kontaktbörse an. Dort stieß sie auf den charmanten Konrad, in den sie sich Hals über Kopf verliebte. Doch ihr virtueller Traummann existierte in der Realität gar nicht: Alles war nur ein Streich der Kölner Studenten Georg B., Mike S. und Andreas B., die sich nun vor dem Amtsgericht Münster verantworten mussten (AZ 9994/37541). Sie machten sich einen Spaß aus dem Kontakt der leichtgläubigen Daniela S. und versprachen ihr unter dem Namen Konrad das Blaue vom Himmel, bis sie den Ton in ihren Kontaktmails änderten. »Die Welt wäre besser ohne dich dran, du Missgeburt«, schrieben sie im Namen von Konrad, der Daniela S. zuvor noch so liebliche Briefe geschrieben hatte. Das riss der labilen jungen Frau den Boden unter den Füßen weg. Die Beschimpfungen der Studenten, die Daniela S. immer noch für Konrad hielt, trieben sie so zur Verzweiflung, dass sie sich das Leben nahm.

»Sie haben unsere Tochter getötet«, klagten die Eltern gestern vor dem Richter des Amtsgerichts.

»Ein tragischer Unglücksfall«, verteidigte der Anwalt die drei angeklagten jungen Männer. Der Richter gab dem Anwalt schließ-

lich recht. Es gebe keine Beweise, dass sich Daniela S. aufgrund der E-Mails umgebracht habe. Georg B., Mike S. und Andreas B. verließen am späten Nachmittag das Gerichtsgebäude als freie Männer, während die Eltern von Daniela S. den drei Peinigern ihrer Tochter fassungslos hinterherblickten.

Jan las den Bericht sofort ein zweites Mal. Und noch ein weiteres Mal. Das Aktenzeichen im Artikel stimmte mit dem in der Vorladung an Georg Berger überein, die abgekürzten Namen waren eindeutig. Es musste sich hier um exakt die drei Männer handeln, die in den vergangen zwei Wochen alle hier in Kommern am Schandpfahl hingerichtet wurden.

Das konnte, nein, das musste dem Fall eine neue Richtung geben.

Offenbar hatten die drei Freunde mehr als einmal andere Menschen gequält. Die neuen Informationen konnten auf einen anderen Täter als Kahli hinweisen, mussten es aber nicht zwingend. Jan war völlig aufgedreht. Er beschloss, erst einmal eine Dusche zu nehmen, um einen klaren Kopf zu bekommen. Als er fertig war, goss er sich noch einen Tee ein und versuchte, ruhig zu atmen. Er wollte nicht noch einmal überstürzt handeln und übereilt nach Verdächtigen suchen wie bei Jenny. Die zurückliegenden Stunden waren anstrengend genug gewesen. Morgen war auch noch ein Tag, dann würde er weitersehen, mit Steiner sprechen und vielleicht eine Idee haben, wie er den zehn Jahre alten Gerichtsfall in das Mosaik der Pranger-Morde einordnen konnte.

Jetzt hatte er erst einmal Feierabend.

Er nahm Descartes wieder in die Hand und las weiter über den radikalen Zweifel. Descartes wollte nun gar nichts mehr wahrhaben, was er bisher als wahr angenommen hatte, und spielte mit dem Gedanken, wie es denn wäre, wenn es einen bösen Geist gäbe, der ihn täuschte: Farben, Töne und alles, was er wahrnahm, könnten doch auch bloß ein täuschendes Spiel sein, und er, Descartes, sei mit seiner Leichtgläubigkeit in die Falle dieses täuschendes Geistes gegangen.

Diese Passage hatte Jan immer albern gefunden. Für einen Philosophen war ihm Descartes hier viel zu spekulativ, das grenzte doch an Spinnerei. Konnte das denn wirklich sein, dass nichts wahr war, weil man von einem gottähnlichen Dämon ständig falsche Wahrheiten vorgegaukelt bekam?

Jans Augen wurden müde, und mit letzter Kraft torkelte er ins Schlafzimmer.

* * *

Irgendwann mitten in der Nacht wachte Jan auf und saß sofort aufrecht im Bett. Er sah auf den Wecker. Vier Uhr. Er hatte die ganze Zeit Descartes im Kopf und konnte kaum unterscheiden, ob er Descartes' Worte im Traum gehört hatte, oder ob er zwischendurch immer wieder wach gewesen war.

So will ich denn annehmen, irgendein böser Geist habe all seinen Fleiß daran gewandt, mich zu täuschen. Immer und immer wieder hatte er dieses Zitat vor Augen. War auch er von einem, der über den Dingen stand, getäuscht worden? Hatte dieser Jemand ganz gezielt seine, Jans Sicht der Dinge beeinflusst? Konnte es sein, dass …

Und dann sah Jan auf einmal alles klar. Er hatte das Puzzlestück gefunden. Er hatte das Fundament gefunden, das zur Wahrheit bei den Kommerner Schandpfahl-Morden führte.

Er war die ganze Zeit von einem bösen Geist getäuscht worden, der mit seiner Leichtgläubigkeit gespielt hatte.

13. Kapitel

20. September 2013

Ihr Opfer war völlig ahnungslos. Kankra beobachtete es eine ganze Weile, geduldig wartete sie auf den richtigen Moment, bis sie schließlich zuschlug. Fast sah es so aus, als wäre es für sie nur ein Spiel. Langsam schlich sie sich an ihr Opfer heran, um dann mit einer plötzlichen, schnellen Bewegung darüber herzufallen. Erbarmungslos. Kankra ahnte nicht, dass sie dabei selbst beobachtet wurde.

Henri stand am Terrarium und verfolgte die Spinnenfütterung wie ein spannendes Fußballspiel. »Do the evolution, baby«, sang er.

Kankra hatte die Grille gerade überwältigt. Nun begann ihre eigentliche Mahlzeit. Das Frühstück. Genüsslich saugte die Vogelspinne an ihrer Beute. Sie war so süß, fand Henri, als er einen kalten Luftzug im Nacken spürte.

Die Tür seines Geschäfts hatte sich geöffnet, zwei Männer kamen herein.

Henri drehte sich um. »Thorsten, Jörn, was führt euch denn hierher«, fragte Henri erstaunt und erfreut, denn er kannte die beiden zwar schon seit der Schulzeit, doch hatten sie ihn, wie die meisten ehemaligen Klassenkameraden, bisher wie einen Außenseiter behandelt. Wer sich für außergewöhnliche Haustiere interessierte, galt in der Eifel als Freak, so war es nun einmal.

»Wir sehen uns nur ein wenig um«, sagte Thorsten.

»Wenn ich euch helfen kann, stehe ich euch jederzeit zur Verfügung«, freute sich Henri und widmete sich wieder seiner süßen Kankra.

Kaum hatte er sich umgedreht, spürte er einen Schlag auf den Kopf. Benommen merkte er, wie man ihn packte und durch die Hintertür nach draußen schleifte.

* * *

Zehn Minuten fühlten sich an wie eine Ewigkeit. Nur zehn Minuten waren vergangen, seit Jan sein Auto in einer hübschen Wohnstraße in Stotzheim geparkt hatte, aber es kam ihm vor, als würde er schon seit Stunden im Wagen sitzen. Was, wenn er mit seinem Verdacht wieder falsch lag? Nein, diesmal irrte er sich nicht, ganz sicher. Er zögerte noch einen Augenblick, dann stieg er endlich aus, ging auf das grüne Tor zu, hinter dem sich das Haus seines Kollegen verbarg, und klingelte. Der elektrische Öffner summte, und Jan trat ein, ging über den Innenhof und wurde an der Haustür von Steiner empfangen.

»Grimberg, was führt dich so früh hierher? Dienstbesprechung ist doch erst um zehn Uhr.«

»Es gibt Neuigkeiten«, sagte Jan und ging in den Hausflur. Steiner führte ihn ins Wohnzimmer, das bestens mit Ikea-Möbeln ausgestattet war. Die Wände wirkten kahl, kein einziges Bild, kein einziges Foto.

»Ich habe heute Nacht den Fall aufgeklärt«, sagte Jan unvermittelt.

»Wovon redest du? Der Täter ist festgesetzt. Die Schwierigkeit ab jetzt wird darin bestehen, die Zurechnungsfähigkeit des Mannes nachzuweisen. Warum hast du nicht bis zur Dienstbesprechung gewartet?«

»Ich wollte zuerst mit dir darüber sprechen«, antwortete Jan. Steiner sah ihn neugierig an.

»Kahli war es nicht«, fuhr Jan fort.

Steiner warf ihm fragende Blicke zu. »Hast du neue Beweise gefunden?«

»Nein, aber neue Indizien. Und eine neue Hypothese. Und alles passt jetzt zusammen. Alles. Diesmal bin ich mir sicher.«

»Na, dann erzähl mal«, sagte Steiner. »Willst du einen Kaffee?«, fragte er hinterher und wollte sich in Richtung Küche begeben.

»Nein, erzähl du«, antwortete Jan. »Erzähl mir von Daniela!«

Steiner blieb augenblicklich stehen und drehte sich langsam um.

Jan sprach weiter: »Erzähl mir von Daniela, und erzähl mir, warum das mit Georg, Andreas und Mike erst jetzt passiert ist.«

Steiner erstarrte. Er sah Jan verblüfft an wie jemanden, den man von Anfang an unterschätzt hat.

»Ich weiß, warum du es getan hast. Es hat mit dem Gerichtsprozess vor zehn Jahren in Münster zu tun. Aber ich will es von dir hören, und ich will nicht nur wissen, ich will verstehen«, sagte Jan und kämpfte mit den Tränen. Gerade hatte er angefangen, Steiner zu mögen, und jetzt …

Steiner sah ihn lange an, seine Augen wurden dabei immer trauriger, und schließlich blickte er auf den Boden. Dann seufzte er auf, steckte sich eine Zigarette an und nahm ein gerahmtes Bild aus der Schublade. Er hielt es Jan hin. Eine junge Frau, fast noch ein Kind, lächelte unsicher in die Kamera.

Dann begann Steiner: »Das ist Daniela. Meine Tochter. Sie lebt nicht mehr, wie du weißt.« Steiner sah ihn nicht an, sondern blickte aus dem Fenster. Er fuhr fort: »Daniela lebt nicht mehr, und schuld sind Andreas, Georg und Mike, diese Schweine. Sie haben sich ein schwaches Wesen wie Daniela ausgesucht, um sie fertigzumachen, ohne ihr je begegnet zu sein. Hast du eine Vorstellung davon, was Verlust bedeutet?

Ich meine nicht eine Trennung von einem Mädchen, sondern ich meine den Tod deines Kindes. Ich habe als Polizist vieles gesehen, Morde aus Eifersucht, Morde aus Gier, Morde bei eskalierender Gewalt. Aber was die drei meiner Daniela angetan haben, war viel niederträchtiger. Sie haben einen Menschen, den sie nicht kannten, aus Jux gequält und leiden lassen. Sie haben sich ein Opfer ausgesucht, das fast 200 Kilometer weit weg wohnte, und sie brauchten dafür nur vor ihrem Computer zu sitzen, ohne ihrem Opfer in die Augen zu sehen. Wie einfach das heute geworden ist. Daniela war ein gutes Mädchen. Sie war immer sehr schüchtern, sensibel, zurückhaltend, beinahe gehemmt, wenn sie mit anderen Menschen sprechen musste. Deswegen sprach sie kaum, weil sie sich sofort immer fragte, was andere über sie dachten, wenn sie den Mund aufmachte. Sie litt unter Minderwertigkeitskomplexen, dachte, sie hätte zu schiefe Zähne, eine unweibliche Stimme, außerdem hielt sie sich für zu dick. Sie hat mit siebzehn mal eine Therapie deswegen gemacht, aber dann erfolglos abgebrochen.« Steiner hielt inne und nahm einige Lungenzüge. Dann erzählte er weiter. »Ihre einzige Freundin war Anja, mit der sie Abitur gemacht hatte. Als beide anfingen zu studieren, hatte Anja einen Freund und zog sich von Daniela zurück. Daniela wurde dadurch einsamer. An der Uni fand sie keine neuen Freunde, und sie sehnte sich nach einer Beziehung, wie Anja sie nun hatte. Daniela studierte zwar in Münster, wollte aber nicht zu Hause wohnen bleiben, sondern ihr eigenes Apartment haben, obwohl wir nicht weit von der Universität entfernt wohnten. In ihrer Einsamkeit begab sich Daniela auf die Suche nach einer Beziehung und meldete sich im Internet bei einer Singlebörse an: *Dating Space*. Und sie hatte Erfolg, glaubte sie: Sie erzählte mir eines Tages, dass sie einen jungen, gut aussehenden und lieben Mann kennengelernt habe, mit dem sie sich lange E-Mails schreibe. Konrad hieß er, das glaubte sie zumindest. Konrad war die Erfüllung ihrer Träume: Er hatte Verständnis für ihre Schüchternheit und für ihren Wunsch, zunächst nur eine Brieffreundschaft aufzubauen. Konrad hatte ähnliche Interessen wie sie, war belesen, interessierte sich für klassische Musik, Kunst und fernöstliche Religionen. Wie Daniela. Und Konrad stellte viele Fragen an sie, er war der erste Mensch, der sich für sie als Person interessierte: Wollte wissen, wovon sie träumte, was ihr wichtig war und was sie tat, wenn sie im Regen ohne Schirm unterwegs war. Ein Romantiker. Daniela war bis in die tiefsten Winkel ihres Herzens verliebt in ihn. Er schickte ihr Fotos von sich, sie fand ihn süß und sie schickte ihrerseits Fotos. Ein echter Vertrauensbeweis, denn Daniela hasste es, Fotos von sich zu sehen. Aber Konrad beteuerte, dass er sie attraktiv fand. Er hielt über mehrere Wochen die Begeisterung per E-Mail aufrecht und stellte in Aussicht, dass er sie bald treffen wolle. Bis sich der Ton änderte. Schlagartig, ohne Vorwarnung, ohne Anlass. Der Schöne wurde zum Biest. Zum böswilligsten Biest, das man sich vorstellen kann. Plötzlich beleidigte er sie in seinen Mails aufs Schlimmste, nannte sie die hässlichste und langweiligste Frau, die er kenne, schrieb, dass sie nie einen Mann abbekommen werde und schließlich, dass die Welt ohne sie besser wäre.« Wieder stockte Steiner. Dann sagte er: »Daniela war am Ende. Wochenlang war sie glücklich gewesen, glücklicher als je zuvor in ihrem Leben. Aber mit *Dating Space* hatte sie sich ihre eigene Hölle geschaffen. Unter Schluchzen erzählte sie mir am Telefon alles, aber sie ließ sich nicht beruhigen. Meine Frau und ich fragten, ob wir zu ihr kommen sollten. Daniela verneinte und sagte, dass Anja bei ihr sei und sich um sie kümmerte, was aber gelogen war. Daniela wollte allein sein. Als wir sie am nächsten Tag nicht erreichten, hatten wir eine böse Vorahnung. Ich blieb zu Hause und bewachte das Telefon, meine Frau fuhr zu Danielas Appartement. Die Vermieterin, die im Untergeschoss wohnte, schloss ihr die Tür auf. Sie fand Daniela mit aufgeschlitzten Pulsadern in der Badewanne. Sie war schon seit Stunden tot.« Steiner konnte nicht weiterreden. Sein Oberkörper zuckte und zitterte unkontrolliert.

Jan wusste nicht, wie er sich jetzt verhalten sollte. Reflexartig wollte er den Arm um Steiner legen, aber er beherrschte sich. Steiner fiel auf die Knie und sah eine Weile aus wie ein trotziges Kind. Dann fing er sich, setzte sich auf dem Boden hin und lehnte sich mit dem Rücken an die Wand.

Jan tat es ihm gleich, setzte sich ebenfalls auf den Boden und lehnte sich an das gegenüberliegende Regal. Er wollte jetzt alles aus Steiners Mund hören, und es gab vieles, was er noch nicht verstand. »Diesen Konrad hat es also nie gegeben«, setzte Jan das Gespräch fort.

Steiner schüttelte den Kopf. Er flüsterte: »Nein, es gab keinen Konrad. Konrad, das waren drei unreife Studenten, die sich einen Jux erlauben wollten. Sie trafen sich fast jeden Abend, tranken Bier und schrieben Mails an verschiedene Frauen im *Dating Space*. Ihre Namen waren Andreas Berger, Georg Berger und Mike Schmitz. Es war nicht schwer, die Absender der E-Mails ausfindig zu machen. Es war auch nicht schwer, ihnen das Geständnis ihrer Internetspielchen zu entlocken. Aber es war zu schwer, sie dafür verurteilen zu lassen.«

»Das kann ich mir denken. Für so etwas fehlt bislang noch eine Rechtsgrundlage«, sagte Jan.

»Richtig, Herr Rechtswissenschaftler. Die wenigsten Cybermobbing-Opfer begehen Selbstmord, sagte der damalige Richter und nannte Danielas Tod eine tragische Ausnahme.

Eine tragische Ausnahme, verstehst du? Meine Tochter wurde das Opfer eines Studentenstreichs. Und die drei miesen Kerle zeigten vor Gericht keine Reue, sondern setzten alles daran freigesprochen zu werden. Und so geschah es.«

Jan nickte. Er verstand. »Und weil der Richter sie nicht verurteilt hat, hast du die drei gerichtet. Aber warum hast du zehn Jahre gewartet?«

»Ich habe gehofft, dass meine Gedanken mit dem Fall irgendwann abschließen können. Aber es ging nicht. Seit Danielas Tod lebt meine Frau quasi ständig in der Psychiatrie. Sie hat eine chronifizierte posttraumatische Belastungsstörung. Sie kam immer mal wieder raus und ließ sich dann aber wieder einweisen, weil sie in ihrem Dasein keinen Sinn mehr sieht. Ihr Leben ist kaputt. Kleinste Ereignisse und Reize reichen aus, um sie an das Trauma zu erinnern, ihre tote Tochter in der Badewanne zu sehen. Sie verlässt ihr Zimmer nicht mehr aus Angst, wieder etwas Schreckliches zu finden. Sie wacht jeden Morgen mit Höllenqualen auf und geht jeden Abend mit denselben Dämonen ins Bett. Das ist ihr Leben.«

Jan sah ihn aufmerksam an und schwieg.

»Vor einigen Monaten sagte mir der behandelnde Arzt, dass er keine Perspektive sehe, dass sich ihr Zustand je wieder ändert. Und da wurde mir klar, dass die drei Typen meine ganze Familie zerstört haben, dass sie dafür nicht bestraft worden sind und auch sonst kaum jemand von ihren Taten Notiz genommen hatte. Als wäre gar nichts geschehen. Sie hatten mir mein Kind genommen und jetzt auch noch meine Frau, und sie führten jetzt selbst ein unbekümmertes Leben als Familienväter. Sie hatten meine Ehe zerstört und spielten selbst die braven Ehemänner. Da wurde mir klar, dass ich etwas tun musste. Und dann ließ ich mich in die Eifel versetzen, wo diese Schweine heute ein bürgerliches Leben führten.

Hier konnte ich sie in Ruhe beschatten und meinen Plan machen. Sehr sorgfältig habe ich geplant. Ich kannte ihre Tagesabläufe, kannte ihr Leben im trauten Heim und ihre Geheimnisse, wusste sogar, was Georg Berger mit seinen Referendarinnen macht. Erst als ich in die Eifel zog und das Freilichtmuseum kennenlernte, kam mir die Idee für den perfekten Tatort: Ich wollte die drei Übeltäter für ihre Taten bestrafen und gleichzeitig ein Zeichen für die Schande setzen, die die bereitet haben. Was war dafür besser geeignet als ein historischer Schandpfahl? Als Polizist war ich schnell mit dem Sicherheitskonzept des Museums vertraut. Ich wusste, dass die Kameras durch den Blitzschlag zerstört waren, ich kannte die Rundgänge der Wachdienste, und als das Wachpersonal aufgestockt wurde, habe ich einige der Nachtwächter mit Blasrohr und Betäubungspfeil außer Gefecht gesetzt, um meine Arbeit ungestört fortsetzen zu können. Ich hatte alles gründlich geplant, und dann war die Zeit plötzlich reif. Es hat sich sehr gut gefügt, dass ich alle drei in günstigen Momenten erwischen konnte, sodass ich innerhalb weniger Tage alle an den Pranger bringen konnte, wo die Öffentlichkeit sie sehen und darüber nachdenken sollte, ob diese Normalos wirklich so brave Bürger waren, wie sie allen erschienen.«

»Du hast sie stundenlang gefoltert, ehe du sie umgebracht hast.«

»Was sind ein paar Stunden gegen zehn Jahre, die ich und meine Frau schon gefoltert werden?«

»Ich will wissen, wie du genau vorgegangen bist.«

»Andreas Berger habe ich nachts vor seiner Tür abgefangen. Habe ihn mit einer Karte in der Hand nach dem Weg gefragt, mit Äther betäubt und ins Auto gepackt. Bin hoch zum Museum gefahren, habe ihn über die Schulter genommen, unter dem Zaun hergeschleift und am Schandpfahl festgekettet. Als er zu sich kam, habe ich die Vogelspinne über ihn krabbeln lassen. Er sollte sich vor dem Tierchen ekeln, ich wollte die Todespanik in seinen Augen sehen. Und: Die Spinne ist ein Symbol für die Sünde, die ihm deutlich werden sollte. Die Spinne habe ich dann wieder eingefangen und für die nächsten Opfer aufbewahrt. Danach habe ich ihn mit Eiern und Steinen beworfen, so wie früher die Delinquenten am Pranger vom Volk bestraft wurden. Du kannst dir nicht vorstellen, wie befreiend das war. Mit jedem Wurf löste sich ein kleiner Stein in meinem Herzen, der es zehn Jahre lang erdrückt hatte. Mit jedem Schmerz, den ich Andreas zufügte, ließen *meine* Schmerzen endlich nach.«

Jan dachte daran, wie Anne Berger auf Steiner eingeschlagen hatte. Ihm wurde klar, wie viel Wahrheit in diesem Bild steckte, ohne dass Anne Berger das geahnt hatte.

»Am Ende schlitzte ich ihm mit sauberen Schnitten die Pulsadern auf. Er sollte so sterben wie Daniela. Bei Georg und Mike war das Prozedere gleich, wie du weißt. Georg habe ich bei einem Spaziergang aufgelauert. Er war vielleicht der Mieseste von allen, und er hat mich am erbärmlichsten angesehen, er hat am lautesten gewimmert. Bei Mike hatte ich sogar den Eindruck, dass er darauf gewartet hat, dass ich ihn hole. Am Tag, nachdem ich den dritten von ihnen gerichtet hatte, fühlte ich alles um mich herum viel intensiver als zuvor, das Essen schmeckte mir auf einmal wieder, der Schlaf war erholsamer, das Wasser in der Dusche frischer – ich fühlte mich wie neu geboren.«

Jan sah an Steiner vorbei. »Welche Rolle habe ich in der ganzen Inszenierung gehabt? Ich meine – war das Ganze eine Art Spiel?«

»Nein, es war nicht bloß ein Spiel. Am Anfang kamst du mir nur sehr gelegen. Bilinski hatte mir von dir erzählt. Er hielt nicht viel von dir. Bilinski erzählte mir, was für eine Pfeife du wärst und dass du es wohl nicht weit bringen würdest, weil du selber nicht weißt, was du willst. Deswegen habe ich mich als Mentor angeboten, und Bilinski hat sofort zugestimmt, weil er froh war, dass er dich los war.«

Jan biss die Zähne zusammen, schluckte kurz und sah mit scharfem Blick auf Steiner.

»Du kamst also pünktlich zur ersten Hinrichtung an meine Seite, und ich dachte mir, dass es für mich nicht besser laufen könnte, wenn ich in meiner eigenen Sache ermittle und einen unfähigen Anfänger an meiner Seite habe.«

»Du dachtest, du könntest mich für deine Ermittlungen manipulieren?«

»Im Prinzip hat das auch geklappt ... Zumindest hast du mir einige Tatverdächtige beschert, sodass ich mein Werk ungehindert vollenden konnte. Am Ende bist du sogar auf Koks-Kahli angesprungen.«

»Ich hatte aber gleich so ein Gefühl, dass er der Falsche ist. Seine Aussagen waren zu offensichtlich gelogen. Als wollte er damit eine falsche Spur legen. Hast du dahinter gesteckt?«

»Koks-Kahli sollte die Spinne für mich kaufen – mit einem anonymen Arbeitsauftrag in seinem Briefkasten und 500 Euro, die er sich damit gerade mal auf die Schnelle verdient hat. Die Spinnenschachtel hat er dann in ein Postfach gesteckt. Koks-Kahli ist so wirr im Kopf, dass er die Zusammenhänge mit den Pranger-Morden gar nicht durchschaut hat. Für mich war er die Idealbesetzung.«

»Und du hast sicher auch Kahlis Halskette an den Pranger gelegt – in der Nacht, als wir uns im Museum begegnet sind?«

»Natürlich. Ich habe ihn nach einem Drogendeal abgefangen und am Kragen gepackt und ihm gedroht, ihn irgendwann einzubuchten. Dabei habe ich seine Kette abgerissen.«

»Und beinahe wäre Koks-Kahli für die Pranger-Morde verantwortlich gemacht worden. Ein Unschuldiger.«

»Unschuldig? Weißt du, wie viele Menschen er mit seinen Drogen unglücklich macht? Sogar Minderjährige, fast noch Kinder, kaufen bei ihm. Glaub mir, der Welt geht es besser, wenn jemand wie Kahli weggesperrt wird, egal für welches Vergehen.«

Jan schwieg. Steiner schwieg. Die beiden Männer sahen sich emotionslos an.

»Wie bist du mir auf die Spur gekommen?«, wollte Steiner dann wissen.

Die Worte klangen wie aus dem Mund eines Verbrechers, der sich geschlagen gibt. Aber Jans Gedanken sträubten sich immer noch, in Steiner, der ihm in den letzten Tagen ein väterlicher Freund geworden war, einen Mörder zu sehen. Jan antwortete: »Kennst du die *Meditationen* des Philosophen Descartes, in denen Descartes sich fragt, ob es nicht sein könnte, dass ihm ein böser Geist falsche Wahrheiten vorgibt? Mein böser Geist warst du, denn du hast mich durch die Ermittlungen geführt. Du hast mir vorgegaukelt, dass die Spur mit Koks-Kahli zur vermeintlichen Wahrheit in unserem Fall führt. Du warst derjenige, der mich in alle möglichen Richtungen geschickt hat, egal, ob die Spuren heiß oder kalt waren. Irgendwann habe ich mich gewundert, warum so ein erfahrener Kriminalhauptkommissar wie du genauso auf der Stelle tritt wie ich. Und es kam mir merkwürdig vor, dass ausgerechnet du ausgerechnet mich an deiner Seite haben wolltest, wo ich doch selbst gemerkt habe, wie schwer mir die Ermittlungen am Anfang gefallen sind. Du wolltest einfach nicht, dass wir zu schnellen Ergebnissen kommen! Dann deine ständige Unfreundlichkeit bei den Witwen der Opfer: Zuerst dachte ich, das wäre einfach dein Charakter, aber im Nachhinein weiß ich, dass du sie nicht als die armen Frauen der Opfer betrachtet hast, sondern sie als die Frauen der Täter verachtet hast. Dann dein Wissen um die sexuellen Übergriffe von Georg Berger – deine angebliche Intuition! Ich habe doch geahnt, dass du mehr wusstest, als du gesagt hast. Dein nächtliches Auftauchen im Museum in ausgerechnet jener Nacht, in der ich die Halskette finde, die bei der Spurensicherung angeblich nicht weiter aufgefallen ist und die mich ebenfalls zu Kahli führen sollte: Du hast doch sicher gewusst, dass Kahli in seiner Wohnung auch so ein Symbol an der Wand hängen hat? All diese Dinge sind mir immer irgendwie unterbewusst aufgefallen, aber erst als ich den genialen Gedanken von Descartes und seinem täuschenden Geist gelesen habe, ist mir klar geworden, welche Bedeutung diese kleinen, scheinbar unbedeutenden Details deines Verhaltens und unserer Zusammenarbeit haben. Außerdem ist mir erst allmählich aufgefallen, wie gut der Täter arbeiten konnte, ohne nennenswerte Spuren zu hinterlassen und ohne dem Sicherheitsdienst des Museums in die Maschen zu gehen. Das sprach für jemanden, der sich mit vielen Facetten der Polizeiarbeit hervorragend auskennt. Ach ja: Und dann hat sich der Fall um eine Daniela S. ja vor zehn Jahren in Münster zugetragen – also zu jener Zeit, als du dort gelebt hast. All das ist mir in der letzten Nacht durch den Kopf gegangen und hat mich schließlich zu dir geführt.«

Steiner nickte. »Ich weiß, dass du in den letzten Wochen daran gezweifelt hast, ob du wirklich zur Kripo gehen sollst. Jetzt kann ich dir sagen: Du hast das Zeug dazu, Grimberg, du hast dich in deinem ersten Fall bewährt. Und ich hätte gerne noch eine Weile mit dir zusammengearbeitet. Aber du musst jetzt wohl deine Pflicht tun und mich festnehmen.«

Jan liefen wieder die Tränen über die Wangen. Das Leben war so ungerecht. Gerade hatte er angefangen, Steiner zu mögen, wirklich sehr zu mögen.

»Hau ab!«, schrie Jan ihn plötzlich an.

»Wie meinst du das?«, fragte Steiner überrascht.

»Verschwinde!«, wiederholte Jan. Er sprang auf, ging zu Steiner und zog ihn vom Boden hoch. Dann packte er ihn am Kragen und drückte ihn gegen die Wand.

»Ich meine es ernst, Ralf! In einer Stunde fahre ich nach Euskirchen und werde in der Dienstbesprechung die Aufklärung des Falls präsentieren. Bis dahin kannst du dir überlegen, wohin du fliehen willst. Hau ab, Ralf, hau einfach ab, verdammt noch mal«, schrie Jan immer lauter, torkelte zurück und weinte dabei wie ein Kind.

Jetzt war es Steiner, der auf Jan zuging und ihn in den Arm nahm, und Jan ließ es zu und schluchzte hemmungslos. Erst als Jan sich wieder unter Kontrolle hatte, befreite er sich aus Steiners Umarmung und drehte sich von ihm weg wie von einem Hund, den man einschläfern lassen will.

* * *

Als Jans Handy einige Minuten später klingelte, standen die beiden Männer immer noch im Wohnzimmer, ohne sich anzusehen.

Jan atmete tief durch. »Ja?«

»Hier ist Laura. Laura Müller.«

»Laura wer?«

»Laura Müller. Sie haben mich vorgestern angerufen, und ich habe Ihnen gesagt, wo man hier in der Gegend Spinnen und so'n Zeugs kaufen kann.«

»Ach ja.«

»Ich habe ein schlechtes Gewissen. Wenn ihm etwas zustößt, ist es meine Schuld.«

»Was reden Sie da? Wenn wem etwas zustößt?«

»Na Henri, dem Spinnenmann.«

»Was sollte ihm denn passieren? Und was haben Sie damit zu tun?«

»Na, mein Freund ist doch Journalist. Florian Lennartz.«

Jan hatte sofort wieder das mulmige Gefühl im Bauch, mit dem Florian ihn zwei Tage zuvor im *Stollen* zurückgelassen hatte. »Ja, der Florian, ich habe ihn kennengelernt. Und weiter, Frau Müller?«

»Ich habe Florian erzählt, dass Sie sich nach Henri erkundigt haben. Und gerade habe ich in Florians *Spaceface*-Nachrichten gelesen, dass Florian wohl nun glaubt, dass Henri der Prangermörder ist.«

»Was? Woher will er das denn wissen?«, Jan blickte auf Steiner hinab, der völlig regungslos wieder auf dem Boden hockte, den Rücken an die Wand gelehnt. Mit leerem Blick starrte er vor sich hin und schien gar nicht mitzubekommen, dass Jan telefonierte.

»Na, wegen der Spinnenbisswunde am letzten Opfer, diesem, diesem …«

»Wie kommt Ihr Freund denn dazu, solche ungeprüften Informationen im Internet rauszublasen?«, fuhr Jan sie an.

»Ist doch jetzt egal, Herr Grimberg. Aber das ist noch nicht das Problem.«

»Ja, verdammt noch mal, was denn dann?«

»Eben habe ich eine *Spaceface*-Antwort von Thorsten Demmer gelesen. Er schreibt: *Danke für die Info. Und keine Sorge: Henri wird keinem mehr was zuleide tun …* Verstehen Sie?«

»Nicht so ganz.«

»Ich kenne Thorsten. Ein Kerl wie *Rambo*. Der ist ein bisschen hohl in der Birne und haut auch gerne mal zu. Ich glaube, der will ihn lynchen.«

Scheiße, dachte Jan. Auch das noch. »Wissen Sie, wo ich diesen Thorsten finde?«, fragte er.

»Der ist nicht zu Hause. Und Henri erreiche ich in seinem Laden auch nicht mehr. Sie müssen was tun, hören Sie? Da stimmt was nicht.«

»Sagten Sie nicht, Florian und dieser Thorsten kennen sich etwas besser?«

»Ja, wenn man so will – zumindest kennen sie sich …«

»Also, Frau Müller. Fragen Sie Florian, ob er eine Ahnung hat, wo dieser Thorsten sein könnte. Und er soll sich anstrengen. Rufen Sie mich dann bitte sofort zurück«, sagte Jan und beendete das Telefonat.

Steiner starrte weiterhin schweigend vor sich hin. Jan fuhr sich nervös durch die Haare. Er ging im Zimmer auf und ab. Es dauerte keine zwei Minuten, bis Laura wieder anrief.

»Herr Grimberg? Florian weiß es natürlich auch nicht, aber er hat nur so eine Idee: Thorsten arbeitet auf einem Hof in Kommern zwischen Kölner Straße und Bundesstraße. Dort gibt es eine große Scheune. Vielleicht suchen Sie ihn dort mal?«

Jan legte auf.

»Ich brauche deine Hilfe!«, sagte er zu Steiner.

* * *

Henri war nun in Gesellschaft von zwei kräftigen Männern, die ihn ansahen und ihn gestern noch keines Blickes gewürdigt hätten. Eigentlich hätte er sich über so viel Aufmerksamkeit freuen können, aber irgendwie fühlte er sich nun unwohl, was nicht daran lag, dass er so im Mittelpunkt des

Geschehens stand, sondern dass er sich in einer ungünstigen Lage befand: Thorsten hatte ihn mit seinem Halstuch geknebelt, und es stank einfach widerlich nach Schweiß. Der Gartenschlauch und das Verlängerungsstromkabel, mit dem sie Henri gefesselt hatten, wirkten so improvisiert, dass Henri fast darüber lachen konnte. Aber Thorsten und Jörn, die beide mit einem Knüppel in der Hand vor ihm standen, schienen irgendetwas vorzuhaben, und das gefiel ihm gar nicht.

Thorsten, der mit Muskelshirt und Igelfrisur wie ein Actionheld aussah, holte plötzlich mit dem Knüppel aus.

»Das ist für die drei Opfer«, sagte Thorsten, und bevor Henri kapierte, was damit gemeint war, donnerte der Schläger gegen seine Rippen. Er rang nach Luft.

»Und das ist für die Opfer, die noch gekommen wären«, ergänzte Jörn und schlug seinen Knüppel gegen Henris linkes Knie.

Der Schmerz war überwältigend, er verlor fast die Sinne. Irgendjemand hatte die Vorspultaste gedrückt. Direkt zum Ende.

Henris Leben zog an ihm vorbei, und es war ein kurzer, trostloser Film, in dem der Protagonist wenig erreicht hatte. Das einzig Außergewöhnliche an ihm war seine Liebe zu außergewöhnlichen Tieren. Er erinnerte sich daran, dass seine Faszination für Spinnen wohl an jenem Tag begonnen hatte, als er auf einem Kindergeburtstag beim Flaschendrehen ausgewählt worden war, fünf Minuten im Waschkeller des Hauses eingesperrt zu werden, in dem sich angeblich eine fette schwarze Spinne mit roten Augen aufhielt. Tatsächlich hatte sich ein solches Tier an die Wand gekrallt. Aus den vereinbarten fünf Minuten waren fünfunddreißig geworden, die anderen Kinder hatten ohne ihn einige Runden Flaschendrehen weitergespielt und geglaubt, Henri würde sich vor Angst in die Hose machen. Aber Henri hatte sich die Spinne interessiert aus der Nähe angesehen, dann hatte er angefangen, mit ihr zu sprechen, und dabei hatte er das Gefühl gehabt, dass sie ihm zuhörte. Noch nie in seinem Leben hatte ihm jemand so zugehört wie dieses Tierchen. Schließlich hatte er die Spinne auf die Hand genommen, sie war sofort zutraulich geworden und an seinem Arm hochgekrabbelt, er hatte sie wieder in seine Hände geführt, und in dem Moment hatten die anderen Kinder die Tür geöffnet, die Spinne auf Henris Hand gesehen und kreischend die Flucht ergriffen. Am nächsten Tag hatte das Geburtstagskind in der Schule herumerzählt, dass Henri einen an der Waffel habe, weil er auf seiner Geburtstagsfeier nichts Besseres zu tun hätte, als andere mit einer Spinne zu erschrecken.

Nun war es Thorsten, der Henri erschrecken wollte, indem er den Knüppel über seinen Kopf schwang, als wollte er jeden Augenblick zuschlagen.

»Los, Thorsten, mach ihn fertig«, feuerte Jörn ihn an.

»Nein, ich lass ihn langsam leiden, so wie der die anderen hat leiden lassen«, antwortete Thorsten.

Was mache ich nur falsch?, fragte sich Henri, während Thorsten den Knüppel wie ein Henkersbeil über seinen Kopf schwang. Dann drehte sich Thorsten um die eigene Achse und schmetterte seine Waffe wieder gegen Henris Brust. Henri wimmerte. Jörn jubelte.

»Los jetzt«, sagte Thorsten plötzlich zu Jörn, der ihn fragend ansah.

»Wir fahren jetzt mit ihm raus aufs Feld. Und dann wird er einen kleinen Unfall mit dem Mähdrescher haben.«

Jörn lachte wieder, als hätte er nur die Hälfte verstanden. Er brauchte einen Moment, um zu kapieren, was Thorsten meinte. Er zögerte einen Augenblick. Dann ging er raus, um die Maschine fertigzumachen. Nur Sekunden später rannte Jörn wieder in die Scheune.

»Scheiße, da kommt jemand. Versteck den Kerl«, flüsterte er.

»Wie soll ich das denn machen?«, wollte Thorsten wissen.

In dem Moment standen auch schon zwei Männer im Scheuneneingang.

Der jüngere hatte eine Waffe in der Hand und rief: »Lassen Sie ihn los – Polizei!«

* * *

Handschellen klickten. Jörn und Thorsten hatten vor Schreck sofort ihre Knüppel weggeworfen und sich widerstandslos festnehmen lassen. Das war auch gut so, denn Steiner hatte in der Eile seine Waffe nicht mitgenommen und wäre Jan auch sonst keine Hilfe gewesen. Er war immer noch in seiner Lethargie gefangen. Wie unbeteiligt stand er dabei. Jetzt saßen die beiden Kraftprotze Jörn und Thorsten mit gefesselten Händen auf dem Boden und warteten auf die Streifenwagen.

Jan ging zu dem Balken, an dem Henri festgebunden war. Er entknotete den Gartenschlauch und nahm ihm den Knebel aus dem Mund, als er merkte, wie ihn von hinten jemand packte. Plötzlich ging alles ganz schnell. Steiner drehte Jan zur Seite und zog ihm die Dienstwaffe aus dem Halfter. Dann richtete er die Pistole auf seinen Kollegen. Jan sah ihn schockiert an. Ein Klick – Steiner hatte die Waffe entsichert.

»Was soll das, Ralf?«, fragte Jan.

Steiner antwortete nicht und zielte weiter auf Jan. Steiners Augen waren starr. Das war wieder der unberechenbare Steiner, den Jan kennengelernt hatte.

»Ralf, was hast du vor?«, wiederholte Jan.

Aber Steiner sprach nicht mit ihm. Hinter ihm saßen Jörn und Thorsten, daneben stand Henri, und alle drei sahen perplex auf Steiner, weil sie nicht einordnen konnten, was hier gerade vor sich ging.

»Noch kannst du fliehen, Ralf. Noch hast du einen Vorsprung, und es dauert eine Weile, bis ich meine Aussage mache. Die Streife wird sich erst mal um die beiden Typen kümmern, die Henri lynchen wollten.«

Steiner wirkte jetzt unschlüssig. Er schien wirklich nicht zu wissen, was er tun sollte. Jan hatte Angst. Zum ersten Mal als Polizist hatte Jan Todesangst.

»Und dann, Jan, und dann? Was ändert es, wenn ich abhaue?« Steiner machte keine Anstalten, die Waffe runterzunehmen.

»Willst du mich erschießen?«, fragte Jan.

Steiner antwortete nicht. Sekunden vergingen. Jan fürchtete die Antwort. Er hatte Angst, zu sterben.

»Was würde das ändern?« Steiners ausgestreckter Arm begann zu zittern.

»Was willst du denn?«, fragte Jan mit stockender Stimme.

»Ich will, dass die Hinrichtungen von den Mördern meiner Tochter in ihrer Bedeutung wahrgenommen werden. Ich möchte, dass du dabei hilfst. Wenn du meine Aussage bei der KPB weitergibst und vor der Presse sprichst, will ich, dass jeder erfährt, warum ich die drei getötet habe. Die Bedeutung meiner Taten müssen von der Öffentlichkeit richtig wahrgenommen werden. Alle sollen von der Schande meiner Opfer erfahren. Tust du das für mich, Jan?«

Jan nickte. »Ja, Ralf, ich werde deine Taten erklären, so wie du sie selbst auch erklären wirst. Und jetzt nimm die Waffe runter.«

Steiner ignorierte Jans Aufforderung. »Ich könnte doch nicht auf dich schießen, Jan«, sagte Steiner dann. »Du hast so viel Ähnlichkeit mit Daniela. Weißt du, dass ihr das gleiche Sternzeichen habt? Ich hätte nie gedacht, dass an den Merkmalen der Sternzeichen etwas dran ist, aber ihr habt tatsächlich so viel gemeinsam. Du bist in den letzten Tagen wie ein Sohn für mich geworden.«

»Und ich dachte anfangs, du kannst mich gar nicht leiden«, sagte Jan.

»Mein erster Eindruck von dir war vielleicht nicht der beste, aber ich mag dich, und du erinnerst mich daran, wie sehr ich meine Tochter geliebt habe. Und je näher ich Daniela durch deine Anwesenheit war, desto überzeugter war ich davon, dass diese Dreckskerle es verdient haben, zu sterben. Aber das bringt mir Daniela auch nicht zurück. Mein Leben ist für immer zerstört.«

Jörn und Thorsten sahen Steiner fassungslos an. Henri zuckte wie wild mit den Augenlidern.

Steiners Mundwinkel sackten nach unten. Er stieß einen gellenden Schrei aus. Dann weinte er. »Ich kann nicht mehr, Jan, ich kann nicht mehr«, lallte er. Dann beugte er den rechten Arm und hielt sich den Pistolenlauf an den Kopf. Er hatte sich fast unbemerkt gedreht und hatte nun nur noch Jan vor Augen. Die anderen saßen hinter ihm und konnten immer noch nicht begreifen, was sie gerade gehört hatten.

»Nicht, Ralf! Nein!«

»Ich kann nicht mehr, Jan.«

»Leg die Waffe weg«, schrie Jan ihn an. Aber Steiners Augen zeigten Entschlossenheit.

Ein Schlag, begleitet von einem blechernen Ton, stieß Steiner nach vorne. Die Waffe glitt ihm aus der Hand. Jan griff sofort danach, während Steiner, benommen vom plötzlichen

Angriff, zu Boden sank. Hinter ihm stand Henri mit einer alten Milchkanne in der Hand.

Entschuldigend zeigte er auf die Kanne und sagte zu Thorsten: »'tschuldigung, die stand hier rum. Durfte ich die mal kurz nehmen?«

Jan kniete sich zu Steiner, um sich zu vergewissern, dass es ihm gut ging. Zur Sicherheit legte er ihm Handschellen an, damit er keine weiteren Dummheiten machte.

Dann telefonierte Jan mit seinen Kollegen. Kurz darauf flimmerte Blaulicht durch das Scheunentor.

14. Kapitel

22. September 2013

Ein herrlicher Sonntag ist das heute, nicht?«, sagte Dr. Goldmann. Entspannt liefen er und Jan durch das nachgebaute Bergische Dorf.

»Wir haben heute fast mehr Besucher hier als an einem hervorragend besuchten August-Wochenende – als hätten die Morde hier nie stattgefunden«, erklärte der Museumsleiter.

Jan gab dem Mann recht. Das Image des Museums hatte unter der Mordserie nicht gelitten. Die Besucher erfreuten sich nach wie vor der vielen historischen Attraktionen und kamen an diesem sonnigen Tag in Scharen hierher. Und doch war heute etwas anders hier im Freilichtmuseum: Die historische Gerichtssäule zog auffällig viele Blicke auf sich, wie Jan beim Spaziergang durch die Eifel-Gruppe festgestellt hatte. Ganze Menschenmassen hatten sich neben der kleinen Dorfkapelle versammelt, um den Schandpfahl zu besichtigen und zu fotografieren, der in den letzten Wochen immer wieder in den lokalen und überregionalen Zeitungen erwähnt worden war – im Zusammenhang mit dem wohl spektakulärsten Kriminalfall der Geschichte Kommerns. Der Schandpfahl, der bisher als beiläufiges Ausstellungsstück, eingekesselt von zwei Bäumen, nur wenig wahrgenommen worden war, war zur Attraktion geworden.

»Herr Grimberg, ich möchte Ihnen noch mal danken für die schnelle Aufklärung des Falls – nicht nur im Interesse des Museums, sondern vor allem im Interesse der Opfer und ihrer Angehörigen.« Goldmann reichte Jan die Hand und ergänzte: »Sie haben hier natürlich lebenslang freien Eintritt.«

»Den habe ich als Kommerner ja sowieso«, lachte Jan.

Dr. Goldmann lachte auch. »Ach, Sie wohnen also auch in Kommern?«

»Ja«, antwortete Jan. »Und ich finde es auch ganz schön hier. Ich werde wohl noch eine Weile hier wohnen bleiben.«

Warum Jan seinen ersten freien Sonntag nach der Aufklärung der Schandpfahl-Morde ausgerechnet hier im Museum verbrachte, war ihm selbst nicht ganz klar. Irgendwie hatte es ihn heute hierhergezogen. Dann hatte er im Eingangsbereich Dr. Goldmann getroffen und sich bei ihm für die Unannehmlichkeiten entschuldigt, die die Polizeiarbeit in den letzten Tagen dem Museum bereitet hatte – und sich noch mal für die gute Zusammenarbeit mit dem Museum bedankt. Goldmann hatte abgewunken und Jan zu einem Spaziergang durch das Museum eingeladen.

Nach der Baugruppe Eifel hatten sie einen Schleichweg genommen, der an einem alten Friedhof am Rande des Eifeldorfes entlangführte. Beim Anblick der Grabkreuze hatte Jan allerdings weiche Knie bekommen. Zum einen, weil sie ihn daran erinnerten, dass durch Steiners Rachefeldzug nun drei Menschen tot waren. Zum anderen hatten die Kreuze Jan an den Abend erinnert, als er mit Steiner auf dem Friedhof gesessen und zum ersten Mal einen Hauch von Sympathie für ihn empfunden hatte.

Überhaupt hatte er in den letzten beiden Tagen ständig an ihn denken müssen. Nachdem sie Henri gerettet hatten, hatte Steiner drei Streifenwagen zur Scheune bestellt: Zwei, die Jörn und Thorsten abholten, und einen, der Steiner in Gewahrsam nahm. Jan hatte gesehen, wie Steiner von den Kollegen in Handschellen abgeführt wurde und wie sie seinen Kopf runterdrückten, als er ins Auto stieg. Seitdem hatte er Steiner nicht mehr gesehen.

Es war merkwürdig gewesen, ihn so zu sehen, abgeführt wie ein Verbrecher. Und Jan hatte sich immer noch nicht an den Gedanken gewöhnen können, dass Steiner tatsächlich der Mann war, den er in seinem ersten Kripo-Fall gejagt hatte. Diese Widersprüche konnte Jan kaum aushalten: Steiner, der unausstehliche Mentor. Steiner, der nette Kollege. Steiner, der grausame Serienmörder, das Monster. Und Steiner, der Freund, der ihm näher war als sein Vater. Das Leben war nicht fair.

Jan würde sich bald dazu überwinden können, Steiner im Gefängnis zu besuchen. Sehr bald schon würde er Steiner wiedersehen. Jan hatte so ein Gefühl, dass die Freundschaft mit Ralf Steiner gerade erst begonnen hatte.

»Darf ich Sie zum Essen einladen? Es gibt hier in der Museumsgastwirtschaft eine hervorragende Eifeler Äzezupp«, bot Dr. Goldmann an.

Jan überlegte kurz, dann lehnte er ab. »Vielen Dank, sehr freundlich von Ihnen, aber das wird mir zu spät. Ich habe heute noch eine Verabredung und muss mich nun leider verabschieden.«

Jan beeilte sich, um zum Museumsausgang zu gelangen. Erst außerhalb des Freilichtmuseums hatte er Handyempfang. Er wählte hastig Jennys Nummer. Es war natürlich sehr kühn von ihm gewesen, anzunehmen, dass er heute noch eine Verabredung mit ihr haben würde. Aber man musste sich im Leben schließlich auch mal etwas trauen.

Jan hörte drei Freizeichen, dann nahm sie ab.

Nachwort

Alle Personen und Handlungen im Roman sind frei erfunden. Viele Orte in Kommern und der Umgebung sind authentisch, nicht zuletzt auch die Gerichtssäule im Kommerner Freilichtmuseum. Allerdings habe ich mir auch einige Freiheiten genommen: Eine Gemeinde der »Neuen Christen« gibt es ebenso wenig wie Henris Terrarienladen in Mechernich, und die dargestellten Zustände an einem unbestimmten Zülpicher Gymnasium sind natürlich auch rein fiktiv. Mit den »Neuen Christen« werden überdies nicht Christen als solche karikiert, sondern eher Fundamentalisten.

Am Ende möchte ich mich noch bei einigen Menschen bedanken, die mich beim Schreiben des Romans sehr unterstützt haben. Ich danke den Polizeipressestellen Bonn und Euskirchen für die Informationen zur Polizeiarbeit. Große Unterstützung bei meinen Recherchen im Freilichtmuseum Kommern gab mir der Museumsleiter Dr. Josef Mangold, der mich hinter die Kulissen blicken ließ und sich viel Zeit für mich nahm. Auch hierfür einen besonderen Dank.

Der Jacques-Berndorf-Preis hat mir eine tolle Chance geboten, meinen ersten Kriminalroman zu veröffentlichen. Danke dafür an den Kreis Euskirchen, den KBV Verlag, Jacques Berndorf und die Jury, insbesondere an Volker Maria Neumann, der den weiteren Schreibprozess mit konstruktiver Kritik und angenehmer Zusammenarbeit begleitet hat.

Und nicht zuletzt bedanke ich mich bei meiner Frau Kirsten und meinem Sohn Jonathan für die große Geduld, die sie mit mir hatten, wenn ich so viele Stunden am Schreibtisch gesessen habe.

KBV HISTORISCHER KRIMINALROMAN

Nadja Quint
DAS MÄDCHENGRAB

Taschenbuch, 236 Seiten
ISBN 978-3-942446-81-5
9,90 EURO

1856 – im kleinen Örtchen Reetz wird die achtjährige Fine nach dem Tod der Eltern das Pflegekind der Schwarzen Marjann, die im Mittelalter noch als Hexe gegolten hätte.
In jenen Tagen erschüttert eine Reihe grausamer Morde das Dorf. Hannes, der Sohn von Marjann, verschwindet spurlos, und es heißt, er sei auf der Suche nach einem besseren Leben nach Amerika ausgewandert. Die Dorfbewohner aber sind sich sicher, dass er der Mädchenmörder ist. Verdächtigungen und Misstrauen breiten sich im Dorf aus, und der Landjäger hat seine Not damit, den Spuren des mordenden Unholds zu folgen.

Die wissbegierige Fine beginnt ebenfalls, überall neugierige Fragen zu stellen, und erst als das nächste Mädchen einen schrecklichen Tod stirbt, beginnt sie zu ahnen, dass sie sich damit in große Gefahr begibt.

Ein atmosphärisch dichter Roman, der den Leser in eine längst vergangene Zeit mitnimmt, in der Armut und Entbehrung das Leben in der Eifel prägten.

KBV KRIMINALROMAN

Guido M. Breuer
ALTE SÜNDEN

Taschenbuch, 230 Seiten
ISBN 978-3-95441-163-4
9,50 EURO

Deutschlands Wilder Westen – er fängt gleich hinter Nideggen an. Das bekommt Opa Bertold in seinem fünften Fall einmal mehr zu spüren. Wieder wagt er sich aus der beschaulichen »Seniorenresidenz Burgblick« heraus, um Detektiv zu spielen.
Ein Geschäftsmann, der einen schwunghaften Handel mit antiken Artefakten treibt, wird ermordet, und ein geheimnisvoller Schamane sieht ausgerechnet den rüstigen Rentner in Verbindung mit diesem brutalen Verbrechen. Ging es bei dem tödlichen Überfall um Schmuggelware?
Opa Bertold, der um die lange Tradition des Schmuggels in der Eifel weiß, hat schon bald eine Schar von Hobby-Revolverhelden im Visier. Spielt diese Truppe um ihren Anführer John Chisum nur ganz harmlos Cowboy und Indianer? Oder versteckt sich doch etwas Kriminelles in den Planwagen der »Wild Bunch«?
Und was hat eine alte Frau, die ein dunkles Schicksal und alte Sünden aus den Nachkriegstagen des Kaffeeschmuggels in die Einsamkeit getrieben haben, mit all dem zu tun?
Um bei dem Showdown den Kopf aus der Schlinge zu ziehen, muss der vorwitzige Alte nicht nur reiten lernen ...

»Dieser Krimi nimmt dermaßen an Fahrt auf, dass man ihn nicht mehr aus der Hand legen will.«
(kaliber-9.de zu »Nach alter Mörder Sitte«)